第一部　老闆虐我千百遍

你也有今天（上）

My Boss

葉斐然　著

目錄
CONTENTS

第一章　得罪老闆怎麼辦

成瑤窩在電腦前，正看著法律圈八卦網站LAWXOXO上的一個熱門文章——《A市法律圈十大顏值擔當》，這個文章以倒序排列的方式按照顏值高下為A市法律圈裡的男Par[1]們進行評分，為了公平起見，評分採用的都是網友匿名投稿的合夥人生活偷拍照。

成瑤從第十名開始往下看，不得不承認，現在法律圈裡，合夥人越發年輕化精英化，有些男Par不僅業務能力強大，連長相都十分出色，位列第二名專誠事務所的秦昊，這顏值就頗有幾分十八線小明星的姿色水準了，那第一名，顏值得有多高？

懷著好奇的心情，成瑤往下滑。

——第一名：君恆事務所，錢恆。

不同於別的上榜男Par，這位第一名的名字後面，特地貼心地標注了一行字：「雖然人真的劇毒，但長得也實在是太能打，就算扣掉一百分，還是實至名歸的第一名。」

這不是成瑤第一次聽到錢恆的名字，她聽過很多關於錢恆的關鍵字，囂張跋扈、毫無正義感、業界毒瘤，諸如此類。然而這一切從來沒有影響君恆事務所年收破億，合夥人分紅數千萬的事實。

在法律圈，年收破億並非稀少，然而君恆是一家走專精業務方向的精品小事務所，不

---

1 Par，即Partner，夥伴。對律師的稱呼，指律師事務所的合夥人。

像大成、盈科這類大所般，在全國各地都有分所，君恆只依託於A市，執業律師也不多，只有三十幾名，並且不做上市、併購之類油水多的非訴業務，只專精家事法律事務。就這麼一間規模如此小，業務如此狹窄的事務所，年收破億，律師人均收益強勢挺進全國前十，這就有些厲害了。

君恆的發展，可以說離不開合夥人錢恆的獨裁專斷。

而收入擺在眼前，即便錢恆在圈裡有各色真真假假的傳聞，也不影響年輕律師們削減腦袋想要進入君恆的熱情。

只是成瑤沒想到，一直被詬病為業界毒瘤的錢恆，竟然長得很好看？雖說法律圈從業的人，多少聽過錢恆的名字，然而見過他真人的確實不多，他不喜歡參加律師協會舉辦的任何活動，雖然行事囂張，性格難相處，但個人私生活相當低調，要不是這個法律八卦論壇有人匿名投稿，網路上根本找不到他的照片。

然而就在成瑤十分好奇準備一探錢恆長相的時候——

客廳傳來李夢婷一聲怒吼：「我去你大爺的垃圾網路！」

李夢婷是成瑤的大學同學，兩人關係很好，畢業後便一起合租，最近這傢伙迷上打遊戲，成天「吃雞」、「王者農藥」掛在嘴邊，此刻這聲怒吼，看來是打到關鍵處網路卻卡了……

果不其然，成瑤看了自己的電腦螢幕一眼，錢恆的照片那裡，赫然是一個圖片裂開的叉叉，怎麼也出不來了。

而不知是不是冥冥之中的巧合，幾乎在同時，成瑤接到了君恆事務所人事部的電話。

掛了電話，成瑤還有些沒有真實感，她簡直興奮得手足無措，從上一家事務所裸辭的壓力，終於轉變成找到新工作的興奮和期待。

她被君恆錄取了！那個年收破億的君恆！

成瑤迫不及待地衝到客廳，忍不住把這個消息和李夢婷分享。

「啊，好事啊瑤瑤，君恆超強的。」李夢婷語氣有些羨慕，卻並不強烈。她的身心顯然還沉浸在遊戲中，「既然妳的工作落定了，要不要和我一起打遊戲？我教妳啊，我的技術還是不錯的，要不是網路卡，我剛才那一局就吃到雞了！」

成瑤在大學時就通過了司法考試，可如今法學畢業生，百分之八九十都是研究所學歷，不少還是海外留學回國的，除了通過國內司法考試，甚至還通過了紐約、加州執業考試，競爭如此激烈，像成瑤這種非名校出身的人，根本進不了那些中高級事務所。

所以退而求其次，成瑤之前在一家很普通的本地小事務所裡實習了一年，把律師執照掛了出來，有了律師執照，她便不能滿足於普通事務所的平臺和業務量，開始向那些中高級事務所海投簡歷。

李夢婷和成瑤不同，她還沒通過司法考試，此前找了家雜誌社工作，一邊複習司法考，可雜誌社工作壓力大，常常加班，如今臨近考試，李夢婷索性辭職，在家裡全職複習，可不知道怎麼的，最近她的複習狀態有點差，突然迷上了遊戲。

不管怎樣，對於能進君恆，成瑤的內心仍舊十分激動，她按捺不住，立刻拿起電話，想告訴姐姐成惜這個好消息，然而事到臨頭，想起姐姐那雙泫然欲泣的眼睛，成瑤又遲疑了，她害怕事務所和律師幾個字，會讓姐姐想起那些不愉快的事，最終，她猶豫再三，改成傳訊息給姐姐。

『姐姐，我成功被君恆錄取啦！』

沒多久，成瑤就收到了回覆。

『瑤瑤，我就知道妳一定可以，替妳高興，等妳下次回家請我吃大餐。』

看到姐姐的訊息，成瑤終於鬆了一口氣，她笑起來，這才又打了通電話給從小到大的好友秦沁，為了慶祝，兩人馬上約了頓飯。

成瑤和秦沁約在一家環境優雅的小眾咖啡館裡見面。

成瑤趕到約會地點的時候，秦沁已經迫不及待地等著她。

可惜成瑤坐下剛想說點什麼，秦沁就朝她使了個眼色，然後朝旁邊不遠處努了努嘴，神祕道：「看到靠窗坐的那男的了沒？」

成瑤循著她的目光看去，是個男人的背影，雖然看不到臉，但光這個身材，就很男模了，目測最起碼有一八八，肩寬腿長，比例完美，撐得起美版西裝，高大挺拔，渾身上下的裝束一絲不苟，即便成瑤不懂品牌，也能從肉眼就看出對方行頭的昂貴。

對方背對著成瑤，他的對面則坐著一位珠光寶氣的中年女人。

成瑤回頭對秦沁笑，她揶揄道：「怎麼？妳動凡心啦？」

秦沁白了她一眼：「什麼凡心不凡心的，我的心裡只有錢！」

「那妳讓我看他做什麼？」

秦沁壓低了聲音：「是個鴨。」

成瑤有些意外：「啊？」

「我今天正好沒事，來的比較早，結果目睹了這個鴨談生意的全過程。」秦沁嘖嘖道：「這個時代真的太糟了啊，連皮肉生意，都能擺到大庭廣眾之下了，真是道德淪喪！」

「這麼囂張？」

秦沁點了點頭：「妳看他對面那個中年富婆，兩個人剛圍繞著過夜費達成共識呢，這鴨不簡單啊，一口價，都不用討價還價的，妳知道嗎？一晚起步價就是一萬起！而且還要提前預約！」

成瑤震驚了……

「妳看到這男的穿的鞋了嗎？」秦沁繼續道，「Silvano Lattanzi，義大利小眾奢侈品牌，我前幾天才在我們公司宣傳的資料裡看過，妳知道這鞋子一雙多少錢嗎？就算在義大利買，一雙也要將近三千歐元！在國內買就更貴了！」

秦沁從事公關行銷行業，平日裡會接觸不少奢侈品牌，對牌子是絕對不會認錯的。

這下成瑤出離悲憤了，她想，自己辛辛苦苦在事務所當狗，天天加班，一個月竟然還不如人家一晚！讓人怎麼相信知識改變命運？

一邊悲壯著，成瑤一邊下意識多看了對方一眼，卻不料這時，那男人正好轉過頭來，和成瑤的目光碰上。

極短的一個對視，對方的眼神很冷，成瑤卻瞬間有種心悸的感覺，她並不是以貌取人的人，然而對方真的長得太好看了，成瑤沒有見過這麼有視覺衝擊力的臉。尤其是他的眼睛，冷，但十分迷人。

雖然是特殊行業從業者，但對方竟然一點也沒有風塵味，五官異常英俊出挑，鼻梁更是弧度高挺到完美，讓人懷疑是不是去哪墊的。周身氣質斐然，甚至帶了點貴氣和一些倨傲以及不耐煩。

臉、身材、氣質都堪稱完美，就是看起來脾氣不太好。

同樣驚鴻一瞥般看到對方容貌的秦沁則毫無原則倒了戈：「這確實值一萬啊！」

「……」

那男人大概是談妥了價格，沒再逗留，那中年富婆更是一臉心照不宣的滿意，兩人一前一後，走出了咖啡店，這間咖啡店外有露天停車位，可很意外，這兩人竟然就這麼分道揚鑣，各找各的車去了。

秦沁好心地為成瑤答疑道：「為了怕被抓到蛛絲馬跡，通常都會一前一後避嫌分開走，等其中一個去酒店開好房，另一個拿著房卡直接去就行了。」

成瑤恍然大悟的同時，就看著那英俊得過分的男人，走向一輛賓利……

「這得多日夜不休，才能買得起賓利啊。」成瑤看著那男人穩健的步伐，竟然生出點同情的惻隱之心，「一晚一萬，就算是最便宜的賓利，也要五百萬吧，那就是五百個晚上，要整整勤奮『耕耘』將近兩年，也不知道他平時會不會腿軟，腰恐怕也不太好……」

小插曲過後，成瑤和秦沁分享了好消息，兩個人又說了些有的沒的，本想繼續聊聊天，秦沁卻接到了公司加班的通知，成瑤便也只能揮揮手和她告別。

只是今天大概是成瑤的幸運日，剛離開咖啡館，她就接到了仲介的電話。

『成小姐，妳上次想租的那個房子，房東同意了，妳馬上來簽合約吧。』

現在住的房子是李夢婷找的，只有一個臥室，成瑤和李夢婷合住，CP值挺高。可如今李夢婷交了男友，和男友感情很好，兩人商量著要同居。

雖然李夢婷也說了可以把房子讓給成瑤，自己和男友出去另租，但成瑤怎麼好意思，當初找房看房租房都是李夢婷辦的，怎麼說，如今也該是自己另外找房。

可惜A市寸土寸金，適合的房子找了許久，成瑤也才看中了那麼一個，死磨硬磨討價還價，這下房東終於同意簽了，成瑤趕去仲介那簽完合約，才終於鬆了一口氣。

這房子她相當滿意，是還沒住過人的精裝潢房，離君恆竟然意外的近，兩室一廳，成瑤準備之後找個室友分攤點房租，簡直完美。

上午簽完合約，成瑤下午就雷厲風行地去領鑰匙了。

她哼著歌等著電梯，慢悠悠的，電梯終於從地下停車場升了上來。

然而電梯門打開，成瑤卻愣住了。

裡面自然有人，只是這人，成瑤沒多久前才看過。

對面那人仍舊身高腿長氣質斐然，鼻梁完美到猶如墊的，臉上帶了點冷漠的不耐煩：「上不上？」

成瑤趕緊鑽進電梯，然而心裡卻嘀咕起來。

她快速掃了電梯按鈕一眼，十二樓，竟然和自己去同一樓。

自己竟然要和這鴨要當鄰居了？

她一邊想，一邊偷偷瞟了對方幾眼，長得是真的好，睫毛長得過分，嘴唇很薄，皮膚白到有些像白種人。

真挺可惜，長這麼張臉，竟然是個失足少男。

開幾百萬的賓利，竟然住這種社區？成瑤心想，看來三百六十五行，行行都很艱難啊，就連這鴨，背後也有如此不為人知的心酸，為了撐場面開豪車，也不知道得接多少客……

十二樓到了，成瑤率先邁出電梯。

一二〇三，這是她的房號。

她那位英俊的男鄰居拖著行李箱，走在她的身後。

然而，經過了一二〇一、一二〇二，他還跟著，成瑤覺得有點不妙了。

當她停在一二〇三門口，對方也停在這個門口的時候，她的不妙到達了頂點。

「你……」

成瑤的話還沒說完，就被對方打斷了，英俊的男人聲音漠然：「麻煩讓讓，妳擋到我開門了。」

他說完，掏出鑰匙……

「你是不是走錯了啊？」成瑤指了指一二〇三，「這是我今天剛租的房子。」

對方果然愣了愣，然而他並沒有轉身離開，反而皺起了眉：「搞錯的人是妳，我租的是這間，今天剛搬來。」

成瑤沒說話，只是掏出鑰匙，當著對方的面轉開了鎖孔開了門：「看到了吧。」

那英俊的男人抿了抿唇，把門關上，然後拿起自己的鑰匙，也插進了鎖孔。

鎖再一次轉開了……

成瑤也不是第一次租房了，此刻這個場景，她很快在腦內過了一下，對面的男人顯然也不傻，兩人對視一眼，都在對方的眼神中找到了答案。

這黑心房東，恐怕一房二租了！

成瑤二話不說，趕緊推開門，準備把自己的包甩進去。

然而那男人卻冷哼一聲，一手拉住成瑤的包，一腳絆住成瑤的路：「想先占有？做夢。」

這讓成瑤有些刮目相看了，如今的鴨，竟然還挺懂法律？都知道一房二租這種事，誰先合法占有房屋，誰就算贏了。

兩個人彼此牽制著，誰也不讓誰先進屋。

成瑤心中一動：「你辦租賃合約備案登記了嗎？」

對方冷冷挑了挑眉：「難道妳辦了？」

行了，看來彼此都沒辦。

一房二租，如果兩方都還沒合法占有房屋，那誰先辦理了租賃合約備案，誰就贏了。

然而這一局，兩人又打了個平手。

那麼，致勝的關鍵只剩下最後一個了！

一房二租，如果都無法占有房屋，又都沒有辦理備案登記，那誰簽約在先，誰就贏了。

兩個人僵持不下，自然叫來了仲介和房東，然而幾方一對資訊，有些目瞪口呆。

兩個人，連簽約時間都是今天。

英俊的男人非常冷漠，他抿了抿唇，對成瑤道：「我補兩個月房租給妳，妳租別的地方。」

可租到適合的房子，哪有這麼容易？何況李夢婷的男友過幾天就要搬來了，君恆那邊，明天也要入職，自己哪裡有空再去看房？

這自然是無法讓步的。

成瑤咬了咬牙，決定甩出殺手鐧，她盯著對面男人好看的眼睛：「我是律師，我勸你讓出這個房子，你是爭不過我的，你知道嗎，我的諮詢費一小時一千起！」

大概因為自己的律師身分，對面那男人受到了點震懾，他第一次抬頭，正眼看了成瑤一眼。

成瑤越戰越勇：「君恆事務所，聽過嗎！我就是君恆的律師！你就算不知道我，也應該知道我們的合夥人錢恆吧！」反正普通人根本不瞭解法律圈，她決定狐假虎威一次，「錢律師非常欣賞我，如果我被欺負了，不僅他私人感情上會幫我，更涉及到我們事務所的面子，君恆的律師，遇到一房二租，怎麼能輸？我作為一個律師，更是要為自己的權益戰鬥到最後一刻！絕不讓步！」

不知是不是錯覺，提到君恆的時候，對面男人愣了愣，提到錢恆的時候，對方看起來更是直接驚呆了。

看來錢恆，名氣真的挺大的，竟然連鴨都知道啊。

氣氛劍拔弩張。

房東臉皮倒是很厚，這種時候還能冷靜和稀泥：「反正兩室一廳，你們相遇也是緣分，要不然就合租吧，我把你們房租分別減免點……」他一邊說，一邊解釋，「一房二租這事也不能完全怪我，我最近和我老婆在鬧離婚呢，我老婆把房子租給這位小姐，我呢，也不知情，聯絡了這位先生……」

成瑤立刻激烈反對：「和他住？不行！絕對不行！我又不認識他，和一個陌生男人住，不安全。」

對面的男人態度三百六十度轉彎，突然笑了，他盯著成瑤道：「我沒意見，能和這位……」對方頓了頓，輕笑道，「和這位精英女律師合租，是我的榮幸。」

成瑤：？

雖然是誇讚自己精英女律師，但成瑤不知道為什麼，總覺得對方的表情和語氣，怎麼這麼賤兮兮的呢？

房東見事情有轉機，也馬上準備開溜，倒是在走之前想起什麼：「成小姐，妳是律師啊，那妳做不做離婚官司啊？我和我老婆鬧離婚也想找個律師諮詢諮詢呢……」

成瑤二話不說，十分敬業道：「你可問對人了，我們君恆事務所，就是專門做家事的，離婚、財產分割、遺產繼承，還有信託、保險這些相關的我們可以說是市面上最專業的，你要是有需要，就打我的手機。」

房東連連點頭道謝，可對面的男人卻呵的一聲笑了。

成瑤也沒管他，而對方在成瑤還沒反應過來之際，就拎著自己的行李箱進了房間，走之前挑釁地朝成瑤笑笑：「妳要是覺得不安全，可以另外去租房。」他的臉蛋十分英俊，也十分欠揍，「妳不是時薪高達四位數的律師嗎？或者妳去法院起訴吧，讓房東賠償妳。」

成瑤簡直恨得牙癢癢的，正因為自己是律師，才不會和普通人一樣天真地覺得，遭遇什麼權益損害，去法院起訴就可以了。起訴是最不得已的法律救濟，不到萬不得已，才不會去法院。更何況一審二審的，就為了那點雞毛蒜皮的事，案件判下來，拖個幾個月的，說不定還要強制執行，牽制多少時間和精力，CP值太低了。

對方大概就是吃定了這一點，又知道成瑤顧忌男女合租，準備就這麼強行霸占房子了。

自己能讓他得逞嗎？

當然不能啊！

誰怕誰啊！不就是個鴨嗎？自己還怕了？

成瑤二話不說，拎著包，也衝進屋裡：「合租就合租。」成瑤把包甩在沙發上，鼓足氣勢道：「但我事先有幾點和你聲明，別把工作帶到屋裡。」

對方挑了挑眉：「嗯？」

成瑤清了清嗓子：「你別以為我不知道你是幹什麼的。」

對方卻一點沒顯得侷促，反而饒有興致地笑笑。

這臉皮，也真是出離的厚了。

成瑤本不想點破，但事到如今，看來還是得直白點：「你要是把你的工作帶回家裡做，我會檢舉你的。」

「檢舉我什麼？」

「檢舉你賣淫啊！」成瑤虎著臉，「我是守法公民，你做的工作，我體諒你也不容易，不在我眼皮底下發生我就不管了，但絕對不能在這間屋裡接客。」

「妳說我賣淫？」那男人的語氣彷彿氣炸了，「我？賣淫？」

「行行，特殊服務，行了吧？」

結果面對成瑤給的臺階，對方繼續用一種氣瘋了的語氣道：「什麼特殊服務？」說完，對方轉身去行李箱裡準備找什麼，「我的錄音筆呢？」

「你找錄音筆幹什麼？」

對方冷冷笑笑：「把妳說的錄下來，好告妳誹謗。」

成瑤咳了咳：「行了，我不戳你傷心事了，做這行，你也不想的，但是，我想說的就是這個，還有，我希望能看一下你的體檢報告，作為彼此尊重，我也可以把我的體檢報告給你看……」

對方沒說話，只是陰惻惻地看著成瑤。

沒來由的，成瑤覺得，對方雖然從事的行業不光彩，但是這個氣質，倒是蠻嚇人的。

「我也不是看不起你，但是你這個行業，吃青春飯，能改行還是趁早改行吧。何況你要知道，你這種行為是觸犯刑法的。」

成瑤說完，看了看時間，不早了，她得先回去整理行李搬家。

自己的新晉室友卻叫住她：「妳確定不把房子讓給我？確定要和我一起住？」

「當然。」成瑤翻了個白眼，「這房子你知道我找了多久嗎？」

對方笑了笑：「妳會後悔的。」

成瑤才沒時間後悔，她回了李夢婷那，發現李夢婷的男友張浩已經把自己的行李搬來了，正堆在客廳裡。

李夢婷很不好意思：「瑤瑤不好意思，耗子的房子後天就到期了，幾天的短租也不好找，住旅館又太貴了，我就想讓他先把行李放過來，後天之後他也會過來，暫時先睡在客廳沙發，不知道行不行……」

成瑤擺了擺手，把自己找到新房子的事和李夢婷說了，李夢婷自然鬆了口氣，也替成瑤高興，兩個人晚上一起進廚房各顯身手做了一桌菜。

成瑤明天就會搬進新房子，因此今晚這頓飯，也算是散夥飯，兩人準備的十分豐盛。

「瑤瑤，以後我們雖然不一起住了，但要是有什麼事我可以幫忙的，隨時找我。」說到這裡，李夢婷有些失笑，「不過妳大概也沒什麼需要我幫忙的，妳簡直自帶錦鯉體質，大學就考過了司法考，畢業一年，掛好了律師執照，現在又跳槽進了君恆，簡直是前途無量。」

成瑤也笑：「妳趕緊把考試複習好，暫時別打遊戲了，去年妳只差了十幾分，今年一鼓作氣也就過了，過了司法考就好說了。」

李夢婷搖搖頭：「我不考了。」

「欸？為什麼啊？」

李夢婷有些不好意思：「耗子換工作了，新工作年薪三十幾萬，他說不希望我太辛苦，妳也知道，我們法律相關的工作，就算是公務員體系裡的法官、檢察官，壓力也很大，加班也多，律師就更別說了，我也不是那種特別有事業心的人，就想找一個輕鬆點的工作就行了。」

成瑤有些意外，但李夢婷本身家境也不差，男友能力也強，完全可以過輕鬆的人生。這個世界上，每個人都有不同的命運。

這麼想著，這一晚躺在床上，成瑤還有些忐忑和不安，明天她不僅要搬家，還要正式去君恆報到了，未知的未來，會給她什麼樣的人生？

她對著天花板深吸了一口氣。

未來呀，你一定要對我好一點呀。

好在第二天是個陽光燦爛的好日子，似乎預示著一切都會順心。

君恆的人事主管朱姐帶著成瑤簡單參觀了事務所，說了簡單的新人注意須知，便領著成瑤到了她的座位前。

「妳先坐在這，妳前面就是我們錢Par的辦公室。」朱姐笑笑，「正常來說，我們的新人都會有一個月的試用期，試用期過後，如果表現優秀的，會有帶教律師來領人到自己團隊的。但妳很幸運，錢Par看了妳的簡歷，直接點名要妳進他的團隊。」

成瑤十分意外：「真、真的嗎？錢恆律師嗎？」

朱姐點了點頭，她壓低聲音道：「其實也不知道是說妳是幸運還是不幸，總之，妳很快就會知道我們錢Par的風格的。」朱姐看了看錢恆緊閉的辦公室門，「他現在不在，回來會見妳的。」

成瑤這下澈底激動了，雖然錢恆的名聲在外一言難盡，但專業能力是整個法律圈公認的可怕，跟著他，學個兩三年，忍一忍，出師後就海闊天空了！

頓時，成瑤覺得自己的運氣簡直太好了，竟然能被錢恆看上！自己應該去買彩券啊！

在座位上坐立不安大約一個小時，傳說中劇毒但長相萬分能打的錢恆終於回來了。

「新人和實習生統一到二號會議室開會，錢 Par 馬上要回來了。」

雖然今天報到的只有自己一個，但君恆之前也陸陸續續招了幾個新律師，還有幾個實習生，加上人事部的朱姐，成瑤一看，總共六個人，她便帶上筆記本和筆，跟著大家魚貫進了二號會議室。

其餘幾個來得早的新人和實習生，顯然已經互相認識，在聊著天，只有成瑤一個人忐忑地等著。

自己這位未來老闆，到底長得有多好看呢？

結果六個人，就這麼乾巴巴地等了半小時，成瑤憋不住去了趟廁所。

等她從廁所回來推開會議室門的時候，裡面坐在其餘五個人對面的男人，漫不經心地抬頭看了她一眼。

那男人身高腿長、氣質斐然、脾氣看起來不太好，鼻梁高挺到看起來甚至像是墊的……

是自己沒多久前才看到的一張臉。

這、這分明是自己的鴨室友啊！

自己這位特殊從業的室友，就這麼坐在會議室裡，一張臉顏值十分能打，雖然一句話也沒說，但臉上已經寫滿了「我不好相處」這五個大字。

這是做夢嗎？是自己眼花了嗎？

成瑤震驚過度，反而表面表現得十分冷靜，她有些木然地退出會議室，看了會議室標識一眼，是二號沒錯……

於是成瑤又木著臉，同手同腳地重新走進會議室。

朱姐笑著介紹道：「錢律師，這位就是成瑤。成瑤，妳向錢律師做個自我介紹。」

成瑤頭腦一片空白，如坐針氈。

「不用，我已經認識成瑤了，我們還就一房二租的法律問題進行一些深入的交流探討。」會議室坐在主位的男人抬頭朝成瑤笑了一下，露出一口森然的白牙，「是不是呀，成律師？」

「……」

成瑤心中思緒萬千，只覺得有一種隕石撞地球的天崩地裂感，這是什麼情況？老闆是鴨？不對！鴨變成了老闆？呸呸呸！把老闆錯當成了鴨！

錢恆還在說著對新律師的告誡和鼓勵，然而成瑤卻什麼也聽不進去了，她看著眼前英俊男人輕輕開合的嘴唇，只覺得眼前一黑……

她此刻終於能理解李夢婷為什麼憎恨網路卡了……

她也只想咆哮一句，垃圾網路，毀我青春！

要是網路好，自己提前知道錢恆長什麼樣，能發生這種世紀慘劇嗎？

肯定不能啊！

自己一定當場就孔融讓梨！把房子讓給老闆，順帶猛拍一記馬屁，並祝老闆日進斗金萬事如意一帆風順馬到成功飛黃騰達平步青雲春風得意蒸蒸日上壽與天齊早生貴子……

這一刻，成瑤只覺得頭昏混亂一片。

內心百轉千迴之際，錢恆簡潔地結束了作為合夥人對新人的歡迎詞。

「另外，我很認可每個律師認真拓展自己案源和業務的決心，但是，我希望你們知道，我們君恆，並不是什麼樣的客戶都接的。」錢恆的聲音冷颼颼的，輕飄飄地掃了成瑤一眼，「標的五千萬以下的案件，都是浪費時間。」

「……」

這是在諷刺自己向房東推銷自己的法律業務了……

「好了，散會吧。」

終於……

可惜成瑤剛想走，卻聽錢恆道：「成瑤，妳留一下。」

「……」

偌大的會議室裡，只剩下成瑤和錢恆。

成瑤硬著頭皮，決定率先打破沉默：「對不起！老闆！是我有眼不識泰山！」她用以死謝罪般的姿態道：「房子，您住就行了，我自己出去另找！」

錢恆喝了口茶，不置可否，他顯然很懂得拿捏人心，光是持續的沉默，就猶如凌遲一般讓人難以忍受。

漫長的沉默後，錢恆終於開了口，他挑了挑眉：「作為一個律師，不是要為自己的權益戰鬥到最後一刻？」

「……」

「絕不認輸？」

「……」

錢恆笑笑：「我們法律從業者，最關鍵的原則就是，不能屈服於強權，以法律為準繩，以事實為依據，為客戶而戰。妳既然好不容易爭取來的權益，我怎麼能靠著上下級的身分就剝奪？」

「……」

「所以妳即將得到和老闆合住的機會。」錢恆一雙漂亮的眼睛看向成瑤，語氣非常欠扁，「怎麼樣？激不激動？興不興奮？」

成瑤乾巴巴地道：「激動。興奮。」

可真的是「激動」壞了！「興奮」壞了！

「當然，為了避免不必要的麻煩，合住這件事，我們對所裡其餘同事，保密就行了。」錢恆笑笑，「還有什麼問題嗎？」

成瑤心裡自然一肚子問題，你一個這麼有錢的合夥人，難道自己沒房子嗎？就算沒房子，為什麼要來擠這個中檔社區？開個賓利，就租這種社區？還有，為什麼找我進你的團隊？你是不是想報復我？明明我都讓步了同意不租了，為什麼還要拉著我一起住？是不是有什麼陰謀？你是天蠍座嗎？報復心這麼強？

可惜成瑤敢問嗎？

不敢。

她態度恭敬道：「沒問題。」

「那我倒是有個問題。」錢恆瞇了瞇眼，「一起工作一起合租，我們接觸的機會會比較多，所以我希望妳能守住自己的底線，把持住自己。」

成瑤很茫然：？

錢恆眨了眨濃密的睫毛：「妳即將成為我今年來第十四個助理律師，妳知道前面十三個，為什麼會被開除嗎？」

如今是十月，就已經開了十三個人了……成瑤抬頭看了錢恆英俊卻也倨傲到不真實的臉一眼，答案在內心呼之欲出——

還不是因為你難相處？

與此同時，錢恆的聲音也響了起來：「是因為他們都沒有把持住自己，對我有了不應該的想法。」

「……」

你、你是不是想多了？

難道別人不是受不了你的奴役和劇毒才走的嗎？

錢恆沒有注意成瑤的表情，他的語氣似乎很困擾：「我真的很難理解，這十三個人裡，有兩個人甚至是男人，我有時候真的很傷腦筋，我個人魅力真的有這麼大嗎？」

「……」

他抬頭又看了成瑤一眼：「我知道有些人人格魅力比較大，但工作是工作，尤其上下級，如果產生感情，非常不專業。」

「……」

成瑤感覺自己一句話也說不出來了，她現在終於理解LAWXOXO上對錢恆的標注了，這男人，確實劇毒，才接觸了短短一下子，成瑤已經有了快要中毒吐血身亡的徵兆……

就在成瑤麻木地準備離開之際，錢恆突然又想起什麼事一樣叫住了她。

「還有，我要指出妳的一個知識缺漏。」他伸出一根修長白皙的手指，敲了敲桌面，「單純的賣淫，如果不是組織賣淫，是不屬於刑事犯罪的，只涉及治安管理處罰條例，處十日以上十五日以下拘留，可以並處五千元以下罰款[2]。」

「……」

成瑤這一刻終於確定了，以錢恆這個記仇的性格，並不是自己狗屎運才幸運地分到他的團隊，這分明是為了報復，為了更好地奴役自己，才選擇自己啊！

2 本書法律條款皆源自於中華人民共和國，非中華民國。

成瑤從會議室出來第一件事，就是打電話質問秦沁。

「什麼鴨？那是我老闆！妳到底是怎麼把人家誤會成鴨的！」成瑤就差沒痛哭流涕了，「妳知不知道，我現在被妳坑慘了！」

『我明明聽到他和那個中年富婆談價的全過程了啊，怎麼變成妳老闆了？妳沒認錯人吧？』

「妳把當時聽到什麼和我講一遍。」

『他就說，一個小時收費一萬，不足一個小時按一個小時計費，如果約在別的地方提供服務，那路上他往返的時間，都要按照一小時六千來收費，還說需要他服務的話，必須提前預約，因為他的客戶很多，接不過來。』秦沁嚷嚷道：『這不就是鴨嗎？你們律師能這麼收費？律師有這麼有錢？律師不都和妳那樣做狗的嗎？作為服務業，能這麼強勢？』

成瑤差點沒暈厥：「我們的法律市場，就是百分之二十的頂尖律師壟斷了百分之八十的業務，人家是君恆的合夥人，這麼收費沒問題！」

這下秦沁也有些慌了：『那、那怎麼辦？』

「妳行行好，支援我下半輩子的速效救心丸吧。」

成瑤有氣無力地掛了電話。

錢恆沒來找她，他團隊裡的律師，倒是主動和成瑤打了招呼。

「成瑤，歡迎妳加入我們富貴榮華組合。」

「欸？」

「加入錢 Par 的團隊，就等於和富貴榮華開啟了一段終身浪漫之旅，只要好好幹，絕對不會缺錢。」和成瑤說話的是一個微胖的男生，皮膚挺白，戴著一副眼鏡，看起來相當憨厚：「我叫包銳，在君恆工作四年了，妳要是有什麼不知道的，儘管問我就行了。來，我帶妳參觀一下。」

包銳相當熱情，人也很有親和力，看起來十分好說話：「我們君恆事務所，目前一共有五位合夥人，但負責主要決策的是兩位，一位是錢 Par，還有一位吳 Par 吳君，君恆的名字就是以他們來命名的，他們是大學同學，都是畢業於A大法學院的。」

成瑤有些意外，沒想到吳君和錢恆，竟然和自己姐姐成惜是校友，她好奇地問了包銳吳君和錢恆的畢業時間，不是同屆，吳君和錢恆是成惜的學長。

「不過在所裡，妳不會常見到吳 Par，因為吳 Par 是負責君恆對外業務接洽和新聞媒體公關宣傳的，常年在外面跑。」

「媒體？公關？」

包銳點了點頭：「是的，妳可能不理解。通俗點說，就等於吳 Par 是在外面拉皮條的，負責拉客並對我們所進行包裝宣傳，以達到拉高價位的效果，而我們錢 Par 就負責接客提供服務。因為錢 Par 比較專注專業工作，覺得和客戶打交道這些事太煩太分心了，而吳 Par 卻很喜歡這些社交，不喜歡枯燥的法律條文。」

成瑤恍然大悟，這不就和組織賣淫同個道理嗎？吳君人際手腕強長袖善舞，負責接洽鴨和嫖客，而錢恆脾氣臭但技術過關，所以就是負責賣淫的鴨。這個層面來理解，自己說他「賣淫」，也沒問題啊……

直到包銳的聲音再次響起，成瑤才終於停止自己的思想在危險的邊緣試探。

「這裡是我們的休息區，每天上午十點和下午三點都有茶歇，錢 Par 對生活品質要求很高，所以茶歇的甜點全是最貴的品牌，在我們所，不喝星巴克，我們只喝現磨，咖啡豆是錢 Par 讓人從蘇門答臘空運回來的。」

這麼猛嗎……

「這邊是檔案室，所有案卷資料都分門別類歸檔在這裡；這邊是健身房。」

成瑤真的驚呆了：「還有健身房？」

「對，堅持一個月在健身房打卡，會得到獎金。」包銳聳了聳肩，「但至今沒人拿到過。」

「是太忙了？」

的門。

「不是的，因為平時在這裡運動的是錢Par。」包銳抓了抓頭，偷偷道：「他的氣勢，十里之內寸草不生。」

「……」成瑤覺得，即將和錢恆合租的自己，速效救心丸是該趕緊買起來了……

「這個小隔間，是錢Par戰利品存放處。」包銳一邊說著，一邊推開檔案室旁小隔間

成瑤一抬頭，入眼的便是各色錦旗，「業界良心」、「常勝將軍」、「法律代言人」、「人民幣守護者」……諸如此類誇張的讚語頓時映入眼簾。

包銳咳了咳：「這都是客戶送的，實在太多了，就堆在這裡。」

成瑤相當意外：「原來錢律師在客戶心中竟然這麼高大，得到這麼多好評……」不是外界都盛傳他是業界毒瘤嗎……

包銳顯然讀懂了成瑤話裡的潛臺詞，他咳了咳，指了指房裡的一排櫃子：「其實除了這些錦旗，我們錢Par還收到不少對方當事人的恐嚇信啊、罵人橫幅啊，甚至還有血書啊骨灰盒啊之類的。這排櫃子裡存放的都是這些……」

成瑤看了房內的格局一眼，這排櫃子占據了房內大約五分之四的空間……

嗯……

果不其然，成瑤瞥了那排櫃子一眼，就看到了「毒瘤」、「毫無底線」、「見錢眼

開」等關鍵字……

成瑤是大致知道錢恆為何被如此詬病的，他接案子只看標的額和收費，只要錢足夠，他就接。

他第二年執業的時候，接了一個富商的離婚案。

這富商在A市諮詢了一圈律師，得到的回覆都是，因為富商自己出軌在先，作為過錯方，離婚恐怕得分割給前妻不少財產，然而最終，在錢恆的辯護下，富商全身而退，前妻幾乎淨身出戶。

錢恆因此一戰成名。

這個案件當時影響很大，媒體也有跟進，判決結果完全違背人們熟知的公序良俗，背叛了婚姻的人得到了有利的判決，而遵守婚姻承諾的人卻一無所有。

錢恆因此被輿論罵成了狗。

之後他又接了各式各樣的家事案件，他的當事人無一例外都不無辜，然而在他的辯護下，都得到了法律的「偏愛」。

有一段時間，錢恆兩個字，幾乎是黑心律師的代名詞。

「包銳，這個恐嚇信，你存檔一下。」

就在成瑤胡思亂想之際，錢恆推開小隔間，走了進來，他一邊說著，一邊隨手丟了袋東西給包銳。

「上次那個家族信託糾紛案裡對方當事人寄給我的。」

成瑤有些忍不住：「都是罵人詛咒的東西，為什麼還存著？」

難道說，毒瘤如錢恆，其實還有良心這種東西嗎？雖然為了生存接了很多有悖於道德認知的案件，但其實內心深處，也存在著良知，因此留下這些對方當事人血淚的控訴，以告慰自己的靈魂？

錢恆輕飄飄地掃了成瑤一眼：「萬一這些人未來報復我，我還能把這些恐嚇信作為物證提交，證據這種東西自然越多越好，這樣才能形成完整的證據鏈，鎖定加害人。」

「……」

我真的想太多了，成瑤心想，劇毒就是劇毒……

錢恆走後，包銳又為成瑤介紹了其餘同事，成瑤才發現，君恆真是藏龍臥虎，幾乎清一色名校畢業，不少都是有留學經驗的律師，方便專攻涉外家事案，就算鮮少幾個和成瑤一樣的，人家的執業經驗也比成瑤豐富。

成瑤只覺得自己是整個所裡最大的弱雞，只配站在牆角瑟瑟發抖。

「我們團隊裡除了我之外，還有一個和妳一樣，也是新來的，剛才你們開會一定見過了，就是譚穎，頭髮有些捲鵝蛋臉的那個女生，她比妳早進所裡兩個月，A大法學院的研究生剛畢業，是錢Par的直系學妹，她剛才出去送資料了，回頭幫妳們介紹。」

成瑤對譚穎有印象，她長得挺漂亮，穿衣打扮都能看出家境優渥，沒想到學歷也這麼優秀。

一對比下，自己更是戰戰兢兢了。專業出身沒人家硬氣，看來更要勤能補拙了！

一個下午就這麼過去了，直到下班，錢恆都沒從辦公室裡出來，成瑤忐忑地下了班，在李夢婷和她男友張浩的幫助下，總算把行李搬進了新家。

結果剛送走李夢婷和張浩沒多久，大門的鑰匙轉動，錢恆回來了。

他繃著英俊到過分的臉，姿態依然非常高貴冷豔。

成瑤糾結片刻，還是決定主動示好，她堆著笑：「老闆，朝南的房間讓給你，比較大，而且採光好。」

錢恆這才瞇著眼睛淡淡地掃了成瑤一眼：「哦，懂事了。」

「……」

淡定，成瑤，妳是做大事的人，妳是將要維護社會正義與律法道德的人，妳不能因為毆打別人被抓進去！

大概因為是男人，相比成瑤，錢恆的行李不多，他拖著行李箱進了朝南的房間，然而沒多時就退了出來。

錢恆的臉色很差，他的語氣震驚到簡直不能忍受：「妳知道裡面有什麼嗎？」

成瑤：？

「蟑螂！」錢恆的臉上寫滿了無法接受，「這是什麼地方？竟然有蟑螂！」

成瑤很平靜，錢恆可真是大少爺啊，不就是蟑螂嗎……

「普通家庭如果發現一隻蟑螂，那你們家一定有兩萬隻蟑螂。」錢恆表情嫌惡崩潰，「這地方太髒了。」

所以你為什麼要來住這種地方……

就在成瑤腹誹之際，她尊貴的老闆又開了金口：「妳幫我把房間打掃一下。」

以為自己是老闆，就可以為所欲為嗎！成瑤心想，我是不會讓你得逞的！

成瑤鼓足勇氣，不卑不亢道：「在所裡，你是我的老闆，但下班了，就只是合租室友了，我雖然諮詢的收費不如老闆，可畢竟也是一名律師，不是老闆你教我的嗎？我們當律師的，怎麼能輕易屈服於上下級的強權，提供專業服務的律師，不應該浪費時間去做那些低端的廉價勞動……」

「打掃完我的房間，大概要花多久？」

成瑤想了想，漫天胡扯道：「要四十分鐘。但是，我以前看過一個文章，人和人之間的差別，就在於怎麼樣度過下班後的時間，這四十分鐘，我是準備用來學習法律專業知識的，很可能這四十分鐘，就能讓我和別人拉開差距……」

很多時候，人與人之間的相處模式，必須從一開始就立規矩，不能喪權辱國！

「我給妳一千塊，幹不幹？妳一個小時諮詢收費一千，打掃我的房間四十分鐘，很合理。」錢恆一邊說，一邊就從錢包裡抽出鈔票，「現結。」

「……」

「給妳一分鐘時間考慮，過時不候。」

「謝謝老闆！其實我覺得職業沒有貴賤之分，都應該像我們的當事人一樣被認真對待！體力勞動和腦力勞動一樣值得歌頌！」

成瑤澈底放棄了原則，毫無原則地喪權辱國起來……

結果剛打掃完錢恆的臥室，這久未有人居住的房子，又有了新的問題。

錢恆正站在廚房，好看的眉皺著，一臉興師問罪般：「怎麼沒水？」

成瑤查了查：「交過水費了，肯定不是欠費停水。」

「那就是房子長期空置沒人用，水龍頭過濾網堵了或者水管生銹了，疏通一下就行了。」

成瑤附和地點了點頭，然後看向錢恆。

然而錢恆不為所動。

難道自己這位英俊的老闆，不是敏銳地發現問題後，準備著手解決問題嗎？

錢恆瞟了成瑤一眼，伸出自己的手：「妳看到我的手了嗎？」

成瑤不明所以地點了點頭。

「妳形容一下，這是一雙什麼樣的手。」

「很白？」

「還有呢？」

「手指很長？」

「繼續。」

「手很漂亮？」

錢恆瞇著眼睛：「皮膚狀態呢？」

成瑤雖然心裡覺得自己的老闆突然問手有點奇怪，但是還是下意識道：「很細膩？」

「像是幹粗活的嗎？」

「不像。」

錢恆從鼻孔裡哼了一聲：「所以，像我這樣的手，妳覺得去通水管，適合嗎？」

「……」

「加妳兩百。」錢恆微微一笑，用那隻養尊處優的手對成瑤揮了揮，「去通吧。」

「……」

「嗯？有異議嗎？」

成瑤有些目瞪口呆：「通水管這種事，難道不該是男人做的嗎？」

錢恆瞥了她一眼：「新時代，哪裡有什麼男人該做的，女人該做的？男女平等，不能先入為主有性別歧視。婦女能頂半邊天，」

「……」

「上吧。相信自己，妳可以的。」錢恆拍了拍成瑤的肩膀，瀟灑地走了。

成瑤灰頭土臉地通好了水管，又回房間整理片刻，門鈴便響了。

錢恆開了門，然後成瑤便目瞪口呆地看著一箱一箱的行李被搬家工人運了進來。

成瑤盯著堆滿客廳的行李，誰說男人行李少？

光是鞋就有十幾雙，西裝大約有二十多套，領帶還有一整盒……

相比自己那可憐的衣櫃，成瑤有一種自己枉為女人的感覺。

在錢恆的眾多行李裡，竟然還有三大箱進口礦泉水。

「以後不要接自來水燒水。」錢恆感受到成瑤的目光，回頭掃了她一眼，「以後燒水都用礦泉水。」

「其實自來水燒開了是沒問題的，不會損害健康的，每次都喝礦泉水，簡直和燒錢沒兩樣啊。」

「是不會損害我的健康。」錢恆笑笑，「但是會損害我的格調。」

「……」

「我每天辛苦工作，就是為了能過隨心所欲的生活，燒錢，我燒得起。」錢恆看了成瑤一眼，「我發現很多人，都有一種思考誤區，覺得自己平時節省一點，生活就能更好一點。但其實從來不是這樣，想要生活好一點，那就更拼一點，節流不能讓妳的生活品質發生變化，開源才可以。」

「嗯……」

「作為額外給妳的員工福利，妳可以和我一起喝。」

可真是謝主隆恩了……

錢恆回房間之前，對成瑤灌了最後一碗毒雞湯，「希望妳好好工作，沒有我，也能過上這種生活。」

「……」

終於收拾完一切後，已經晚上八點了，成瑤趕緊開了電視，轉到星芒衛視，她最近在追《靈瑤攻略》，是女主角靈瑤從一個浣衣女工，一步步成長為女太醫的勵志故事，情節緊湊，關鍵飾演女主角的白星萌長得尤為漂亮，演技又好，男女主角感情戲很甜蜜，看得人少女心爆棚。

成瑤看得入神，連錢恆什麼時候從房裡出來都不知道，直到電視劇插播廣告。

「不是說，人與人拉開差距，看的是下班後如何利用空餘時間？」錢恆趁著這個當口，冷笑道：「不是準備認真學習法律專業知識？」

「這個……有時候電視劇裡其實也涉及到一些法律知識的。」成瑤硬著頭皮道：「這種寓學於樂的方式，有時候也是另闢蹊徑。」

可惜十分不巧，就在這時，插播的廣告結束了，女主角靈瑤又穿著一身古裝出現了……

錢恆掃了螢幕一眼：「在古裝片裡學法律知識？是挺另闢蹊徑的。」

「我……我是複習中國法制史，這裡面也涉及到中國古代的刑罰體制……」

錢恆盯著她。

成瑤覺得自己編不下去了……

「少看點這種沒營養的電視劇，有空多看看法院判例。」錢恆下了最終通牒。

成瑤嘀咕道：「難道你不追星嗎，你不覺得白星萌特別漂亮嗎？我很喜歡她啊，而且她的演技是真的好，前幾年都過氣了，硬是憑著過硬的演技和堅持不懈得到靈瑤這個角色……」

「不，我從不追星，星追我。」

成瑤：？

「我不習慣為別人浪費時間和金錢，我更習慣別人付費來和我說話。」錢恆的姿態非常倨傲，「就算對明星，也是如此。」

成瑤在心中翻了個大大的白眼，你就裝吧，人家大明星，還付費找你說話，老闆，你怕是在做白日夢吧？吹牛也打個草稿好嗎？

「總之，我勸妳把電視機關了。」

成瑤很不滿：「老闆，上班時間我從來不當薪水小偷，下班了，我看個電視，還犯法嗎？」

「不犯法，但是我要睡覺了。」

成瑤一看時間，錢恆也不過二十七八，怎麼作息完全老年人了？

何況……

「我聲音開的真的很小呀，不影響你睡覺的。」

「我睡覺，不允許有任何一點聲音。」錢恆理所當然道：「雖然電視機音量不大，但妳在客廳裡活動，勢必會有些動靜。」

成瑤有些生氣了：「你要是覺得我噪音擾民，你去法院告我吧，錢律師要是能拿著判決回來，我絕對配合執行。」

錢恆抿了抿嘴唇，顯然非常不悅，然而對於成瑤的耍賴一點辦法也沒有，他怒氣衝衝地灌了一瓶高級礦泉水，惡狠狠地掃了成瑤一眼，才重新回到房間。

不管怎樣，成瑤就這麼風中凌亂地和自己有毒的老闆開始了合租生活。

好在因為錢恆上班非常早，成瑤起床的時候，他已經走了，成瑤避免了和他進一步的接觸。

入職的第二天，成瑤終於漸漸把所裡其餘同事的名字和人都對上了。

她今天終於見到了和她在同個團隊的譚穎，對方舉手投足都很溫婉。

「妳好呀，我是譚穎，雖然妳工作比我早一年，但我讀了研究所，所以年紀上還比妳大兩歲。工作上可能無法給妳什麼經驗，可是如果妳生活上遇到問題，都可以問我哦。」她朝成瑤眨了眨眼睛，「尤其是感情方面。」

成瑤一顆心漸漸安定下來，雖然說錢恆劇毒，但是團隊裡的同事，包銳看起來是個大大咧咧的老好人，譚穎也這麼溫柔好相處，總算是個安慰。

然而正當成瑤想要感謝譚穎的好意之時，譚穎的手機就響了。

她看了號碼一眼，接了起來。

「我叫你不要再打給我了！你是聽不懂人話嗎？呵，我用小號在網路上抹黑你現女友？我嫉妒她長得好看？」譚穎的態度三百六十度轉彎，氣勢全開，「恕我說句實話，你新女友真他媽的醜，她就算化了妝也沒有我化成灰好看！」

「……」

包銳好心解釋道：「她前男友。」

嗯……成瑤心想，我還是不要找她諮詢感情問題了……

除了自己團隊的人外，成瑤也認識了除了譚穎外的另外三個新人。

這三個新人分別分到了另外三個合夥人旗下，其中兩個男生，李明磊和陳誠，都是A大法學院畢業的，但李明磊在柏克萊加利福尼亞大學讀了一年法學碩士的LLM，而陳誠直升A大讀完了碩士；另外一個女生叫王璐，是從別的事務所跳槽來的，之前已經有三年的工作經驗。

成瑤剛和幾個新人交流了幾句，包銳就走了過來。

「成瑤，五號會議室，開會，討論案例，帶上筆記本啊。」

成瑤去的時候，錢恆已經坐在會議室裡了，包銳調整好筆電和投影機，今天要研究的案情便呈現在螢幕上。

「一對夫妻，男方有企業，在結婚前，兩人簽訂了婚前協定，約定如果離婚，對彼此婚前財產不進行分割，只對婚後共同財產進行分割。結婚半年後，兩人因感情不和而離婚，因為婚前協議的存在，外加婚姻存續時間短，女方只分得了七十萬現金。但現在，女方發現男方的企業即將融資上市，認為自己當初離婚分割到的財產或許並不合理，找到我們，希望調查男方婚姻存續期間的財產情況，是否離婚分割時存在隱藏、欺詐的行為，為她爭取到更多的財產。」

錢恆掃了投影幕：「這是目前我在接洽的一位客戶，案情自然更複雜，也有更多細節，我做了簡化處理。老規矩，這個案子我會帶一個助理律師進行合作，譚穎手頭目前已經在忙另一個案子，所以就包銳和成瑤你們兩個競爭，針對目前的案情，大家可以進行討論，提供最多想法，並且最深入的，我會選定一起參與這個案件。」

包銳第一個發言：「現在距離離婚已經有多久了？」

時間點非常關鍵，離婚後主張再次重新分割財產，是有時效的。

「一年十個月。」

「那還在有效期內，夫妻一方存在隱藏、轉移、變賣、毀損夫妻共同財產或偽造債務企圖侵占財產的，另一方發現後兩年內，提供財產線索可以離婚後財產糾紛為案由向法院起訴。」

「嗯。」

「那就好辦了，既然男方有企業，那就先從他的企業調查起，在婚姻存續期間，他有以現存企業為股東，成立其餘子公司嗎？或者以現存企業參投別的公司？或者現存企業在婚姻存續期間有增資過嗎？一旦有這些行為，調查清他的股權比例，就可以找他要錢了。」包銳挺興奮，「而且他這企業要上市，這估值，不可同日而語，這案子要是能成，我的房子頭期款就有著落了。只是調查取證的時間有點趕，我們必須在兩個月內完成起訴。」

一場案情分析討論會，幾乎是包銳的個人表演秀，毫無疑問，最終錢恆自然選了包銳參與這個案件，成瑤像個會議記錄員，只來得及拼命消化錢恆和包銳的想法。

錢恆講究高效率，沒多久，會議就結束了。

「我稍後寄給你這個案件的詳細資料，你可以就男方企業和財產資訊進行調查了。」包銳領了工作，就出去了。

成瑤想跟著出去，卻被錢恆叫住了。

「包銳針對案情提出了九點方向，妳呢？」錢恆冷哼一聲，「連話也插不上吧？妳以後是要改行當速記員還是會議紀要員？」

成瑤咬了咬嘴唇，然而沒有反駁，確實，她看到自己與包銳的差距，當自己還在腦海裡搜索相關法律條文的時候，包銳已經脫口而出；當自己大腦一片空白在想著從什麼方向調查男方財產情況的時候，包銳也已經條理清晰地分析了起來……

「妳想知道怎麼做嗎？」

雖然錢恆劇毒，但是專業知識，他確實在行，成瑤虛心地認識了自己的不足，誠懇求教道：「老闆，請您賜教，我知道我的基礎不夠好，我一定奮起直追！」

「那麼從今晚起，我不想看到妳在客廳看電視劇。」

「……」

錢恆一本正經道：「妳的基礎都差成這樣了，還有什麼資格看電視劇？跟我來辦公室，我這邊有一點以往辦過的案卷，妳這禮拜看完，每個案例後面標注好心得體會，下週一交給我。」

錢恆！你這是公報私仇！成瑤心裡恨得牙癢癢的。

套路，都是套路！原來這一切，都是為了引出「晚上不許看電視」！

錢恆這傢伙真的很毒，生怕成瑤過幾天重蹈覆轍，竟然還想出了卷宗學習和驗收！

成瑤垂頭喪氣地跟著錢恆去了辦公室，等抱著所謂的「一點」卷宗出來的時候，成瑤臉都白了。

這哪裡是一點點？

這是一摞！

幸好包銳正好路過，接過資料幫成瑤搬到辦公桌上。

『成瑤，這裡還有一點。』

結果成瑤剛癱倒在座位上，內線電話就響了，錢恆惡魔般的聲音呼喚著她。

一趟又一趟，成瑤最終得到了一整桌的卷宗……

包銳有些同情：「錢Par很少對新人這樣關注的，他平時其實不會為了案情討論專門開個會，按照他的說法，他一分鐘折合人民幣一六六點六六六無窮，和我們每多說一個字，就虧掉一百多塊錢，所以平時這種案情討論，都是團隊裡郵件溝通的。」

「而且我也從沒見過他這麼盯緊新人，督促新人學習。」包銳看著成瑤滿桌的卷宗，「按照我們錢 **Par** 對新人一貫視而不見的態度，不應該啊？」他狐疑地看了成瑤一眼，「難道因為妳比較漂亮？所以錢 **Par** 想出這些招數讓你們之間有更多相處的機會？一起花前月下探討案例什麼的，兩個人互相模擬對方辯護律師，為了爭奪家產和撫養權大打出手，打架到天明，天啊，想想就好浪漫……」

包銳，你恐怕和錢恆待久了，已經毒入骨髓了吧！

成瑤心裡苦痛道，這是什麼富貴榮華組合，這他媽是五毒教啊！

成瑤在事務所樓下的全家超商解決了晚飯，才帶著卷宗，拖著殘破的身軀回了租住的房子。

雖然被勒令不許看電視，但其實今晚錢恆不在，他有個涉外婚姻糾紛的當事人需要溝通，因為時差，只能晚上留在所裡和人家越洋視訊會議。

成瑤癱成一團窩在沙發裡，決定享受這難得放飛自我的時刻。

五分鐘後，她認命地起身，準備回房學習。

雖然錢恆打擊自己只是為了一己私利，但確實刺激了成瑤不服輸的鬥志。

可惜成瑤才看了一個案例，就被一陣急促的拍門聲打擾了。

「錢恆！我看到房裡有燈！我知道你在家！你不開門，我就站你門口敲一夜！」

成瑤透過貓眼，看清了來人。

是個長得挺好看，穿著時尚的女生，她一臉委屈和憤怒，站在門口正鍥而不捨敲著門。

成瑤一下就有精神了！

這什麼情況？難道門外是錢恆傳說中的女友？前女友？一上來就堵門，肯定是和錢恆有過節！難道錢恆之前劈腿被抓？

她的八卦之魂完全燃燒了，趕緊掏出電話打給錢恆。

錢恆大概在忙，過了很久才接了起來，語氣很冷：『妳最好有充分的理由說服我接妳的電話，我的時間很貴。』

「錢 Par，門外有個美女來堵你！」成瑤幸災樂禍道：「是不是你女友？前女友？我該請人家進來嗎？」

錢恆沉默了一秒鐘，冷冷道：『不是，別理她。』

「她不停敲門啊，看這架勢，我要是不開門，左鄰右舍都該報警了！」

『那就讓別人報警，把她帶走。我很忙，掛了。』

話音剛落，錢恆果然掛了電話。

這麼冷酷！果然很錢恆！

然而門外的敲門聲卻在繼續。

成瑤心中充滿了好奇，錢恆讓她別開，她就偏偏很想開門看看，這個女生，和錢恆到底是什麼關係？

成瑤在心中幫自己找了幾個理由，又想好了解釋兩人合租的措辭，這才走到門口，打開了門。

她面帶微笑道：「妳好。」

「我不好。」門外的女孩妝容精緻，然而臉卻很臭。

「……」

成瑤想了想，決定打破沉默，自我介紹道：「那個，我是……」

「行了，妳不用說，也不用在我面前耀武揚威，我知道，妳是成瑤，錢恆目前的同居女友。」

成瑤：？

等等，這發展有點不對啊……

那女孩抬起下巴：「雖然不想承認，但錢恆畢竟是我董敏喜歡的男人，對女人的眼光倒是不差。」

「雖然妳說我長得好看我很高興，但妳聽我解釋，我和錢恆……」

「妳不用解釋，我知道你們現在感情正濃，錢恆為了妳，連高檔別墅區都不住了，還就妳搬來這種社區，但有些感情，只是一時的。」

「不是……」

「別這麼自信，來日方長，我是不會輕易放棄錢恆的。」

「我和錢恆之間是單純的……」

「妳不用宣揚你們的戀愛有多純情，我今天就是過來告訴妳，只要錢恆沒結婚，我就會和妳競爭到底。」

董敏顯然是個急性子的人，每次成瑤開口，就被她飛快地打斷了，這一次成瑤終於搶占了先機：「我真的不是錢恆的女朋友！」

董敏冷哼一聲，掏出手機：「妳自己看。他都大方承認了，妳有什麼好遮掩的？」

成瑤湊上去一看，是訊息。

『我不在家，請妳別打擾我的同居女友成瑤。』

成瑤：？

這他媽不就是告訴對方：我不在家，請妳盡情地去找屋裡的人發洩妳的情緒嗎？真是人在家中坐，鍋從天上來！

董敏顯然認定了這件事，她抿著嘴唇，向成瑤下了戰書，然後才高傲地離開了。

錢恆終於和客戶越洋視訊完畢，回到家打開門的時候，成瑤正一臉鬱悶地坐在沙發上。

看到始作俑者，成瑤跳了起來：「為什麼傳那種訊息？」

錢恆瞥了她一眼：「因為我算準了妳唯恐天下不亂，肯定會開門。」他解開了襯衫釦子，拉鬆了領帶。

成瑤悲憤道：「我是怕人家是你曖昧對象，誤會我和你就不好了，所以才特地開門，就是想幫你解釋啊！」

「所以妳這麼想表現，我給妳個表現的機會。」

成瑤心想，我要的不是這種被當成擋箭牌的表現機會啊！

錢恆喝了口水：「還有，我只和人民幣曖昧。」

「……」

「那她是誰？」

「是我目前一個大客戶的女兒。」錢恆皺了皺眉，有些頭痛的意味，「已經拒絕過她，但根本不聽，她從她爸那裡知道我的住址，成天跟蹤堵人。我為了躲她只好搬到這裡，沒想到她又找來了。」

從來不在乎別人感受，從來不看別人眼色的錢恆，竟然還會顧忌是客戶的女兒就給面子？不正面拒絕？玩搬家這種逃避的手段？

「這個客戶，對你來說很特別嗎？」

「這是我執業後第一個客戶。」

成瑤有些意外，毒瘤如錢恆，原來還有如此念舊和感性的一面，因為是相識於微時，卻願意相信他的第一個客戶，所以對於錢恆來說，意義也是不同的，願意為了他，多給一些忍耐，為了躲避對方女兒的瘋狂追求，不惜自己紆尊搬家，成瑤毫不懷疑，要是換成別人，錢恆早就不留情面開罵讓人家中毒身亡了……

「但是妳以為他是我第一個客戶，我就會給他優待嗎？」錢恆卻彷彿知道成瑤心中所想，他微微一笑，「不存在的。」

「……」

那為什麼不正面拒絕？

「是因為他現在有一個標的額七個億的家事案件由我代理。」錢恆瞥了成瑤一眼，回答她心中的疑問，「他很寵愛自己的獨生女，我想要擺脫她，自然是有辦法，絲毫不留情面的冷酷和打擊就可以，但如果我這麼做，董敏受不了一定會去找她爸哭，她爸一定會作為中間人來找我遊說。尤其目前我們還有案子合作，不得不見面。我不希望他用這些私事來占據我的時間，我不喜歡周旋這些事，我希望我有限的生命都能投入到無限的賺錢中去。」

「……」

「不過這個案子前期準備工作，都已經做好了，等時機到了就起訴，大概還要等一個月吧，起訴以後，他仰仗著我的法律服務，就得聽我的了。」錢恆愉快地說著，「到時候就可以為所欲為了。」

「……」

果然相信劇毒如錢恆，竟然會有人情味這回事，是自己想多了！

成瑤想了想董敏，突然沒來由的有些同情，也不知道案子結束後，她會在錢恆這裡體會到多少狂風暴雨……

「但不能住自己家的話，你可以住酒店啊……」成瑤想了想，有些不明白，「五星級酒店到處有啊，畢竟我們這個社區，怎麼能配得上您的格調啊……」

錢恆抿了抿唇：「我不喜歡酒店冷冰冰的風格，沒有家的歸屬感。」

是嗎？可我看酒店冷冰冰的風格和你才完全是百分之百相配啊！

成瑤在內心咆哮道，何況你不自己照照鏡子嗎？你自己瞧瞧你這臉上零下幾十度的溫度？冷的我都恍然覺得自己和你在一起隨時都能看到極光了！你住在這裡是有了家的歸屬感，可我沒了啊！

但雖然內心充滿了對錢恆的吐槽，成瑤表面上還是一點也不敢暴露。

「但是現在，你在這裡的住址也曝光了啊，那繼續租在這裡對躲著董敏也沒有意義了啊？何況這社區哪裡能配得上您的光彩啊，真的，您住在這種社區，是對自己的侮辱！是對自己的不負責任！」她狗腿地看著錢恆，「老闆，如果您需要搬家整理，我可以幫忙的！」

成瑤恨不得把內心話都喊出來，既然如此，您這尊大佛要不然索性搬回家吧？何苦和我一起窩在這小廟裡？

錢恆瞥了成瑤一眼：「我確實沒想到她這麼快就能找到我住在哪裡，低估了我自己的魅力和她對我的狂熱。畢竟我當初為了出其不意，特地找了這個完全不符合我檔次的社區。」他頓了頓，又掃了成瑤一眼，「不過現在妳也住在這裡，反而能做個擋箭牌，倒是意料之外的用處。」錢恆語氣愉快，「等這案子起訴，董敏大概就不會找我了，那時候我再搬回去，正好那時候我的別墅翻修也差不多完工了，十分完美。」

「……」

把別人當擋箭牌的這種話，說得這麼直白真的好嗎？

但饒是這樣，成瑤還是沒有輕易放棄，她繼續循循善誘道：「那除了這種不符合老闆身分的社區，難道老闆就沒有別的房子可以搬進去嗎？畢竟自己的房子，更有家的歸屬感你說是不是？」

結果錢恆挺直接：「沒有了。」

成瑤心裡難得因為這個答案稍微平衡了點，臭屁如錢恆，工作幾年，當了合夥人，看來也只夠買一棟別墅……

然而她的精神勝利法還沒施法完畢，就聽錢恆繼續道——

「我還有三棟別墅四個大坪數都沒有裝潢好，真的無法搬。」他有些苦惱，「太忙了，實在是案源太多了，每個客戶都趕著送錢給我似的，求著我接案子，我實在沒時間去裝潢。」

「……」

錢恆，欠扁，你排第二，真的沒人敢排第一啊！

「我本來想把妳趕走的，我不喜歡合租，但是發現妳就是新入職的助理律師，決定把妳留下試試，雖然事情很巧合，但有些時候巧合也是一種運氣，我不應該剝奪妳難得的幸運。」

成瑤：「什麼幸運？」

錢恆用一種「那還用說」的表情看了成瑤一眼：「別裝傻了，能和我合租，妳一定覺得這運氣都快趕上中六合彩了吧。」

E、Excuse me？

這他媽是什麼運氣？還中六合彩呢！成瑤只想痛哭，她上輩子到底做錯什麼？

「我不習慣和人合租，但和助理律師合租，勉強也有好處，需要加班的時候，可以不用趕去所裡，在這裡就可以一起加班了。」

這是什麼魔鬼的好處啊？我並不想和你一起在家裡加班啊！

「而且有時候，我也想體會一下平凡人的生活。」錢恆皺了皺眉，有些頭疼的模樣，「我聽說最近幾個法官，都在背後表示我不親民有點難以交流，可能大家生活層次差的太遠吧。但作為家事律師，和婚姻庭法官交流還是有必要的。」說到這裡，錢恆又嫌棄地看了房子四周一眼，一臉深明大義，「為了工作，我可以忍。」

大哥，人家那是委婉地在罵你呢！只不過說得比較含蓄而已！而且，真的，求求您，不要忍了！放過我吧！

「總之，妳好好把握這一個月的寶貴機會。」

「嗯？」

錢恆抿了抿唇：「一個月後，我解決了董敏，就不用再住在這種房子裡了，所以妳能和我合租的時間，也只剩下一個月而已。」

「……」

「好好珍惜吧，不是每個人都有機會和我這麼近距離接觸一個月的。」錢恆微微一笑，「能每晚不用付費就和我說這麼多話，按照我的費率，妳每晚和我說一個小時話，就是淨賺了一萬塊，真的是日進斗金，連我都有點羨慕妳了。」

「……」

錢恆，給你一萬塊，不要再和我說話了行嗎！我快要窒息了！

「妳瞪著我幹嘛？還不快去看判例？」

人在屋簷下，不得不低頭，成瑤只好垂頭喪氣回了房間。

被選進錢恆的團隊，成瑤一度被其餘新人羨慕，畢竟錢恆團隊的案子標的額大分紅多、案重量級更大更有代表性，以後就算跳槽，經辦案件裡一寫，履歷非常漂亮，而錢恆雖然老闆病嚴重，但專業能力過硬，能跟著他一起工作，得到的鍛煉和成長也更多。

然而這都只是外表看起來光鮮，成瑤從影印室出來，看著其餘正在埋頭工作的新人，嘆了口氣，自己雖然跟了錢恆，但錢恆至今卻一個案子也沒分配給她，倒是包銳分了點工作給她，可讓她做的，也盡是些列印檔案、裝訂卷宗這類沒任何技術含量的事。反而還不如分給其他合夥人的新人，成瑤看他們有的在修改婚前協議，有的已經參與離婚案件了……

配合著成瑤的心情般，今天外面的天氣，狂風暴雨，颱風竟然就這麼轉彎來了A市，幸好成瑤今天出門早，九點上班，她八點半就到了所裡，成功躲過一場暴雨。

可惜其餘同事就沒這麼幸運了。九點半，陸陸續續還有人沒到。

「成瑤，來我辦公室。」

成瑤昨晚看了一晚案卷，本想找包銳探討探討，可惜沒等來包銳，卻等來了錢恆。

成瑤一進辦公室，就決定破釜沉舟先發制人。

「老闆，我想參與之前討論的那個案子，我不要分紅，我只想有個機會能跟著你們學習。」

「好。」

錢恆坐在辦公桌後面，一邊看卷宗，一邊頭也沒抬。

就這樣？預想中的阻撓呢？這麼容易？

「我、我也能參與嗎？」終於不用坐冷板凳可以實戰了，成瑤相當驚喜，「謝謝老闆！我知道我的努力一定會被你看見的！我會更積極……」

「我真沒看見。」

「欸？」

錢恆終於抬起頭，掃了成瑤一眼，他慢條斯理道：「我讓妳參與，妳不要自我感覺良好，妳的基礎在所裡算是比較差的，工作經驗又少，之前只在別的事務所實習了一年，根本沒獨立承辦過案件，就只是昨晚看了一下子案卷，別往自己臉上貼金說自己努力了，行嗎？」

只要能參與案件，錢恆讓自己叫他爸爸都行，被損幾句，完全沒問題！

「好了，出去吧。」

「等等，那您剛才叫我來是什麼事啊？」

「哦，就是讓妳一起參與這個案子。」

成瑤：！

原來自己不提，錢恆也準備主動讓自己參與案子，那是不是，連犀利如他，也一眼看出了自己的潛力？覺得自己是個可塑之才？

「收收妳臉上自我陶醉的表情，讓妳參與是因為包銳今早來上班的路上滑了一跤，扭傷腿了。」

雖然如此，成瑤內心還是很激動：「沒關係，能成為包銳的備胎，我也心甘情願！」

「不，包銳沒有退出這個案子，他只是不能來上班，但透過郵件電話，還會繼續跟進。」

「所以我……」

「所以妳不要強行幫自己加戲，妳撐死只能算個千斤頂。」

「……」

「他因為腿傷沒辦法去工商局查閱的企業檔案、股權情況，都由妳來代勞。」錢恆把手交握在胸前，「另外，我替包銳感謝妳。」

成瑤抓了抓腦袋，正想說，同事之間互相幫助是應該的，就聽錢恆一臉老狐狸般笑著道——

「感謝妳主動放棄了分紅，包銳不用把自己的錢再分一部分給妳了。」錢恆挑了挑眉，「不是妳剛才信誓旦旦說的？只要能參與這個案子，分紅一分不要？」

「……」

「所以就按照妳自己的強烈要求，就這麼定了，妳出去吧。」

成瑤在錢恆這邊吃了癟，但能參與案件的激動還在。回座位收到錢恆寄來的案子資訊和素材後，她就埋頭研究起來。

這次詳盡的素材就不單單是之前案情討論時那寥寥幾句了，錢恆的客戶叫李豔，李豔這樣普通的名字成瑤自然不認識，但李豔的這位前夫，就如雷貫耳了，竟然是知名文學和影視網站團團線上的創始人徐俊。

成瑤平日裡沒少在團團線上上看搞笑影片和小說，然而對徐俊更多的瞭解，並非來自財經版，而是來自娛樂版。

他曾和自己最近最愛的女星，就是飾演靈瑤的白星萌傳過很長時間的緋聞，那段時間正是白星萌爆紅、最炙手可熱的時候，結果很快狗仔就爆料了白星萌和徐俊的戀情。

團團線上當年還是個小網站，也一路被這段緋聞帶到了大眾眼前，刷足了存在感，而白星萌和徐俊這兩個人，不斷被拍到一起牽手逛街、一起做泥塑、一起旅行……最終兩人也半推半就地默認了戀情。

不過這段戀愛鬧了半年以後，兩人的互動減少，幾乎沒有同框機會，白星萌也和當紅男團小鮮肉傳出新緋聞，和徐俊的那些花邊新聞逐漸被人們淡忘。

成瑤把錢恆用郵件寄給自己的材料全部印了出來，然後靜下心來細細翻閱，這一翻，才發現，徐俊原來早在三年前就和這位李豔結婚了，在一年多前，已經離婚了！按照這個時間推測，他和白星萌曖昧的時候，根本就是已婚身分！他隱瞞了啊！

靠！渣男！成瑤作為白星萌的粉絲，第一時間義憤填膺，她翻著材料，暗暗下定決心，一定要幫這個被劈腿的前妻李豔拿回自己應得的！

然而理想很豐滿，現實很骨感。一個婚姻案件，就算只維持了不到一年，但涉及到的各種細碎資料卻猶如能把人吞沒的浩瀚大海一般，錢恆寄來的材料，外加包鋭針對徐俊幾家企業的調查，列印出來，洋洋灑灑竟然有三百多頁，還只是初步資料。成瑤翻著這些材料，越看越覺得頭腦一片混亂。

她從沒有接觸過涉及事實如此多的案件，李豔並非法律專業人士，因此提供的材料並沒有什麼重點可言，往往看完二十頁材料，裡面只能提煉出一頁有用的資訊，成瑤有一種掉進海裡卻四處找不到浮木的感覺，她想要好好辨這個案子，但要從這麼一堆材料裡理清思緒，卻把她難倒了。

心有餘而力不足。

這個認知把成瑤打擊的不輕，她終於理解錢恆為什麼之前不讓她參加案件了，因為她的能力真的不夠格。

成瑤只在之前的事務所實習了一年，剛拿到律師執照，就跳槽來了君恆，因此可以說是從沒有執業過，而包銳，單單在君恆，就已經工作四年了，這之間的差距，真的比成瑤想像的還大。

一開始拿到材料時，成瑤充滿了一展身手的雄心大志，拒絕了所裡其餘同事一起外出午飯的邀約，堅持要先把材料看完再吃飯，因此此刻只能抱著沮喪的心情，一個人外出覓食。

也不是沒有懷疑過的。

律師這條路，從來不是這麼輕鬆的。

花了那麼大的力氣通過了外號「天下第一考」的司法考試，付出了艱辛的心血，可執業初期拿到的收入，或許只是別的行業從業同學的零頭。

大部分初入職場的年輕律師，在執業前幾年，可能都拿著一個月幾千塊微薄的基本薪資，分紅不穩定，為案源煩惱，工作強度大，沒有嚴格的上下班界限，心理壓力巨大，偏偏律師這個行業，又是高風險、高強度、競爭力強的行業。

就像養蠱一樣，每一個新律師，都像是蠱蟲一般被丟入缸裡，毒多的吃毒少的，強大的吃弱小的，你要和那些與你同期的年輕律師競爭，也要和那些執業許久的成熟律師競爭，最後能在這個行業裡堅持下來的，都是經過千錘百煉心性足夠堅韌的人。

而這個行業最殘酷的地方在於，並非你足夠努力，就一定能熬出頭。

成瑤最終忍不住，傳訊息給秦沁。

『沮喪！感覺熬不過執業一年內轉行的魔咒了。』

情緒實在低落，成瑤傳完這句後，還傳了一連串痛哭流涕的貼圖。

秦沁平日裡也忙到飛起，自然不會那麼快回覆。

成瑤垂著腦袋，垂頭喪氣地走進了辦公大樓下一家日式拉麵店裡。

她點了份豚骨拉麵，然後坐下埋頭就吃。

因為這一帶辦公大樓多白領也多，就算這個時間了，拉麵店裡生意還是十分好，成瑤運氣還不錯，等了一分鐘，就有一桌四人座的座位空了出來。

只是坐下沒多久，她桌子對面的空位上，就坐了人。

情緒低落的成瑤根本沒興趣抬頭，只是繼續呼啦啦吃著拉麵。

「有這麼好吃？」

直到錢恆冷颼颼的聲音響起，成瑤才意識到自己對面坐著的，是自己那位難伺候的老闆。

錢恆大概剛結束和客戶的會議，所以也這個時間才來吃飯。

面對錢恆的問題，成瑤下意識點了點頭。

這個時候，同在一張桌子上吃飯，成瑤覺得自己應該再說點什麼避免尷尬，然而還沒等她開口，就有人叫住了她。

「成瑤？」

「欸？吳晨？」成瑤抬頭，才發現喊住她的人是高中同學吳晨。

吳晨顯然也剛來吃飯：「正煩惱沒位子坐，妳旁邊位子空嗎？空的話我正好併個桌。」

成瑤表示座位可以坐以後，吳晨就坐了下來，他的麵還沒到，很有聊天的興致：「我在附近的民生銀行工作，妳呢？」

「我在君恆律師事務所上班。」

吳晨來了興趣：「妳是律師？」

成瑤老老實實點了點頭：「嗯。」

「太好了，能不能請妳幫個忙。」

「欸？」

「就是我銀行有個主管，他媽媽之前去做了個P2P理財，投了大概兩百多萬進去，結果現在那家P2P公司爆雷了，公司的高層都跑了，錢都捲跑了，這時候去翻當初簽的合約，才發現簽的不是什麼理財投資合約，而是保健品購買合約，這明顯就是騙人家老人家不懂合約沒仔細看啊！想問問能怎麼把錢要回來。妳是律師，能不能跟我講講他們應該怎麼維護權力？我主管的媽媽都氣住院了，我主管也急的要死……」

面對這鋪天蓋地的問題，成瑤十分尷尬，這是她最怕遇到的情景。

外行人並不知道律師的工作模式，他們總覺得自己三言兩語隨便講講轉了幾手的「案情」，律師就能在十秒鐘內給出專業的回答，他們更不知道，每個律師術業有專攻，比如成瑤，她的婚姻法、繼承法學的不錯，但對這種金融詐騙卻一頭霧水。

成瑤決定實話實說：「我其實不太懂這個領域……我建議你讓你主管去諮詢從事金融詐騙的專業律師。」

「妳的回答怎麼這麼『官方』啊？」吳晨笑笑，狀若開玩笑道：「我想著妳是老同學，相信妳才問問妳，你們律師是不是不收費的問題都不肯回答啊？其實也就兩三句話的事，妳大致給我點意見就行了，這也太不夠意思了吧。」

「你如果胃不舒服去醫院的話掛什麼科？」

就在成瑤斟酌著如何回覆吳晨之際，剛才坐在對面一言不發的錢恆抬起了頭，伴隨著他的動作，是他冷冰冰的聲音。

「當然掛消化內科啊。」吳晨下意識回答完，才有些意外，「你是誰啊？」

錢恆的表情嘲諷：「原來你知道胃不舒服要掛消化內科。」

吳晨瞪著眼睛見鬼似的看著錢恆。

「她都說了她不從事金融詐騙領域的業務，你還硬逼著她提法律意見，那你有胃病的時候，怎麼不去找肛腸科醫生看病呢？」

這話太毒了，吳晨一下子一張臉脹得通紅。

錢恆輕易不出手，出手必傷人，他不顧吳晨發青的臉色，繼續道：「肛腸科醫生不會給胃病病人診斷，那是因為這是對職業和病人負責任，不同法律領域也是。何況，就算去看肛腸科醫生，也要掛號吧，你呢，一分錢不付，還逼著人家給你建議？」錢恆指了指成瑤，「她上輩子造了什麼孽，欠了你什麼？」

對於錢恆的話，吳晨根本沒有任何招架之力，他只能梗著脖子道：「你誰啊，我和我老同學聊天，你憑什麼多管什麼閒事。」

「憑我是她老闆。」錢恆十分冷酷，「憑我花了錢買了她的時間。我不允許她在你這樣的人身上浪費時間。」

不知道為什麼，成瑤這一刻幾乎要屏住呼吸，她的心撲通撲通劇烈跳著，因為緊張、因為驚訝，也因為……暢快。

作律師以來，吳晨這種事，不是第一次遇到，但成瑤從沒有錢恆這樣拒絕的勇氣。

大部分民眾並不願意為無形的東西付費，譬如智慧財產權，譬如律師、會計師的專業諮詢服務。很多人不認可這種服務的價值，總覺得既然認識，這種動動嘴皮子的事情，你看面子幫幫忙就行了，收什麼錢啊。

「免費諮詢？你也好意思開口？怎麼不直接大方點叫成瑤去喝西北風？每個人都和你這樣想著免費諮詢，律師這個職業就滅絕了。」

「另外，她的專業領域是家事法律，你什麼時候離婚，可以找她。我作為老闆，允許她幫你打個折。」

吳晨被嗆的啞口無言，連點的麵還沒上，就硬著頭皮尷尬地尋了個臨時開會的藉口，灰溜溜地走了。

錢恆仍舊冷著一張臉，他的眉眼英俊，氣質冷淡，與這間熱熱鬧鬧的日式拉麵店彷彿格格不入，一張臉還是寫滿了生人勿進的脾氣差，漂亮的薄唇難以取悅的抿著，根本看不出幾分鐘之前才從這裡蹦出過刻薄的嘲諷，然而成瑤卻從沒有哪一刻覺得錢恆這麼帥過。

是真的那種帥。

還是有毒，但有毒的這麼讓人無法抗衡。

「看什麼看？吃麵。」壞脾氣的老闆仍舊脾氣很差，他掃了成瑤一眼，「還是妳有什麼想說的？」

成瑤猶豫片刻，還是開口道：「那個……其實醫院沒有肛腸科，那叫泌尿科……」

錢恆毫不留情地朝成瑤翻了個白眼：「我又不需要看這種科，我怎麼會知道名字？而且妳不覺得肛腸科說出來更有諷刺意味？」

「……」

好吧，雖然不想承認，但錢恆竟然連翻白眼都翻的挺帥的……

「下次長點心，別傻乎乎給人家做免費諮詢。」

雖然態度冷冰冰的，不知道是不是剛喝下那碗麵湯的緣故，成瑤覺得整個人暖洋洋的，但她心中仍有好奇：「老闆，你就沒想過，萬一我和他以前關係真的很鐵，你剛才那麼說，會讓我很難做人也很尷尬啊。」

錢恆冷哼一聲：「真正的朋友，根本不會想這樣占妳便宜。更何況連妳平時業務範圍都不知道，更不知道妳在附近工作，能是多好的『朋友』？」

「就算不是朋友，那萬一是我高中時代單戀的人什麼的呢？」

錢恆毫不意外露出嫌惡的表情：「連自己的事都不是，就因為是主管的事，為了討好主管，想要從以前老同學那裡得到免費的法律諮詢，好借花獻佛溜鬚拍馬，喜歡這種油膩市儈的人，妳瞎了嗎？」

「……」

「算了，妳以前可能沒見過什麼世面，不過以後我相信妳會好的。」

「為什麼這麼說啊？」

錢恆微微笑了下，整了整自己的領帶：「以後妳上班、下班都能和我這樣優秀的人相處，一定能把妳的品味帶上升一點，整天見到的都是我，像剛才那種凡夫俗子，自然會看不上的，失明，也就會好了。」

「……」成瑤想，我的速效救心丸呢……

「我知道妳心裡也很煩剛才那種對話，以後遇到，就強勢點拒絕。」錢恆頓了頓，才再次道：「記住，妳是一個律師，妳是鬥士，對一切不合理的事和制度，都應該大聲說不。」

這一次，成瑤用力點了點頭。

「大學法學學士四年，大約是三萬五千零四十個小時；律師實習一年，大約是八千七百六十個小時，每一個律師，至少經過這樣四萬三千八百個小時，才能拿到律師執照。時間是我們每個律師最大的成本，不論是妳，還是我，一天都只有二十四個小時，為這些人做一分鐘免費諮詢，就是浪費一分鐘生命，每一分每一秒的時間，都是不可再生的。」

成瑤肅然起敬，她受教道：「下次我會好好拒絕的。」

錢恆挑起了眉：「為什麼要好好地拒絕？不尊重律師專業勞動價值的人，為什麼要尊重他們？給我態度惡劣地拒絕！」

「……」

「這是北海道魚骨拉麵，請慢用！」

就在此時，服務生端上一碗麵，成瑤愣了愣，才意識到，這碗是吳晨剛才點的。

為了向自己這位難以取悅的老闆示好，成瑤非常識時務地把麵往錢恆面前推了推：「老闆，北海道魚骨拉麵是這家店的招牌，放著浪費不如您吃了？畢竟平時您工作忙，日理萬機的，需要多補充營養！」

「妳吃吧。」

成瑤一時之間有些感動，今天的錢恆氣場兩百八！不僅幫自己嗆了極品同學，竟然還懂得謙讓了，簡直可歌可泣。

然而成瑤剛感動了十秒，就聽到對面錢恆理所當然地繼續道——

「這家店太難吃了。」

「……」所以是因為難吃才讓給自己……

錢恆還面露嫌棄道：「從這家店開的那天我吃了一次後，我就決定放過我自己，好好活著。」

欸？等等？這家日式拉麵店聽說去年就開了，既然當初開業後吃過感覺無法忍受這個口味，為什麼今天又來吃啊……

錢恆冷冷地看了成瑤一眼：「妳心裡沒點數？」

成瑤：？

「妳自己看看妳傳了什麼訊息給我。」錢恆一邊說，一邊掏出手機，把聊天記錄放在成瑤面前。

那上面，是十幾個哭喪臉的貼圖……

錢恆的手指輕輕上滑。

那句「感覺熬不過執業一年內轉行的魔咒」就大喇喇地顯現在成瑤面前。

成瑤這時才發現，秦沁的用戶名叫 Rebecca Qin，錢恆的是姓氏的拼音「Qian」，因為在錢恆之前，秦沁是她所有好友裡唯一一個用戶名含Q的人，所以成瑤習慣查詢Q後直接傳訊息。成瑤一翻手機，才發現，秦沁不知道什麼時候把用戶名改成了「小沁」，於是搜詢Q得到的唯一那個人，變成了錢恆。

剛才老眼昏花之下，她根本沒注意，習慣性地便傳了那麼一串……

然而因為自己傳了這些話，錢恆竟然特地為了找自己，來這家他不會再來第二遍的店。

雖然是個尷尬的烏龍，但這一刻，成瑤心中有一些溫暖，錢恆竟然對下屬挺關心的。所以，這時候，他是準備找自己談話嗎？準備鼓勵自己嗎？

成瑤望著眼前那張英俊到過分的臉，沒來由的有些緊張，也有些忐忑。

「我知道很多新人根本撐不過一年，律師是一項很挑戰也很辛苦的工作，很多人會轉行。」錢恆頓了頓，「我希望，如果妳堅持不下來，就馬上辭職。」

成瑤：？

等等，說好的鼓勵呢？至少也來一碗雞湯吧？

「下午我約了那個離婚後財產再次分割糾紛的當事人，如果妳不能堅持，這個案子直接退出，離婚案件，本身涉及的都是客戶的隱私，妳要是不想幹，那下午的會直接別參加。」錢恆看了看手錶，「現在離下午的會還有一個小時，所以我必須現在找到妳確定妳的回答，好方便我替換團隊成員。」

雖然很不近人情，但成瑤不得不承認，錢恆非常專業。

既然接受了客戶的委託，那就把客戶的利益放在第一位，事事都能考慮的如此全面仔細，也難怪他短短幾年就能成為頂尖的律師。

成瑤第一次意識到，就算嘴巴毒、脾氣差，但自己離錢恆，還有很遠很遠很遠的距離。

「不，成為一名家事律師是我人生目標的一部分。」成瑤咬緊嘴唇，「您放心，雖然會抱怨會吐槽會有低落和遇到挫折，但我不會放棄的。」成瑤的眼前閃過鄧明的臉，她在自己心裡加了一句，在法庭上打敗他之前，永不放棄。

「既然不離職，那就好好學會幫每個人備註。」錢恆冷哼了一聲，「我不想看到妳下次把什麼奇怪的東西錯傳給客戶。」

「好了，和妳沒什麼可以再說的了。」錢恆整了整衣領，「我終於可以從這家格調和我不搭的店裡走了。」

錢恆說完，優雅地擦了擦嘴，起身離開。

走過收銀檯的時候，他指了指還坐在桌前的成瑤：「我的單，算在她頭上。」

「……」

成瑤目瞪口呆，這他媽竟然是她的老闆！

她氣衝衝地按照錢恆的指示，更改了訊息備註和手機備註。

成瑤用力戳著手機螢幕，直到錢恆的名字變成了朗朗上口的另外三個字。

——臭傻子。

就是這樣，成瑤還不解氣，她翻到手機通訊錄，把錢恆的名字統一備註成這個。

下午的會議約在兩點，成瑤準備好會議材料，提前兩分鐘坐在會議室裡等待，錢恆這個資深老闆病患者竟然並沒有在辦公室裡回郵件，而是也坐到了會議室裡。

成瑤很善解人意：「老闆，你要是有什麼事可以先回辦公室處理，等客戶到了我打電話叫你。」

在成瑤實習的上一家事務所，雖然律師與客戶提前約好了時間，但大部分個人客戶還是習慣性會遲到一些時間，成瑤以前遇到最誇張的客戶，遲到了整整兩個小時。

目前的法律市場還不夠成熟，客戶的準時觀念也還遠需要培育，很多律師面對這無奈的現狀，也只能讓實習生或者助理律師先在會議室候著，等人到了再通知自己，否則自己要被牽絆著時間專注等這個客戶，恐怕其他案子就不用辦了。

結果錢恆一點也沒感激成瑤的好心，他輕輕瞥了她一眼：「不需要。」他倨傲地笑了笑，一字一頓道：「我錢恆從來不等人。如果遲到一次，以後就不要再想找我合作了。」他有些同情地看了成瑤一眼，「妳以前沒進過好的事務所，習慣了嬌慣的客戶，以後把這些在別的地方養成的壞習慣改一改。」

幾乎是他的話音剛落，行政的同事敲了敲會議室的門，然後引著兩個人走了進來。

成瑤下意識地去看手錶，真的是兩點整，一分不多一分不少。

進來的是一男一女，男的穿著正常的休閒外套，女的就奇怪多了，明明是在室內，卻還戴著帽子、墨鏡，圍著口罩。

雖然不知道這男的是誰，但女的無疑就是錢恆的當事人李黼了。

那男人一進會議室，便警惕而略帶審視地看了成瑤一眼。

「成瑤，我的助理律師，會一起跟進這個案子。」錢恆掃了成瑤一眼，「簽過保密協議了。」

聽了這話，那男人才放下心來，而李黼這才摘下墨鏡和口罩。

成瑤正準備把此次會議材料分發給李黼，一抬頭，差點把自己嚇到靈魂出竅。

李黼？說好的李黼呢！

出現在成瑤面前的，赫然就是白星萌啊！演靈瑤的白星萌！

「白星萌是藝名。」

錢恆看不下去，言簡意賅地解釋一句。

所以，白星萌的真名是……是李黼？

這簡直太讓人震驚了，彷彿高級髮型設計總監 Tony 過年回家就變成了村東的劉大壯一樣……

更讓人震驚的是，原來徐俊和白星萌那段緋聞和曖昧並不是謠傳！兩人不僅談了戀愛，甚至結了婚，還離了！

成瑤完全沒想到，有朝一日自己竟然托了錢恆的福，能這麼近距離地接觸到娛樂圈，能這麼近距離地看到活生生的白星萌……

成瑤同手同腳地走過去把材料遞給白星萌，她在極度震驚之下，都忘記怎麼表現震驚了。

直到錢恆的聲音把她拉回現實。

「根據妳提供的材料還有錄音，目前有幾個細節的資訊我要再和妳確認下。」

「妳的前夫徐俊回國後於二〇一七年三月十八日創辦了駿馳影業，但你們兩人直到二〇一七年四月五日，才在國內民政部門正式登記結婚。」

「對，是這樣的。」

「嗯，那麼駿馳影業屬於徐俊的婚前財產。」

「可我們二〇一七年三月二號就在拉斯維加斯註冊結婚了啊，駿馳是徐俊說為了慶祝我們結婚，送給我的結婚禮物。」白星萌很不解，「我們這種在國外結婚的涉外註冊，只要符合國內的《婚姻法》，雙方單身、年齡合格，沒有禁止結婚的情形，國家不就是承認的嗎？何況我們還在拉斯維加斯祕密舉行了婚禮的，雖然國內不知道，但我有錄影，資料也提供給你了。」

錢恆笑笑：「在國外辦理了結婚登記，不是想當然只要符合《婚姻法》就有效的，想要讓國外註冊的婚姻狀況在國內生效使用，就必須當地政府出證明，然後辦理州務卿認證，去我國駐當地的使領館認證，只有認證後，才是合法有效的。你們只是在拉斯維加斯註冊結婚，就算舉辦了婚禮，只要沒有辦理認證，國內就不認可。」

白星萌垂下了頭，表情隱在陰影裡，有些看不真切：「徐俊這樣在美國生活了十幾年的人，是不是不可能不知道這一點？」

「嗯。」

「所以他果然是算計。」白星萌抬起頭，笑得有些淒涼，「他在認識我之前，完全沒有任何影視圈裡的人脈，結婚後，因為駿馳影業就像是我們愛情的結晶，我一直很想讓這個公司在影視圈裡站穩腳跟，明裡暗裡，利用我自己的人脈，幫駿馳拉了多少投資，牽線搭橋促成了多少個專案，就連製作好後影視劇的宣傳，我都厚著臉皮靠自己的人情找了人……原來這一切，和我根本沒關係。」

對於白星萌的這番剖白，成瑤作為女性，很是同情，一段愛情和婚姻逝去，卻發現當初一切甜言蜜語的背後，都是滿目瘡痍的算計？試問誰能淡然？

然而對此，錢恆卻絲毫不動容，他板著臉，姿態冷酷地打斷白星萌的回憶。

「需要我提醒妳我每小時的收費嗎？」

「……」

白星萌愣了愣，與她一起來的經紀人下意識道：「沒關係，這些時間我們都會付費的。」

「金錢是有價的，我的時間是無價的。」

錢恆冷冷道：「感情是最沒用的東西，徐俊欺騙妳，從道德層面譴責他一點意義也沒有，妳得到所有同情，也改變不了任何事實。」

成瑤瑟瑟發抖，她這位老闆，直男癌已經病入膏肓了吧……白星萌這樣一位美人梨花帶雨在眼前哭訴，竟然無動於衷，還把人訓了一頓……

「現在，我需要的是妳專注案件，提煉出有用的資訊，讓我們能有方向地查出他隱匿的財產。」錢恆的姿態冷豔高貴，然而說的話，卻句句在理，讓成瑤完全無法辯駁。

「我知道妳不甘心，妳想讓他付出代價，那既然他最愛的是事業，是他的錢，他的公司，那我們就從這個層面，讓他好好大出血。」

白星萌被錢恆點醒了一般，點了點頭，終於收起剛才顧影自憐的姿態，開始專注配合地回答起錢恆的問題。

一場為時一小時的會議，後半程竟然完全沒有一句閒聊，錢恆拿出包銳早就為他準備好的問題清單，一個個把這段婚姻中涉及財產的細節理順，成瑤只來得及不停在筆記本上記著。

不得不說，錢恆雖然平日裡行為方式相當辣眼睛，但是一旦切換到工作模式，還真的是專業到近乎完美的。

雖然作為一個有一定咖位的當紅明星，但白星萌就算被錢恆訓了幾句，竟然沒有動氣，甚至在會議結束後，授意經紀人與錢恆洽談長期法律顧問合作。

對此，成瑤目瞪口呆：「白星萌有受虐傾向嗎？我還以為你剛才那麼說她，她要和我們解除合約換律師了，畢竟是平日裡被萬人捧著的明星啊！」

錢恆看了成瑤一眼，趾高氣昂道：「當妳在某個領域變得無可替代的時候，就算妳態度再差，只要妳的專業技能無人能敵，那就只有別人適應妳的份。」

原來你也知道自己態度差啊……成瑤心裡有些安慰，看來錢恆還是有自知之明的。

「不過其實你剛才那樣很自然地把她從自暴自棄裡拯救出來，還是挺機智的。」

錢恆挑了挑眉：「我什麼時候拯救她了？」

「就是剛才教訓她不要沉浸在失敗的感情裡，而要站起來戰鬥，多提供點資訊好讓我們為她爭取更多的財產分割呀！」

錢恆奇怪地看了成瑤一眼：「妳想太多了，我那麼訓她純粹是因為我自己。」

成瑤：？

「我和她簽的是風險代理。所以，案件的結果，直接關係到我的收入。」錢恆抿了抿唇，「我只關心自己的錢，不關心她到底有沒有振作起來，是不是自暴自棄，未來要去跳河還是割腕。懂？」

「……」

「離妳的當事人遠一點，離案子近一點，妳最後會發現，不論是當事人，還是對妳自己，都有好處。」

「所以風險代理的比例是？」

「分得五千萬元以內部分，按百分之十二支付律師費；分得五千萬元以上部分，按百分之二十支付。」

風險代理，指的是律師不收取固定的代理費，而是按照協商好的比例，根據最終為當事人爭取到的財產標的額度，收取代理費，當然，為了保證收益，律師是可以走部分風險代理的，也就是要求當事人提前支付一部分固定的律師費，之後再根據案件結果按比例收費。

這種模式下，不論是部分風險代理還是全部風險代理，都能最大地激發律師的積極性，因為能為當事人爭取到的財產結果越大，自己的律師費也收的越多；但如果遭遇敗訴或者執行不能，那律師將收不到回報，正因為有這一風險存在，才有風險代理這個名字的由來。

「等等！」成瑤想起了什麼，「婚姻案件不是涉及人身關係，所以不允許採用風險代理嗎？我還看到過採用風險代理最後被當事人起訴約定無效的……」

「離婚後財產再次分割可以。」錢恆不以為意地掃了成瑤一眼，「婚姻案件禁止風險代理的初衷，是為了害怕因為律師的逐利性，為了分割更多的財產，為了獲得更多的代理費，而成為當事人雙方調解和好的阻礙。」錢恆抿了抿唇，「但李豔這個案子，當事人雙方感情已經破裂並且離婚了，在離婚後意識到對方有可能存在隱匿財產的可能，已經不可能存在調解和好之類的可能。爭議焦點也完全在財產分割上，和人身關係完全無關，考慮到共同財產的取證、執行難度很大，需要律師做大量工作。在和當事人協商一致的情況下，可以適用風險代理，在執行回來的財產中提取一定的比例作為報酬，這很合理。」

成瑤恍然大悟，原來如此！

「而且現在的趨勢就是逐漸放開婚姻案件的風險代理，廣東省就已經直接放開了。」

「不管哪個行業，不怕遇到完全不懂行的，最怕遇到妳這樣半吊子的。」錢恆看了眼手錶，「光是和妳解釋這些常識，就浪費了我寶貴的十分鐘生命。」

「我……」

「停。」錢恆制止了成瑤的話，「從現在起，幫我個忙，不要再問我這些愚蠢的問題了，再問扣妳薪水。」

「……」

「包銳今天下午腿傷口有點惡化，他關於徐俊的企業情況調查還沒做完，妳接著做，明天上班的時候，我要看到清晰可行的調查方向。」

「欸？好！」

成瑤回答完，繼續下意識等著錢恆的下一個命令。

錢恆低頭翻了下文件，才意識到辦公室裡還有個成瑤，他頭也沒有抬，只是朝成瑤揮了揮手：「沒事了，跪安吧。」

「……」

成瑤覺得，速效救心丸恐怕也救不了自己了，老闆毒性太大，她感覺快要窒息了……

一整個下午，成瑤都在包銳整理的材料基礎上繼續研究著，徐俊的企業架構很大，也很複雜，她花了很多時間，才終於畫出一張控股關係表，然而對於去哪裡調查他隱匿的財產，成瑤仍舊一頭霧水。

團團線上的企業架構中，確實有關聯公司和子公司是在婚姻存續期間成立的，然而首先，這些公司太多太雜亂了，並且這些公司要不就是盈利有限，要不就直接是虧損，因此導致在之前的離婚訴訟中，白星萌只拿到了非常少的財產分割。

成瑤拿著事務所開具的介紹信跑了好幾家工商局，調了徐俊名下包括「團團線上」在內的幾家企業的檔案。其實調取檔案這件事，一點技術含量也沒有，不過是個跑腿的工作，尤其十一月，這幾天又是淒風苦雨，成瑤每天風裡來雨裡去，上班時齊整的套裝，不多時就報廢了，褲管上都是泥啊水啊的，一張臉，也被吹出了兩坨凍傷的「高原紅」。

只是很可惜，就算成瑤不怕苦不怕累，徐俊這樣連結婚時間都算計好的男人，怎麼可能留下這麼顯眼的把柄，工商檔案裡自然查不出什麼蛛絲馬跡，倒是成瑤感冒了，還發了一次燒。

然而錢恆的話語，多少刺激了成瑤的鬥志，這天晚上回了家，她一邊昏昏沉沉地擤鼻涕一邊又埋頭在房間裡研究起來。

可惜她研究了老半天，還是毫無頭緒，就在這時，在所裡加班的錢恆開門回來了。

成瑤想了想，決定識時務者為俊傑，求助錢恆這個開了掛一樣的外援。

「老闆……」

「不行。」

「……」

錢恆掃了成瑤一眼：「別拿妳那些愚蠢的問題來問我。」

「……」

成瑤噎了噎，掙扎道：「我就是想請教一下……」

「是妳自己說的，在這裡，我們只是合租室友的關係，不是上班時間，妳不要來諮詢我工作的問題。」

「但是你關照我，好好珍惜和你合租的這一個月的，所以我想……」

錢恆挑了挑眉：「我們誰是老闆？」

「你啊。」

「那就是我說了算。現在，轉身，回房間。」

「……」

「等等。」錢恆面無表情道：「另外，昨晚為了個案子熬夜到了兩點，所以現在，我馬上就回房間睡覺了。請妳保持絕對的安靜。」

好的吧老闆，誰叫你是老闆呢，只是你要好好祈禱，有朝一日別落我手上！

激憤之下，成瑤丟下手裡毫無頭緒的資料。而一旦放下了手中的工作，她這才感覺到胃裡空蕩蕩的難受起來，今天一回家，她就埋頭開始研究，到現在還沒吃飯呢。

成瑤索性決定好好犒勞自己，她來到廚房，動作俐落地開始洗菜切菜。

不是成瑤吹牛，她的法律技能可能不是最強的，但是做菜技術她敢稱第二，沒人敢稱第一。

不用多久，成瑤就做出了三菜一湯，紅燒肉、上湯蝦仁豆腐、白灼芥藍，還有一個番茄蛋花湯。各個顏值超高，成瑤嚐了嚐，口味比顏值更好。

就在成瑤盛好了飯準備開動的時候，錢恆的門開了。

號稱自己已經睡了的老闆病資深患者，穿著睡衣，頂著自己英俊的面容，髮梢微微有一些凌亂，出現在成瑤面前。

成瑤一抬頭，正對上對方幽幽的眼神。

成瑤立刻自證清白：「我剛才做飯沒有發出聲音啊！我真的沒有吵到你！」

錢恆竟然一反常態沒有找碴，他「嗯」了一聲，走到飯桌旁，狀若不經意地掃了各色菜肴一眼，哼笑了聲，「別以為想靠做一桌菜請我吃就能討好我，讓我回答那些幼稚的問題。」

成瑤有些茫然：「我是做給我自己吃的。」

錢恆自信地笑了：「那妳怎麼做了兩人份？三菜一湯，這明顯是兩個人的量。」

成瑤一邊往嘴裡塞菜一邊真誠地解釋：「我食量挺大的，這些我一個人吃完剛好。」

錢恆也不說話，他就那麼站著，雙手抱胸，好整以暇地看著成瑤，一臉「我倒要看看妳嘴硬到什麼時候」的模樣。

成瑤覺得，被人誤會的時候，任何語言都是多餘的，千言萬語，不如實際行動來的有說服力。

於是她耿直地當著錢恆的面，把這一桌菜全部吃完了。

「看，我真的一個人就能吃完！」

成瑤抹了抹嘴角，抬頭，這才意識到，自己這位老闆，在全程觀摩自己飛速風捲殘雲地吃完了一桌菜後，臉色似乎、似乎非常之難看？

錢恆的臉很黑：「成瑤，我還沒有吃晚飯。」

於是成瑤這才後知後覺地意識到，哦，自己這位矯情的老闆，原來剛才是想吃自己做的飯啊！

錢恆啊錢恆，你平時裡作威作福，沒想過自己也有今天吧？

成瑤心裡頗有一種農奴翻身的快感，她明知故問道：「咦？你不是已經要睡覺了嗎？」

「妳故意的吧。」

「嗯？」

「妳記恨我拒絕回答妳幼稚的問題，所以為了報復，死撐著也要把兩人份的飯菜吃完。」

成瑤真的笑了：「老闆，我就問你一個問題，這飯是我做的還是你做的？」

「……」

「誰做的飯，誰想怎麼吃，誰說了算。」

錢恆面無表情道：「成瑤，妳膽子真的挺大的。梁靜茹給妳的勇氣？」

「那是老闆培養的好，讓我知道，作為一個律師，就要為自己辯護，為自己維權，戰鬥到最後一刻！」

「行了，給妳兩千塊，趕緊再原樣做一頓。」

「現在的我長大了，懂事了，成熟了，知道有些原則，不應該為金錢低頭。」

錢恆看著成瑤那得意的模樣，少女烏髮紅唇，圓圓的眼睛明亮而狡黠，像一隻毛色滑亮的小狐狸。

錢恆轉開了視線，他抿了抿唇：「最後的 offer，妳做飯，我答疑。」

「答疑時間不能限制！」

「成瑤，別得寸進尺。」

成瑤假意打了個哈欠：「其實說起來今天挺累的，做菜其實對身體健康不好，油煙大……」

「行了，我答應妳。」

錢恆雖然有些咬牙切齒，但成瑤做的菜實在味道和顏值都很誘人，他想了想，答應了這個不平等條約。

「半個小時後，我要看到飯菜。」錢恆就這樣坐到了飯桌前，「但是成瑤，要是飯菜除了好看，完全不能下口，妳就完了。」

錢恆伸出一根手指，用他標準的老闆腔警示性地敲了敲桌面：「一方當事人故意告知對方虛假情況，或者故意隱瞞真實情況，誘使對方當事人作出錯誤意思表示的，可以認定為欺詐行為。一方以欺詐的手段訂立合約的，合約可撤銷。」

「所以，妳做的飯菜要是難吃，就是欺詐，我們之間的口頭約定也可以撤銷，別想我回答妳的疑問。」

「……」

錢恆就穿著鬆鬆垮垮的睡衣，坐在飯桌前，但他那番話的氣勢，彷彿自己穿著Zegna訂製西裝坐在昂貴的老闆椅裡發號施令。

成瑤對自己的手藝有自信，她一點時間也沒有浪費，手腳俐落地回廚房處理起食材來，葷菜剩下成瑤買來準備明天煲魚片粥的魚片，還有一些雞翅，她不確定錢恆想吃什麼，便走出廚房，準備詢問他的意見。

剛推開廚房的移門，成瑤就看到她那位尊貴的老闆，正睡眼惺忪地揉了揉眼睛，然後毫無威嚴地打了個哈欠，一雙平時冷漠的眼睛，也因為這個哈欠而變得有些濕漉漉的，暖色的燈光讓他的輪廓都帶了一種毛茸茸的光暈，從成瑤的角度看過去，錢恆英俊的眉眼竟然有些溫柔的錯覺。

然而……

「嘟嘟嘟嘟。」

電鍋發出了煮飯完成的聲音提示，錢恆下意識循著聲音抬頭，看到站在門邊的成瑤。瞬間，這位老闆病患者如變臉一般，換上完全不同的另一副嘴臉，他挺直了脊背，臉上恢復一貫的高貴冷豔，只是很可惜，剛才那個哈欠的餘韻還留在他的臉上，他冷酷的眼角還帶著眼淚的可疑痕跡……

成瑤沒來由地就想到了一句話，再萬人捧猶如女神男神的明星，走下神壇，人家私下也是要拉屎放屁的……再劇毒的老闆，下了班，也是有不帶毒的時候的……

這麼想著，成瑤突然天馬行空了起來，她想，什麼時候得去吃一次河豚，啊，河豚真美味啊，雖然有毒，但處理好去掉帶毒的部分，可真是鮮美呢……

「菜呢？」

可惜她的劇毒老闆一秒鐘打破她的美好幻想。

「有空在這發愣，還不回去做飯？」

「……」行了，成瑤想，不用問了，沒有魚片了，就弄兩個雞翅完事吧，魚片比較貴，不值得給劇毒的老闆。

總之沒多久，又一桌色香味俱全的飯菜出爐了。

錢恆板著張臉，頗為矜持地夾了幾筷子，彷彿生怕成瑤真的欺詐，其實做的和某些網紅店一樣雖然好看，但很難吃似的。

但顯然，成瑤的菜為成瑤洗刷了偏見，錢恆慢條斯理地夾了幾筷子後，動筷子的頻率快了起來，沒過太久，成瑤做的一桌子菜，就被解決的差不多了。

錢恆吃完，顯然心情不錯，他動作優雅地拿紙巾擦了擦嘴，神情舒緩下來。

成瑤看著一桌子碗筷，她正準備安排措辭，就聽到自己老闆那欠扁的聲音響了起來。

「妳洗。」

「……」

成瑤決定抗爭到底：「可是正常的流程都應該合租室友之間，誰做飯，另一個就洗碗的！」

錢恆挑了挑眉：「那正常的合租室友之間，每個月一個付薪水給另一個嗎？」

「……」

「我不是要用老闆的身分壓妳，我單純認為，應該誰污染誰治理。」

成瑤在心裡咆哮，這不就是利用老闆的淫威嗎！還提什麼誰污染誰治理？我做飯是為了誰！是為了誰！

雖然不甘心，但成瑤想著之後請教錢恆的事，因此還是迫於淫威，治理了「污染」。

酒足飯飽，也打掃好了，成瑤終於搬出房裡的案件材料，態度恭敬地坐到錢恆面前。她討好地笑笑：「那個，是關於白星萌那個離婚案的……」

錢恆擺出專業老板式背靠座椅坐姿，可惜出租屋的餐桌椅怎麼比得上所裡那幾萬塊的人體工學老闆椅，他很快皺了皺眉，不得不心不甘情不願地調整了坐姿：「我安排的工作是先調查出徐俊隱匿的財產，說吧，關於這個問題，妳哪裡有疑問。」

「我哪裡都有疑問……」

「……」

錢恆的表情非常一言難盡：「我當時可能瞎了。」

成瑤：？

「我當時就不應該一時遲疑把妳招進來。」

這位朋友，你這話要是敢說早一點，剛才那飯裡我就投毒了啊！

不過成瑤心裡雖然吐槽，但其實對於這個問題，她也一直有些好奇。

當初向君恆投簡歷的時候，只是抱著試一試的心態，撞大運被錄取後，成瑤一開始也沒多想，直到她發現，所裡其餘同事，不是學歷比她好，就是執業經驗比她豐富，履歷裡總有可圈可點的閃光處，成瑤相比來說，確實挺平庸的。

此刻，成瑤看著錢恆的臉，心中有了一個大膽的猜想：「是不是……」她頓了頓，最終決定豁出去，「是不是因為你看我長得漂亮才招我進來的呀？我那張兩吋證件照嘛，大家都說挺好看的哈哈哈……」

錢恆沉默地看了她很久：「我現在確定我當時是瞎了。」

「……」

那是為什麼招我呀……

錢恆彷彿知道成瑤內心的問題般看了她一眼：「有一個原因，是因為妳個人簡介裡的一句話，『希望終生以法律為信仰』。」

欸？成瑤撓了撓頭，說實話，她自己都快忘記自己個人簡介裡寫了什麼了，結果就誤打誤撞因為這句話打動了錢恆？這不都是場面話嗎？

「難道以前別人的個人簡介裡沒有這麼寫過嗎？」成瑤十分不解，「我以為大家都是這麼寫的……」

「他們寫的是『以公平正義為信仰』，妳寫的是『以法律為信仰』，我以為妳是不同的。」

成瑤有些被搞糊塗了，以法律為信仰，不就是以公平正義為信仰嗎？這裡面有什麼差別？不過是自己和他們的措辭不同而已啊？

錢恆面無表情地看了正摸不著頭緒的成瑤一眼：「當然，現在我知道，我引以為傲的判斷這一次失誤了。妳這個表情告訴我，妳和別人沒什麼不同。」

欸欸欸？

「所以，最終同意招妳進來，是我一時不清醒，不是因為妳長得漂亮。」

「……」

錢恆掃了成瑤的臉一眼，又加了一句：「我知道在普通人眼裡，比如我們人事部主管蔣程剛眼裡，妳這樣的，算是很漂亮了，所以他一看到妳的證件照，就決定要錄取妳。但是！」一邊說著，錢恆一邊抬起一隻手，在自己的頭頂比劃了下，「這裡，是我對漂亮的標準。」然後他的手放置肩膀水準位置又比劃了下，「妳呢，在這裡。」

「……」

錢恆似乎還嫌棄不夠欠打似的，他想了想，又補充道：「及格了，就還行吧，但是希望妳不要驕傲，好好擺正自己的心態。」

算了，我要冷靜……成瑤在內心為自己開解道，忍一忍，今天他是老闆，妳是下屬，所以妳更應該努力工作，有朝一日只要妳也成了合夥人，就能像他一樣為所欲為了！

「那老闆能不能先指點一下追查徐俊隱匿財產的方向？」

錢恆喝了口水：「現在妳對徐俊擬上市的企業『團團線上』有什麼瞭解？」

成瑤翻出自己找到的工商資料：「我看過了，團團線上自徐俊在國內正式登記結婚後，就沒有發生過異常的變動，沒有出現過增資和股權變動。」

錢恆挑了挑眉：「如果我是妳，我根本不會浪費時間去查團團線上本身的運營情況，徐俊難道看起來很傻嗎？他能不知道白星萌會盯著團團線上？」

「那……」

「團團線上在三年內竟然連續獲得了了淡馬錫、IDG、紅杉資本、軟銀等四次注資，募集的資金額度約為二點一億美金。目前準備在美國納斯達克上市。」

成瑤點了點頭：「嗯，這些我也看過了。」

錢恆盯著成瑤：「所以妳看過就完了？妳不想想這裡面有什麼資訊？」

成瑤想，這裡能有什麼資訊？徐俊和白星萌有婚前協議在先，這幾次融資，不是發生在結婚前，就是發生在離婚後……

「妳是不是根本沒去查過，網際網路企業，如果要在美國境外上市，都採用VIE的模式？」

「VIE？」

成瑤一頭霧水，看了看錢恆，錢恆的嘴角抽了抽，顯然，要不是注意形象，此刻的他恐怕是想翻一個白眼的：「VIE是Variable Interest Entities的首字母縮寫，按照英文直譯就是『可變利益實體』，在國內被稱為『協議控制』，意思是，境外註冊的上市實體與境內的業務運營實體相分離，境外的上市實體透過協定的方式控制境內的業務實體，業務實體就是上市實體的VIE。」

成瑤第一次接觸這個新名詞，忙不迭地記著筆記，忙著在頭腦裡消化新知識。

「不過我們為什麼要研究VIE結構？那不是做公司上市、併購業務的律師才需要學的嗎……」

錢恆停了下來，他看了成瑤一眼：「在妳心中家事律師是什麼樣的存在？」

「嗯？」

「妳以為家事律師，成天真的只是幫人家調解婚姻糾紛，調查出軌？所以只需要瞭解《婚姻法》，撐死再加個《繼承法》就行了？別的門類法律就不用精通了？」錢恆哼笑了聲，「普通的家事律師確實如此，但我不是普通的。一個真正頂尖而精專的家事律師，必須同時是一個優秀的商事律師。精通家事法律，也精通公司法、證券還有財稅法，才能為客戶提供別人取代不了的差別化服務，才能拓寬妳的服務市場，才能像我這樣就算脾氣臭，別人也只能買單。」

成瑤心裡嘀咕，第一次聽到有人竟然用如此理直氣壯的語氣說著自己脾氣差……

「妳不懂商業架構，妳對企業的上市情況毫不瞭解，怎麼可能幫當事人調查出對方可能存在的財產隱匿？」

「我把徐俊企業的各種控股關係圖還有關聯企業、子公司的關係圖全部整理清楚了，在婚姻存續期間，成立的有十五家，雖然不瞭解團團線上的上市情況，但我知道，把這可以作為婚內財產分割的十五家公司盯緊了就行。」

錢恆冷哼一聲：「妳當然可以不動腦筋地把這十五家公司全部列入再分割的財產列表裡。但，距離訴訟時效到期還有兩個月，妳在兩個月內，有精力把這十五家公司的財務、股權情況一一理順，找出哪一家存在什麼樣情況的財產隱匿行為嗎？徐俊也不是傻子，他也找了專門的會計稅務團隊，妳覺得負盈利的財報，我們能找出多少漏洞？何況我國的網際網路企業，很多在上市前確實是虧損的。」

成瑤咬了咬嘴唇，沒說話。

「所以我們必須找出這十五家中對團團線上上市起至關重要作用的那一、兩家，重點調查取證，並且利用好上市這個關鍵的時間點。」

「行了，妳看來是真的什麼都不懂。」錢恆皺了皺眉，「那我從頭理，首先，為什麼徐俊會選擇在美國上市，而不是在國內上市，這妳知道嗎？」

「這個我知道！因為如果團團線上要在國內的證券市場上市，就必須要在收益規模、盈利這些方面達到要求，但企業可能早期都是有所虧損的，包括國內上市的審核又很漫長複雜，所以很多企業會轉去境外上市。」

成瑤回答完，錢恆的臉色才終於好看了點：「看來妳還能搶救一下。」

「……」

「那麼企業選擇在境外上市，通常有兩種模式，一種是國內的企業直接在境外上市，但直接上市需要同時滿足淨資產在四億人民幣以上，過去一年稅後盈利在六千萬人民幣以上，以及籌資金額在五千萬美元以上的標準。這些，妳應該也知道，網際網路企業的收益規模是達不到的，所以只能尋求另一種間接上市的模式，也就是把資產轉移到設立在開曼、維爾京群島這類避稅港的控股公司，利用VIE結構上市。」

成瑤聽得入神，下意識追問道：「那然後呢？VIE的結構，是怎麼透過這些避稅港的控股公司間接上市的？對徐俊和團團線上，又會有什麼影響？為什麼說研究VIE結構會成為找到隱匿財產的突破點？」

「我飯都煮好了，妳還要我餵妳吃？」

「……」

錢恆冷哼一聲：「方向我已經指明了，剩下的妳自己去查吧，想成為一個優秀的律師，獨立思考和鑽研的能力是必不可少的，別老想著做伸手黨。」

成瑤頗為羞愧地點了點頭。

雖然被錢恆訓了，但這一次成瑤心服口服。

錢恆脾氣是差，還一身老闆病，但是專業能力是真的強，成瑤看到自己和他身上那巨大的差距，在談著工作和專業問題的錢恆面前，自己確實只配做一隻瑟瑟發抖的弱雞，被有本事的人訓，成瑤很服氣。

「等等。」

就在這時，錢恆叫住準備回房間的成瑤：「我習慣飯後一小時吃一點水果。」

「廚房裡有我買的蘋果、奇異果還有香蕉，你隨意吃。」

錢恆卻紋絲不動：「哦，我剛講了這麼久，口渴了。」

成瑤瞪大眼睛看著錢恆，她頓了頓，才試探道：「你暗示的，不是我想的那個意思吧？」

「就是妳想的那個意思。」錢恆也毫不羞愧地回望著她，「我累了，走不動了。」

這位朋友，廚房到飯桌的距離才十幾步路！以你的身高腿長更是只要幾步就行了啊！

水果我都買好了！還真的要我切好了餵到你嘴裡啊！不是你剛才說了，不要做伸手黨嗎？這麼明顯的雙標真的可以嗎！

就在成瑤內心腹誹的時候，錢恆惡魔般的聲音又響了起來。

「妳還想不想下次再問我了？」

好好好，行行行，您說了算！

成瑤瞬間不糾結了，她俐落地去廚房削起了水果，來日方長啊，錢恆說的對，如今都講綠色經濟，成瑤決定自己也應該走可持續發展道路。

她決定，未來對自己的老闆好一點，這就像是儲蓄一樣，早晚有一天，零存整取，應該能從錢恆身上要個大點的回報！

有了錢恆的指點，成瑤頓時覺得思緒開拓多了，第二天上班，她就埋頭查閱起了VIE的相關法律知識。

她太聚精會神了，連另一位合夥人吳君回了所裡都不知道。

「剛才吳Par從妳身旁走過去了，走到妳桌前好像還停了下呢，妳完全沒注意到？」

譚穎湊到成瑤身邊，「今天的吳 Par 用的是愛馬仕的大地，這個味道果然他駕馭起來毫無壓力啊……」

吳君今天並沒有像往常那樣在大辦公區逗留，他因為並不帶團隊，從不會給人分配工作也不訓人，外加長著一雙頗為風流的桃花眼，雖沒有錢恆那種天人之姿的長相，但說話風趣俏皮，人長得端正高大，在所裡人緣極好。

他直接走進了錢恆的辦公室。

「敲門。」

迎接吳君的，是錢恆毫無平仄起伏的兩個字。

「我們之間還需要敲門嗎？都是一起睡過的情誼。倒是你，連我的訊息都不回。不過雖然你不愛我了，但我還是深愛著你的，看，這是我在比利時特地買回來給你的巧克力。」

錢恆看著他放下巧克力，仍舊一臉冷淡。

吳君早就習慣錢恆的這個風格，他說完，也不介意，笑著拖了個椅子，坐到錢恆對面：「成瑤，我看到她了。」

錢恆終於抬起了頭，他冷哼了一聲：「這就是你傳給我『我想你了』的原因吧，想我？呵。」

「成惜的妹妹，我很好奇，剛才特地看了一眼，和成惜那種知性美的風格不同，但長得真漂亮。」吳君笑了笑，「有點紅顏禍水的味道，幸好本人不自知也沒開竅，要是再好好打扮打扮，恐怕要在所裡弄出點爭風吃醋來了。」

「沒覺得，也就長得還行吧。」

「這是你第一次人評價『還行』了。」吳君笑的意味深長，「所以這是你把她要進你團隊的原因嗎？」

錢恆放下手中的文件：「從你這條線進來的關係戶，我當然要放在自己的團隊裡好好『關照』。」

吳君攤了攤手：「成惜拜託我了，她妹妹雖然履歷不算特別好，但也沒有硬傷，我就順手幫忙了，畢竟自家學妹的妹妹。」

錢恆哼笑道：「還順手幫忙？你的私心我就當不知道吧。不過為什麼成瑤不知道自己是關係戶？」

「成惜不希望打擊到她的自信心，希望讓她覺得是自己憑本事進君恆的，所以要求我也保密了。」

錢恆抿了抿唇：「你知道我多討厭關係戶的。」

吳君把玩了下錢恆桌子上的擺件，轉移了話題：「我聽說你讓成瑤負責找徐俊白星萌離婚案裡隱匿財產的線索？雖然這種東西你仔細看下，一眼就能看出來哪裡有問題，但讓一個新人查太難了，何況她才剛入職。」

「正因為剛入職，才讓她查的。」

「嗯？」

「這樣試用期開除的話，支付的經濟補償金比較少。」

「……」吳君很無語，「這麼漂亮的小女生，放所裡多養眼啊，你這麼針對她幹什麼？」

「我不養花瓶。」錢恆冷冷道：「今天下班前，她吃不透ＶＩＥ的含義，找不到目前案子的方向，我就以不能勝任工作為由開除她。」

「一點頭緒提示和指點都不給？」

錢恆愣了愣，他想到了昨天晚上對成瑤的「開小灶」，然而面上卻還是一臉冷漠地睜眼說了瞎話。

「不給。」

「錢恆，你這麼冷酷，小心等精子失去活力都沒找到女朋友。」

錢恆抿了抿唇：「我是不婚主義，更不喜歡小孩。」

「那是你替自己找不到女朋友找的藉口吧！」

「吳君，你……」

然而錢恆的話還沒說完，就被突如其來的敲門聲打斷了。

還沒等錢恆反應，成瑤就出現在他的門口，她的臉上帶著難以壓抑的興奮，讓她那雙黑亮的眼睛發著光，錢恆只看了她的臉一眼，就下意識地側開了頭。

那個瞬間，他的頭腦裡閃過「紅顏禍水」四個字。

一個晚上又加第二天一整個上午，成瑤終於覺得自己找到了突破口。

法律對外資進入市場設置了非常嚴格的准入標準，網際網路相關領域、網路出版服務、網路視聽節目服務，完全禁止外資的進入。

團團線上分為文學站和影視站，其中分別涉及到網路出版服務和網路視聽節目服務，正中禁止的門類。

徐俊會選擇ＶＩＥ架構，不僅因為達不到直接境外上市的要求，更重要的是，團團線上涉及的主營業務，國家是禁止外資進入的，所以徐俊無法讓企業直接在境外上市，而只能選擇不需要外資直接持股，而透過全面技術支援協定這樣協定控制的ＶＩＥ方式。

而國家對嚴控這兩個禁止門類的辦法，就是頒發許可證，只有拿到許可證的境內公司，才能開展相關業務。

團團線上的文學站創立比較早，早在徐俊認識白星萌之前就已經營運得很成熟，並且早就取得了網路出版服務許可證，但是團團線上的影視業務是在徐俊和白星萌結婚後才拓展的，然而經過成瑤的調查，團團線上卻並不持有網路視聽許可證。

她迫不及待地想向錢恆彙報戰果，然而進了對方辦公室，才發現除了錢恆，辦公室裡還有別人。

她看了看錢恆，又看了看吳君。

「說吧，沒關係。」吳君善解人意地笑笑，一雙桃花眼微微挑著，「我是吳君，你們錢 **Par** 的好朋友兼事業合作夥伴和靈魂伴侶，不是外人。」

成瑤下意識看向錢恆，等待他的指令。

錢恆沒說話，看向吳君。

吳君一臉無奈：「行了行了，我出去。」

成瑤終於可以彙報她的研究成果：「……所以，因為網際網路行業准入限制，一定有一個團團線上全資控股的全內資公司，持有這張網路視聽許可證，持牌公司和外資公司簽訂全面技術支援的協議控制，從而達到ＶＩＥ境外上市的方式。」成瑤拿著一堆材料，整個人非常激動，「影視業務是目前團團線上的主營業務之一，也是被境外投資者普遍看好的業務，幾乎可以確定，這個持牌公司對上市至關重要，而影視業務開展於婚姻期間，用來獲取牌照的公司肯定也成立於婚姻期間，就是十五家裡的其中一家……」

可惜成瑤還沒來得及繼續，就被錢恆簡單粗暴地打斷了：「我對妳的分析思考沒有任何興趣，妳只要告訴我結果就可以了。」他看了成瑤一眼，「妳就算研究分析了三天三夜，但是不能得到結果，那麼過程對於客戶來說就毫無意義。」

成瑤愣了愣，隨即很快道：「我查了廣電總局公布的網路影視持牌機構名單，已經確定了，這家關鍵的公司是團團科技網路有限公司，團團線上的全資子公司。這家公司的虧損絕對有問題，至少股權價值在離婚時被評估低了。」

成瑤說完，下意識地盯著錢恆。

少女皮膚雪白，眼波流轉，嘴角帶了微微的笑意和忐忑，那模樣，活脫脫像是在等著錢恆的表揚。

「嗯。」錢恆拿過材料，「包銳在昨天半夜就把這家企業找出來了。」

成瑤的臉上是顯而易見的驚愕，然後便是失落，剛才那種神采漸漸的退了。

很殘酷，然而職場就是這樣。

錢恆十分討厭關係戶，因為關係戶的存在，就是對這個世界公平秩序的破壞，每次錄用一個關係戶，一個正常競爭力的求職者，就會被拒之門外。

他把成瑤要進自己的團隊，自然不是想好好培養，而是準備「特殊關照」，希望她在高強度的工作中，自己知難而退。

因此在加入自己的團隊後，錢恆刻意對她有些放養，多少有點不聞不問，然而挺出乎他的意料，成瑤雖然下班後成天想著看電視劇消遣，但錢恆找了所裡ＩＴ部門調取了成瑤電腦的瀏覽記錄，他原本是準備找成瑤上班摸魚的證據，好以試用期不認真工作等等理由把她趕出君恆，結果出乎他的意料，成瑤上班看的還真的都是工作相關。

她每天瀏覽網頁很有規律，早上九點，開始在裁判文書網上研究家事案件相關裁判文書，十一點去法律快車頻道看最新案例，下午一點去中級人民法院和幾個區人民法院瞭解最新可旁聽的相關案例和法院判例最新動態，下午四點去幾大律師交流平臺線上探討案例分析……

但中午十一點半到一點的這段午休時間，成瑤瀏覽的內容就五花八門多了。比如大前天，她搜尋了「如何和老闆修復關係」、「得罪了老闆怎麼辦」，加入了「老闆有毒」話題社團；前天，她查了「如何成為一個賺大錢的律師」、「如何降低自己在老闆面前的存在感」以及用「業界毒瘤錢恆」作為關鍵字搜尋了十五次；昨天，她查詢了「錢恆到底有多劇毒」、「如何和老闆和平相處」，追了論壇貼文「八一八我的極品老闆」並留言「抱抱樓主，我完全懂你」；今天，呵，今天的成瑤就更不省心了，她上了論壇，瀏覽了「如何控制自己不暴打老闆」、「等你飛黃騰達了最想報復的人是誰」……

因為家事案件，往往涉及到客戶的隱私，因此君恆在入職起，對材料保密就有嚴苛的規定，入職勞動合約裡就明明白白寫著「工作電腦上的一切操作資訊，都不屬於隱私保護內容，君恆有權對其進行使用處理」。成瑤自然也看到這個條款，只是並沒有當真，她或許根本想不到，還真的有人會吃飽了撐著去一個個核對員工上班瀏覽的資訊。

錢恆越看這些瀏覽記錄，心裡越是冷笑，果然表面越是溫順，內心就越是狂野，成瑤，妳最好祈禱不要讓我抓到把柄。

然而錢恆越關注，越是發現成瑤還真的沒有能讓他抓到的把柄。以午休的時間為分割線，在工作時間，她從來不摸魚，每天呆呆地坐著冷板凳，幫包銳做一些根本沒有技術含量的列印歸檔工作，然後研讀那些根本沒有系統性和針對性的所謂「經典案例」，彷彿堅信只要自己這樣足夠努力就能成為知名律師，殊不知律師這個行業，只有真正地去做案子去實踐才能出師。

錢恆幾次經過成瑤的辦公桌，她都在認真地對著螢幕做著那些「經典案例」的筆記，瀏海微微垂在她明豔的側臉，眼睛睜得圓圓的，傻的都有些天真了。

這次包銳不能參與白星萌案件，不得已讓成瑤頂上，然而錢恆有意讓她知曉律師工作的辛苦，好知難而退，安排給她的盡是去各個工商局調取企業檔案的工作，同樣沒什麼技術含量，還十分消耗體力和時間，這麼冷還暴雨的天氣裡，還難叫到車，有些遠郊的工商局恐怕只能來回公車、地鐵各種轉車才能到達，實在是一般的女生不願意幹的活。

錢恆原本等著成瑤上前來求情，自己就可以順水推舟又為開除她找到新的理由——太嬌氣，不服從工作安排。

只是錢恆沒想到，成瑤幾乎是一聲不吭地服從了，不僅服從了，還很好地完成了。有一次，大概是雨太大，她又實在沒叫到車，拿著工商檔案回到所裡的時候渾身都濕透了，然而就算這樣，她都沒有叫過一句苦和累。

錢恆路過茶水間的時候，看到她一邊哆哆嗦嗦擦乾自己的濕漉漉的頭髮，一邊捧著杯熱茶躬著身體取暖，可大概茶水太燙了，根本握不了太久，成瑤又貪戀那點溫度，於是不得不左右不停換著手，燙得齜牙咧嘴的，大概很是冰火兩重天。

正常人要是這麼狼狽，都挺醜的，但錢恆發現，成瑤就算這樣，還是挺好看的。

雖然工商檔案裡沒能查到證據，然而她這種對案子全力以赴的態度，卻讓錢恆難得十分動容。

成瑤這種死磕的精神，如果能稍微點撥下，假以時日，就如同賭石一般，不知道最終切開，呈現出的是璞玉還是石頭。

一時之間，錢恆竟然生出些期待。

也不知是這個原因，還是作為對她晚餐的報答，最終，錢恆破例給了她提示。但打擊關係戶的原則，還是要守的。

像這樣長得好看的女孩子，平時恐怕被人捧慣了，只要多打擊兩次，也就打退堂鼓了。

可惜成瑤好像從來不按牌理出牌……

「老闆，我知道我現在不如包銳，但是我一定會繼續努力的！」剛才得知包銳早就想出線索時還神情失落的人，也不知怎麼的，剎那間又豪情萬丈充滿幹勁起來了，成瑤的眼睛亮晶晶的，「我知道你這樣說一定是一片用心良苦，希望我不要驕傲，繼續努力、腳踏實地，我一定會的！」

「……」

錢恆很想說，我真的是單純為了打擊妳……

「那我先回去繼續研究相關案例了！」

雖然眼神間還是難掩一絲失落，但成瑤的語氣很明快。

「巧克力。」

「嗯？」

錢恆抿了抿唇，也不知道自己為什麼突然鬼使神差提起了巧克力。

「桌上的巧克力給妳。」

成瑤有些意外，然而果然，眼睛又重新彎了起來。

錢恆不自然地加了一句：「太甜了，我不喜歡。」

成瑤也沒介意，她道了謝，高高興興出去了。

成瑤前腳剛走，吳君後腳就進來了。

「錢恆，我的巧克力，為什麼會在成瑤手裡？你拿我的東西借花獻佛，不好吧，這巧克力凝聚的都是我對你的愛啊，你就這麼糟蹋我的感情？」

錢恆的表情仍舊很冷：「我不喜歡吃這麼膩的東西，和你說過幾次了。」

「按照你的風格，哪次不是直接扔掉？」

「給你個面子。」

「呵，我失戀半夜打電話給你求安慰的時候，你怎麼沒給過我面子？你是怎麼做的？直接把我封鎖了！」

錢恆抿了抿唇，換了一種解釋：「資源優化配置。」

「那你怎麼不配置給別人？」吳君一臉欠扁的痛心疾首，「錢Par，做人要雨露均沾啊。」

錢恆放下手裡的文件：「吳君，你是很閒很寂寞？」

「是啊。」

「辦公大樓裡負責我們這層樓層打掃的阿姨剛離婚了，不如你去開導一下，說不定一來二往兩個寂寞但有趣的靈魂一拍即合？」

「……」

雖然比起包銳和錢恆，自己還差得遠，但是成瑤靠自己研究，找到了尋找隱匿財產的目標線索，還是很高興。

不管怎樣，好像對做一名家事律師，成瑤又多了點自信。

她埋頭又開始研究起其他線索和細節，直到譚穎神祕地拍了拍她的肩膀。

「晚上有空嗎？」

成瑤點了點頭。

「那今晚就安排起來。」譚穎笑咪咪的，「晚上幫妳開個小型歡迎會。」

成瑤有些受寵若驚，她還沒來得及說話，就聽譚穎繼續道：「對了，忘了問妳，妳有男朋友嗎？」

「我單身。」

「那更好了。」譚穎朝成瑤擠了擠眼睛，「歡迎會是包銳安排的，還邀請了他別的所的朋友，有幾個是高級合夥人，長得也不錯，好幾個是圈內知名黃金單身漢，說不定妳的未來男朋友就在今晚的聚會裡了。」

「包銳？他的腿好了？」

「妳不知道包銳的外號叫夜場包？只要是聚會，他就算半身不遂，也要掙扎著坐輪椅來的，現在只是扭傷個腳而已，駐個拐杖就行了。」

這是什麼樣身殘志堅的精神啊……

但成瑤在感動之餘，也提醒道：「可是扭傷了腳，上班請了假，但聚會卻去了，錢Par要是知道了，不太好吧……」

「我們不告訴錢Par，不就沒事了嘛。」

「等等，所以晚上的歡迎會不叫錢Par？這樣也不太好吧……」

譚穎風情萬種地笑了笑：「我雖然只比妳早來君恆兩個月，但是君恆的潛規則我已經摸透了。這麼說吧，我們這些私下聚會，自然都是要走個流程去邀請一下老闆意思意思的，不過吧，歷來錢Par從來不參加，每次都是拒絕的，所以到時候妳去走個過場假裝邀請一下錢Par，我們就算盡到告知義務了。」

成瑤鬆了口氣，點了點頭。

在譚穎的打氣下，成瑤鼓足了勇氣，敲開錢恆的辦公室門。

「老闆……」

「我很忙，不要拐彎抹角，有事直接說。」

成瑤咳了咳掩飾下自己的緊張：「是這樣的，今晚所裡幾個同事想幫我和其他幾個新人一起開個歡迎會，想邀請您一起參加。」

「沒空，不去。」

果然如譚穎所料，錢恆的拒絕果斷而毫不留情。

聽到他的拒絕，成瑤也放下心，見好就收地從錢恆辦公室走了。

下午的時間過得飛快，成瑤查閱了幾個法院財產糾紛判例，就到了下班時間，她和譚穎心照不宣地笑著一起走了。

包銳把聚會安排在一家德國啤酒餐廳，這裡環境氣氛相當不錯，包銳訂了個小隔間，相對來說私密性不錯，而作為啤酒餐廳，又沒有一般西餐廳的拘束，聚餐既不會太正式又不會太隨性，不會太安靜也不會太嘈雜。

除了包銳、譚穎還有成瑤等幾個新人外，君恆所裡還來了幾位另一個團隊的律師，沒過多久，包銳那幾個其他所的朋友也來了。

一行十個人，包銳很熱情地點了菜，雖說聚餐的名目是迎新，但幾個律師顯然都是老相識，一見面就各自聊了起來。

包銳挺熱情地為大家介紹：「這是金磚事務所的李成軒，也是專攻家事法律的，一個月前剛升Par了；這位呢，是張揚張Par，是繼承法方面的專家，最近剛結案了一個律師費高達千萬的案子是吧。」

「這是我們團隊新來的成瑤，譚穎你們見過了，那邊是王璐，還有……」

包銳的介紹還沒完，成瑤的手機就響了。

「臭傻子」三個字讓成瑤整個人都激靈了起來。

「我去接個電話。」

她拿著手機掩到了安靜點的室外。

電話裡傳來了錢恆毫無平仄的陳述句：『成瑤，水管又堵了。』

成瑤愣了愣，努力平靜道：「這種情況我建議你聯絡物業或者房東。」

『聯絡過了，他們要我等到明天。』錢恆的聲音十分不滿，『妳去哪了？快回來通一下水管吧，不然我不能洗手。』

Excuse me？成瑤想，你不能洗手關我什麼事啊？

可畢竟是老闆，成瑤想，好生氣啊，但是還是只能保持微笑，她克制地繼續道：「老闆，你忘了嗎？我今晚在外面參加所裡的迎新會啊，現在大家都在呢，我作為新人，怎麼可以隨便走掉啊。」

『你們在哪裡聚餐？』

呵，成瑤心想，還生怕我撒謊呢。

「我在蘭巴赫，就那個德國啤酒餐廳，不信我傳個定位給你？」

錢恆這下終於安靜了，然而雖然沒有說話，但成瑤能想像到他那張風雨欲來的黑臉，成瑤有些心虛，然而，她剛想開口再說句什麼安慰的話，卻聽到手機那端傳來了「嘟嘟嘟」的聲音……

連個再見也沒有，錢恆就這麼掛斷了電話……

真沒禮貌！就因為我不能回家通水管，沒有了利用價值，就這麼對我嗎！錢恆，紳士一點會死嗎？

成瑤內心腹誹著，回了小隔間。

小隔間裡大家正聊著八卦，雖然包銳這個安排飯局的去廁所了，但其餘人已經熟悉起來，氣氛正好，成瑤也很快被各位律師口中各種奇葩的案件和當事人逗笑了，一邊吃著一邊津津有味地聽著。

李成軒和張揚都很活潑外向，對成瑤這個新人也非常關照，一頓飯，體貼又紳士，平易近人沒有什麼距離感。

李成軒一邊幫成瑤滿上了茶，一邊說著：「說實話，我賭妳跟著錢恆幹，撐不過半年，他這傢伙脾氣太差了，嘴巴又毒，刀槍不入，妳都氣死了，他還覺得自己沒錯，對女生更是絲毫不想著稍微照顧照顧。」他一邊說著，一邊掏出名片，「小成啊，妳要是想跳槽，記得聯絡我，我們也是專攻家事的精品小所，同事之間氣氛很好，我也喜歡和下屬交流，不會成天端著個臉冷冰冰的。妳要是來我們所，就知道，同樣是合夥人，同樣是律師，人與人之間的差別，還是很大的！」

「李成軒，好久不見了啊。」

就在李成軒大有擼起袖子吐槽錢恆的勢頭當口，他口中這位被吐槽的當事人，竟然陰測測地出現在他的背後。

錢恆也不理會小隔間裡在座各位複雜不一的表情，他直接走向李成軒，往他身邊一坐，微微笑了笑：「上次見你，好像還是兩個月前那個遺產糾紛案？你作為對方當事人的代理人，結果輸掉了終審，你的當事人最後一分都沒拿到吧？」

「……」

「哦，不對，看我，現在年紀大了，記性也差，我們上次見面不是兩個月前，是一個月前那起撫養權糾紛案，兩個孩子，你最後一個也沒為你的當事人爭取到撫養權，我記得那個當事人好像找了親戚去你所裡圍堵你揚言要打你？」

「……」

錢恆慢條斯理地說完，看了成瑤一眼：「這一點上，確實，同樣是合夥人，同樣是律師，人與人之間的差別，還是很大的。」

「……」

這簡直是Slay全場。是沒有硝煙的戰場。是毫不留情的殘殺。

「來來來，錢恆，難得見到你，喝點茶喝點茶。」張揚端起茶杯，想要緩和氣氛，「好久不見了，你是在忙著什麼案子啊？又要和我搶案源了吧。」

可惜這十分不明智，可憐的張揚，解救了李成軒，卻引火燒了自己……

錢恆很冷靜：「不，不會和你搶案源。」

張揚有些意外：「啊？」

「我現在標的五千萬以下的案件，是不接的。」錢恆笑笑，「所以不可能和你有業務上的衝突。」

「……」

什麼叫把天聊死，就這就是典範中的典範了。

「怎麼這麼安靜啊？」

就在這時，包銳歡樂的聲音打破了空氣中死一般的寂靜，伴隨著他的聲音，是他一瘸一拐堅強走來的身影。

錢恆皺了皺眉，看向門口：「包銳？你不是扭傷腳完全不能動，沒辦法來上班，所以申請在家辦公了？怎麼還來聚餐了？」

成瑤都有些不忍心看，這簡直就是人間慘劇了……

然而包銳畢竟是五毒教的資深教徒，他只是愣了愣，便很快換上一臉正氣：「錢Par，我剛剛在路上收到成瑤傳給我的訊息說，這次聚會你竟然破例來參加了，我馬上就叫我老婆把我扶起來開車送了過來，真的是垂死病中驚坐起啊！你都參加的聚會，我怎麼能不來啊！我可是夢想能和你一起聚個餐很久了！這種機會，我絕對不能因為自己這腿就錯過！不過因為腿腳不方便，到的比大家都晚，哈哈……」

要不是錢恆在場，成瑤都想跳起來幫包銳鼓掌，絕，真是絕了，包銳這個演技，問鼎實力派影帝真的是沒話講。

錢恆又掃了包銳一眼，沒有再追問，包銳在錢恆轉過頭後，非常心虛地抹了把汗，幸好剛才出去上了個廁所啊！

所以男人啊，沒事真的要多喝水，既保健又保命！

因為錢恆的到來，剛才熱絡的氣氛一下降到了冰點。

包銳戰戰兢兢地試圖活躍氣氛：「錢Par，您不是從來不參加我們這種活動的嗎？今天這是什麼風把您颳來了啊。」

錢恆鼻孔裡冷哼了一聲：「家裡水管壞了，我出來找修水管的。」

「……」

雖然成瑤十分無語，但包銳並不知道錢恆話裡的意義，他十分善解人意地替老闆給出了狗腿的解釋：「原來這樣啊，水管壞了要找人修，正好出門，就索性想著關心我們下屬一下，一起來參加聚會，錢 Par 這麼忙還能百忙之中想到我們，來，我們大家敬你一杯！」

可惜錢恆十分不給面子：「我不喝酒，要開車。」

重新從打擊中活過來的李成軒熱情道：「找代駕啊錢恆！來，難得能和你聚聚，來一杯！」

「我的車很貴。」

李成軒不明就裡：「所以？」

錢恆抿了抿唇：「我怕代駕看到了，對我圖謀不軌謀財害命。」

「……」

錢恆完全無視自己又一秒破壞了氣氛，他喝了口茶，環顧四周道：「怎麼沒人說話了？」

「……」這位朋友，有你在，誰還敢說話啊？

「你們這些人，平時上班工作就算了，怎麼聚會也這麼安靜？」錢恆想了想，「既然今天難得聚餐，飯你們已經吃完了，那總要有點小遊戲炒熱下氣氛吧？」

「我聽說真心話大冒險很流行？」

錢恆這句話下去，果然，有幾個年輕同事的眼睛亮了亮，馬上要回應錢恆的模樣。

可惜……年輕人，終究還是太單純……

只聽錢恆繼續道：「不過我覺得，真心話大冒險有點太過時了，這樣吧，我們玩大冒險，真心話就不玩了。」

譚穎很激動：「沒問題錢Par！」

李明磊也躍躍欲試：「大冒險才好玩！」

「既然你們都很期待，那就這麼決定了。」錢恆微微一笑，「我們玩，大冒險背法條。」

在場一眾律師：？

錢恆沒理會眾人的便祕和茫然表情，拿起桌上一個空的啤酒瓶，繼續道：「由我開始，先轉這個瓶子，瓶底和瓶口分別會指向一個人，就由瓶底對著的人提問題，比如，《婚姻法》第三十二條第二款，瓶口對著的人來回答，三分鐘內回答不出來的罰款五十，這五十，就充公作為下次所裡聚餐的經費。」

錢恆！你是魔鬼嗎？這是什麼樣的死亡遊戲啊！

然而錢恆卻完全不在乎眾人臉上痛苦的表情，伸出那雙漂亮的手，轉動了死亡啤酒瓶。

成瑤急中生智：「等等！」

錢恆挑了挑眉：「嗯？」

「老闆，這不太好吧？我們這樣，不就是聚眾賭博了嗎？」

錢恆冷哼一聲：「賭博罪，是指以營利為目的，聚眾賭博或者以賭博為業的行為。主觀方面必須以營利為目的，我們是以營利為目的嗎？成瑤，妳的刑法是體育老師教的嗎？」

「……」

「好了，瓶子停下了，開始吧。」

第一輪，瓶底對著譚穎，瓶口對著包銳。

譚穎看了包銳一眼，努力找了個簡單的：「婚姻法第五條。」

包銳顯然鬆了口氣，他對答如流道：「結婚必須男女雙方完全自願，不許任何一方對他方加以強迫或任何第三者加以干涉。」

如此這麼一輪又一輪，大家彼此之間很有同是天涯淪落人的互相體諒，都互相放過一馬，可婚姻法裡那些簡單好記的條款也就那麼多，問完了，就只能問那些難記的了……

「婚姻法第二十九條？」

「……」張揚十分痛苦地掏出錢包。

很快，婚姻法問完了，又開始了繼承法，大家臉上笑嘻嘻，心裡恐怕都是一片慘叫，只能強顏歡笑紛紛「慷慨」解囊就義。

很快，桌上就堆了一堆錢……

君恆的眾人不好意思向同事下手，便只能迫於錢恆的淫威向另外別的所那幾個律師和合夥人開刀，李成軒悲慘地承受了大部分火力，已經貢獻出將近一千塊大洋。

「突然臨時有點急事，你們先聊，我先走了。」

沒多久，他就裝模作樣地接了個電話，找了個藉口，腳底抹油地溜了。

其餘幾個別的所的律師紛紛仿效。

「我突然想起有個客戶郵件還沒處理，要先走一步！」

「我老婆在家裡發火，說再不回家就離婚！對不住了！我先撤了！」

「我也有點事，走了走了！」

很快，這幾個合夥人和律師都走光了，現場只剩下君恆的眾人自相殘殺……

成瑤本來正在暗自慶幸自己一路倖免沒有被瓶子指到，結果好的不靈壞的靈，她剛這麼想完，瓶口就對準了她……

成瑤順著瓶子一看，瓶底赫然對著終結者錢恆……

不過應該沒事的！成瑤內心安慰著自己，婚姻法和繼承法都背完了，剩下幾條還沒抽到的，剛才自己趁著去廁所的間隙偷偷用手機查過了，應該能hold住！

錢恆看著成瑤，危險地了笑：「婚姻法司法解釋（一）第七條。」

成瑤：？

說好的婚姻法呢？怎麼連司法解釋也上了？這合法嗎？

可惜不管成瑤多麼不願意，想不出來就是想不出來，猶自掙扎了一分鐘，她還是只能心不甘情不願地掏出了錢包。

但是一旦知道了錢恆的套路，成瑤放心下來，她假裝去廁所，又偷偷用手機把僅有的幾條司法解釋全部看了一遍。

沒多久，竟然又輪到了錢恆對成瑤。

這一次的成瑤，已然是自信滿滿，錢恆啊錢恆，這一次，任爾東西南北風，我自巋然不動！

然而很可惜，道高一尺魔高一丈……

「一八年八月二十七日，全國人大常委會初次審議民法典各分編草案，其中的繼承編草案在現行繼承法的基礎上，做出了一些修改，擬對遺囑做出哪些法律修改？」

成瑤真實的震驚了：「這也行？」

錢恆一臉理所當然：「妳作為一個家事律師，難道不應該隨時對國家家事方面的法律動向保持敏感？」

「但這不是現行法律條款啊！」成瑤抗爭道：「遊戲的規則，不是說了是背現行法條嗎？」

錢恆轉了轉手上的茶杯，露齒一笑：「成瑤，這個遊戲規則是我定的，妳難道不知道，遊戲規則制定方，擁有條款最終解釋權？」

「……」

「我說了現行修訂方案算，那就算。」

錢恆慢條斯理地說完，還氣定神閒地喝了一口茶。

成瑤看著錢恆的表情，簡直出離的悲憤了！

這是報復！這絕對是報復！就因為自己沒及時趕回家通水管，竟然遭遇老闆這樣窒息的操作！

然而面對錢恆的淫威，成瑤什麼也做不了，她只能忍著心痛，又掏出了五十塊。

「現行繼承法規定了遺囑的形式，包括公證遺囑、自書遺囑、代書遺囑、錄音遺囑、口頭遺囑等，並確立了公正遺囑優先的原則，明確『自書、代書、錄音、口頭遺囑，不得撤銷、變更公證遺囑。』之前的草案，就是在這個基礎上，增加了列印、錄影等新的遺囑形式，並修改了遺囑效力規則，刪除了上述關於公證遺囑效力優先的規定。」錢恆環顧四周，「都記住了嗎？」

「記住了記住了。」

「錢 Par 就是是錢 Par，對業界的法律變化這麼敏銳啊哈哈哈！」

「我也要向錢 Par 好好學習！」

「錢 Par 威武雄壯！是我的榜樣！」

成瑤看了各種狗腿的同事們一眼，面對錢恆，大家的求生欲顯然都很強烈。好好的遊戲，不僅到處充滿了送命題，還變成了錢恆吹捧大會和法律知識普及學習交流……

二百五。

最終，在錢恆的步步緊逼下，成瑤失去了這麼多錢，然而比起輸掉錢，成瑤總覺得，錢恆是故意讓自己輸掉兩百五十塊這個數字的。

如今這個數字，就如一個笑話一般，正明晃晃地嘲笑著成瑤。

成瑤心裡苦悶，擼起杯子就準備喝茶，可惜竟然連茶也沒了，正好旁邊包銳剛才點了個什麼果酒，成瑤抱著試一試的心態，來了一杯。

沒想到味道竟然還不錯，甜甜的，果香濃郁，並不像酒，反而像是果汁飲料，成瑤覺得挺好喝，又倒了一杯。

等包銳發現成瑤臉上兩坨「高原紅」的時候，成瑤已經一個人悶聲不吭幹掉了大半瓶果酒。

「我的天啊，成瑤，妳怎麼喝了這麼多！這酒是我點來解饞的啊！酒精濃度二十四！比普通的啤酒、紅酒高多了！」包銳簡直驚呆了，他看了看成瑤，「妳沒事吧？」

成瑤明明能聽到包銳的聲音，也能感受到周遭人的動作，然而總感覺外界的一切，被自己的大腦接收，都慢了那麼一拍，她有些頭暈，臉感覺在上火，整個人很熱，明明被錢恆害的輸掉了不少錢，然而整個人竟然覺得很飄飄然。

譚穎小心翼翼試探道：「老闆，你看成瑤，都醉了，要不然今天我們就到此為止吧？」

李明磊趕緊見風使舵道：「是啊是啊，錢 Par，你看成瑤這表情，好像很不舒服啊，要不然我們就散了，讓她趕緊回家休息吧？」

錢恆環視一下眾人，終於點了點頭，頗有種皇帝准許各位愛卿無事退朝的意味。

不管怎樣，大家總算鬆了一口氣，錢恆這個死亡終結者終於放過他們了……包銳趕緊準備溜，走之前還挺義氣，想著幫成瑤安排：「我腿腳不便，譚穎，妳就送成瑤回家吧。」

然而譚穎正準備扶著成瑤往外走之時，錢恆的聲音打斷了她。

「不用了。」他的聲音一如既往的冷淡，「妳們兩個女生，不安全，我開車了，順路把成瑤送回去就行了。」

成瑤暈暈乎乎的，她跟著錢恆上了車。

結果剛上車，錢恆就發問了：「怎麼能讓譚穎送妳回家？」

雖然說錢恆劇毒，但是竟然能想到夜裡兩個女生一起走不安全，如此紳士地送自己回家，成瑤十分感動。

「她送妳回去發現我和妳住一起，妳有想過怎麼辦嗎？」錢恆的聲音冷冷的，「雖然我們是很簡單的合租關係，但一傳十十傳百，很多事就變了。」

竟然還知道要維護自己作為單身女生的名聲，成瑤想，自己的老闆，錢恆，竟然是個外冷內熱的人！也不知是酒精的作用，還是感動，這一刻，成瑤覺得內心暖暖的……

然而那句謝謝還沒說出口，五毒教教主錢恆就給成瑤當頭潑了一桶透心涼的冷水。

「妳怎麼樣我不管，但不能毀了我的清譽。」

「……」

錢恆，果然一如既往的讓人窒息。

成瑤萬般後悔地想，自己果然不該把他想得太好。

「回了家，喝點醒酒茶。」

「欸？好的。」或許也不能把人想的太壞？能想著關照自己喝醒酒茶，錢恆或許也是可以搶救一下的。

然而成瑤的想法還剛在腦子裡盤旋，就聽到錢恆繼續道——

「醒醒酒，然後就可以把水管通一通了。」

「……」

成瑤現在確定了，錢恆真的已經毒入五臟肺腑，藥石不可及了。

沒有搶救空間了，直接宣布死亡吧。

這次聚餐的地點離成瑤租住的房子有一段距離，禍不單行，這個時間竟然又遇到塞車，錢恆空有賓利，如今也只能在車流裡慢慢爬行。

如果成瑤剛才還只是有些微醺，如今酒精的作用正在逐步蠶食她的理智，她開始犯睏，不停的啟動和剎車，又加劇了她的頭暈和胃部不適。

「老闆……我覺得有點不舒服……」

錢恆連目光也懶得分給成瑤：「妳不要以為假裝喝醉了，謊稱自己不舒服，就可以得到我的特殊對待，當然賞罰分明，水管修好了，我可以把妳今晚輸掉的二百五賠給妳。」

成瑤整張臉都打結了：「我是真的很難受……」

「五百，不能再多了。」

「……」

不過幸好，離家已經很近了。再忍一忍，成瑤，妳可以的！

可惜事與願違，隨著塞車的加劇，成瑤只覺得自己越發頭暈目眩了。

「老闆，我感覺不太妙……」豈止是不舒服，成瑤覺得自己的胃裡已經在翻江倒海。

然而錢恆這傢伙卻死活認定了成瑤在假裝，他冷哼了一句：「妳作為一個法律從業者，應該知道做任何事說任何話，都要有強有力的直接證據佐證，既然妳說自己不舒服……」

「嘔……」

「成！瑤！」第一次，錢恆失去了一貫的高貴冷豔和氣定神閒，此刻他的聲音裡充滿了毫不克制的憤怒和震驚。

就在一秒鐘前，他的上一段話音還沒落，成瑤就在一個轎車的急剎車裡吐在他的車上。

成瑤此刻已經有點神志不清了，她難受得很，頭疼得很，又睏得很，然而作為一個法律從業者的基本素養支撐著她。

「證據。」

錢恆怒極反笑：「什麼？」

成瑤指了指被吐得一塌糊塗的賓利：「這就是我對自己話語的證明。」她緩了緩暈乎乎的腦袋，補充道：「我說了，我感覺不太妙。」

「……」

錢恆全程黑著臉把車開進社區，然後打開了車門。

成瑤癱在座位上，看了看錢恆。

錢恆的聲音聽得出在努力克制著，然而語氣的末梢已然帶了點忍無可忍：「成瑤，妳不要試圖挑戰我的底線。」

成瑤其實很想起身，可惜渾身都慢了一拍，雖然直覺得這樣不妙，然而酒精上頭放縱自我的感覺實在不賴：「我起不來。」

酒精讓她整個人有點飄，腦海裡那根「小心老闆劇毒預警」的標識牌，也就這麼被一陣又一陣頭疼頭暈的感覺沖走了。成瑤如今的行為，完全是下意識的反應，那裡沒有理智的規範，沒有社會影響的考量，完全出自本能。

她眨了眨眼，一雙眼睛盯向錢恆，「我走不動。」

她說的是實話，並沒有帶任何矯揉造作的用詞，然而這樣兩句簡單的陳述句，在此刻的她說出來，對於別人，效果確實完全不同的。

成瑤的眼睛微微帶了點濕漉漉的水意，白皙的臉因為酒精有些微紅，她就那麼直直地看向錢恆，一眼未眨，很安靜，很無辜，也很茫然無措。

明明是成瑤完全不刻意甚至下意識的行為，然而錢恆卻覺得，太有攻擊性了。

吳君說的沒錯，作為一個律師，成瑤有些長得過分好看了，他第一次意識到，有時候，美貌也是一種凶器。

在成瑤直勾勾的目光中，錢恆退後了一步。

這完全是下意識的行為，雖然心裡並沒有想明白是為什麼，但身體的本能已經先一步給出指令。

有點危險。

車可以找人清理，但總不能就這麼把成瑤丟在車裡。

錢恆皺著眉頭看了成瑤片刻，然後他解開釦子，脫下外套。

沒想到這個時候，剛才還呆呆愣愣的成瑤突然驚醒了過來，她像隻被逼急的兔子似的跳出了車門。

「救命啊、救命啊，猥褻啦！有流氓啊！」

錢恆哪裡受過這種待遇，他黑著一張臉，此刻什麼也顧不上了，一手把正要往外跑的成瑤拽回來，然後把自己的西裝外套罩在她的頭上把她包了起來。

成瑤還在掙扎：「錢恆，沒想到你這麼人面獸心，竟然就脫衣服了！還想車震？看我不去律協檢舉你！」

錢恆只能騰出手，緊緊抱住成瑤，制住她的動作，捂住她的嘴。

「救……」

「妳給我閉嘴！」

錢恆其實很無辜，他脫衣服，只是因為潔癖使然，他不確定成瑤剛才那一吐，有沒有吐在她自己身上，想了想，還是不願意自己親手去扶她，準備用自己外套包住她，再把她拽回家。

結果這在喝多了的成瑤眼裡，變成什麼了？

好在被衣服罩住頭的成瑤終於安靜了一陣子，錢恆趁著這個空檔，趕緊把她弄回了家。

回到了熟悉的環境，成瑤彷彿終於覺得安全起來，然而對錢恆還是相當戒備，她還穿著錢恆的西裝，就那麼蜷縮在沙發上，像看犯罪嫌疑人似的看著他。

錢恆懶得理她，開了一瓶礦泉水，情緒才稍有平復。

可惜成瑤卻還嫌氣錢恆氣的不夠似的，她盯著錢恆看了一陣子，語出驚人道——

「你把我招進你的團隊，是不是想潛規則我？」

錢恆終於忍不住，他的高冷終於崩盤了，他抬高了聲音：「我瞎了嗎？」

酒精讓成瑤喪失了理智，澈底放飛自我，她根本不知道自己在說什麼，只是咬著手指咯咯笑：「我有這麼差嗎？也沒有吧，大學裡也很多人追我的……」

錢恆冷冷道：「那是因為他們沒見過世面，雙目失明了。」

「……」

錢恆憋著火氣，居高臨下地站到成瑤面前：「今天妳這樣，看來只能我去通水管，但成瑤，妳這樣的行為是要付出代價的……」

然而話還沒說完，成瑤就微微瞇著眼睛有些打起盹來。

「成瑤？」

試問有誰竟然敢在錢 Par 訓話的時候睡覺？

沒有！

錢恆氣不過，俯下身湊到成瑤面前：「成瑤！」

成瑤在半睡半醒間迷茫地睜開了眼，映入眼簾的是錢恆英俊到失真的臉，還是放大版的，他的眉毛微微皺著，眼睛盯著她，挺拔完美到的鼻梁就在成瑤眼前。

成瑤此刻心中只有一個念頭——

好想知道，錢恆的鼻子，到底是不是墊的啊……

就在錢恆正準備繼續喊醒成瑤，讓她回房間的時候，成瑤突然朝著他伸出一隻手，然後在錢恆根本沒有任何防備的情況下，這隻手捏上他的鼻梁，捏了一下，還嫌不夠似的，又重重地捏了第二下，之後從各種不同的角度，又不輕不重地捏了好幾把。

成瑤迷糊中喃喃道：「哦，這麼捏都不塌啊。」

錢恆幾乎渾身都僵硬了，從沒有人敢這麼對他動手動腳，對著他的鼻子捏了又捏，這簡直是在太歲頭上動土了！

「看來不是墊的啊。」

「……」

這下錢恆終於知道成瑤為什麼要捏自己鼻子了。

「成瑤，妳給我起來！」

然而回應錢恆的，是成瑤清淺的呼嚕聲，確認過錢恆的鼻梁後，她就敵不過睡意和酒精，心無旁騖地睡了過去。

第二天，成瑤醒的很早，這一晚睡得十分好，只是做了幾個光怪陸離的夢，比如吐了錢恆的賓利一車、捏了錢恆的鼻梁……

成瑤有些失笑，或許是白天上班受盡了錢恆的奴役，所以夜有所思才在夢裡對他進行了報復吧？

一如既往的，她起來洗漱的時候，錢恆早就走了，作為合夥人，在工作上錢恆可謂絕對敬業，幾乎永遠是第一個到所裡的，成瑤早上就沒在屋子裡和錢恆打過照面。

結果成瑤一上班，譚穎就湊了過來，一臉八卦：「昨晚錢Par送妳回家後，有發生了什麼故事是我們不知道的嗎？」

「沒有啊。」成瑤接連擺手，「真沒有。」

譚穎也只是隨口那麼一問，她輕聲嘀咕道：「妳知道嗎？錢Par今早遲到了，我聽其他老同事說，這是他在君恆幾年裡有史以來第一次遲到。」譚穎一邊說著，一邊比劃了下，「而且他看起來心情很差，今早進大辦公區的時候，臉就拉那麼長，像全世界欠了他二萬五千八似的。」

正在一旁整理案卷的李明磊湊了過來：「我聽說是錢 Par 的賓利出了點問題，他今早是坐地鐵來的，我在地鐵車廂裡還遇到他了，你們知道的，早上的地鐵多擠啊，他被一個胖乎乎的老阿姨這麼貼著，唉，我看了都有點同情，錢 Par 更是整張臉都是黑的。」

譚穎很好奇：「他的賓利怎麼了？」

「我剛聽他和吳 Par 聊天，好像是弄髒了，送去洗了。」

「……」

不知道怎麼的，成瑤有些不好的預感，她的心裡咯噔一下，總覺得事情要糟……

「而且他今天真的很奇怪，我來的時候，聽到他在問吳 Par，『我的鼻子看起來像是墊的嗎』，吳 Par 第一遍沒回答，錢 Par 還很執著地問了第二遍。」

成瑤心中此刻只有兩個大字——完了。

所以昨晚的一切根本不是夢，自己竟然真的做了！不僅吐髒了老闆的賓利，竟然還出手捏了老闆的鼻子！

李明磊還在繼續：「總之他今天心情不太好，剛才我看他還打電話罵了一個客戶，也不知道誰等等要倒楣撞槍口上……」

李明磊的話還沒說完，成瑤的內線電話就響了。

『成瑤，來我辦公室一趟。』

成瑤心如死灰，該來的總是跑不掉。

她戰戰兢兢進了錢恆的辦公室，在心中默念高爾基的《海燕》——暴風雨什麼的，來的更猛烈些吧！我是一隻海燕，要像黑色的閃電一樣高傲的飛翔！

「老闆……」

錢恆坐在辦公桌前，還是連頭也沒有抬：「前檯有一個白星萌快遞來的材料，是她自己梳理的婚姻存續期間一些共同財產線索，妳先去研究一下，然後把有價值的材料分類出來，另外白星萌和徐俊之前的離婚判決書，好好看一下，尤其是涉及財產分割的，一個小時後白星萌會過來和我們簡短碰個頭，溝通一下下一步訴訟的方案，妳準備一下會議室。」

欸？

成瑤本來抱著恐怕要被錢恆打擊報復的想法，然而進了他的辦公室，卻沒料到錢恆一個字也沒提及昨晚的事，只是正常地安排了工作。

「還有，記得把目前我們擁有的徐俊隱匿財產的證據目錄做出來。」

成瑤點了點頭，內心十分羞愧，自己看來真的以小人之心度君子之腹了，錢恆這樣當到合夥人的男人，怎麼可能和一個醉酒的新人斤斤計較呢。

越是這麼想，成瑤就越是想做些補救措施。她看了錢恆英俊的側臉一眼，主動請纓道：「老闆，需不需要咖啡？我幫你準備。」

「不用。妳做好自己分內的工作就行了，泡咖啡這種事不用妳。」

「沒關係，我以前在上一個所，也常常幫其餘律師準備的。」

「我不認為泡咖啡這種事屬於一個女律師該有的工作內容。妳是來做律師工作的，不是來做行政工作的，我希望妳不要覺得幫同事或者老闆泡個咖啡顯得自己很友好，這很不專業。」錢恆這次終於抬起了頭，聲音冷漠眼神疏離，但語氣卻是嚴厲的，「妳看在職場上，有人會讓哪個男律師去幫別人泡咖啡嗎？在法律職場上，女人和男人是平等的，沒有哪個性別生來更適合做泡咖啡、列印檔案、影印掃描這類輔助工作，妳記住這一點。」

畢業工作以來，不論是在實習的公司，還是在上一家事務所，成瑤都很頻繁地被差遣來做這些文祕性質的事，說實話，潛意識裡，成瑤是抗拒的，沒人願意讀了四年法學畢業最後進事務所打雜，她想真正接觸到案子，然而時間久了，一開始的不甘心也被現實磨平了稜角。直到此刻被錢恆這樣提及，成瑤才意識到，自己不知不覺間，似乎默認了這種職場的潛規則——女生向來比男生更難接觸到核心的工作。

她突然覺得很感激，錢恆雖然脾氣差態度也不怎麼的，然而他作為一名男性，能說出這番說詞，成瑤內心是肅然起敬的。

「謝……」

「別指望幫我倒杯咖啡就給想暗示我自己是個女的很柔弱，在我這裡，不存在的，我的原則一貫是，男人當畜生用，女人當男人用，男人不夠的時候，女人也當畜生用。」錢恆笑笑，「畢竟新時代了，不都講女權呢？對女性的優待就是另一種歧視。」

「……」

「如果妳幫我倒咖啡是為了昨晚那些事想賠罪，那也不用了。」

成瑤驚喜地抬起頭，想要感謝錢恆的寬宏大量。然而——

「那不是一杯咖啡就能一筆勾銷的事。」錢恆掃了成瑤一眼，「既然都是同個所的，我也不走法律途徑了，私下和解吧。造成的直接經濟損失我已經列好清單和名目寄到妳的信箱了，妳查收一下。」

成瑤震驚道：「你的意思是，我得賠錢？」她急中生智地解釋道：「老闆，我昨晚喝醉了，我其實也不太記得我都幹了什麼，我對自己的行為失去控制力了，做了什麼，我真的是無意識的……」

「妳幾歲了？」

「欸？二十三歲了。」

錢恆抿了抿唇：「妳有精神病嗎？間歇性的也行。」

這是什麼問題？成瑤一臉茫然道：「沒有啊。」

錢恆冷哼了一聲：「年滿十八歲，也不是無法辨識自己行為的精神病人，不滿足限制行為能力人的定義，那就得對妳的所作所為負責，喝酒可不是逃避責任的法定理由。」

「……」

錢恆揮了揮手：「出去吧。」

「……」

就在成瑤走到門口時，她又聽到她尊貴的老闆補充道：「沒事多讀書，別成天盯著別人的臉看。」

嗯？

「我百分之百純天然的臉，妳就算看一萬遍，也看不出整容痕跡的。」

「……」

「等一下。」

成瑤：？

「下樓一趟。」

「怎麼了？」

「董敏來了，幫我把她引開，別讓她來辦公室。」

「……」真是一個好差事。

成瑤出了錢恆的辦公室，作為煙霧彈去外面晃蕩了一圈成功引開了錢恆瞎了眼的愛慕者董敏，才回到了辦公室，在悲憤中打開了郵件，看到了那張差點讓她昏厥的賠償清單，除了賓利的洗車清潔費用外，竟然還有 Ermenegildo Zegna 訂製西裝上衣的賠償費……

作為一個律師，錢恆十分嚴謹地在每列損失估價後面，都附上了發票或者官網定價之類能夠證明損失實際價值費用的材料。成瑤看著那套西裝首位數字後面那串零，只覺得眼前一黑。

只是出去參加個聚餐而已，又不是相親，為什麼要穿那麼貴的衣服啊！這萬惡的錢恆！這萬惡的資本主義！這道德淪喪貧富差距巨大的社會！

成瑤化悲憤為力量，工作效率爆棚，一下子就把下午會議需要做的前期工作都準備好了。

這一次會議，白星萌到的仍舊很準時。她的經紀人沒有陪同，今天她是一個人來的。錢恆姿態專業地向她出具了目前君恆調查到的情況，開門見山道：「現在已經對徐俊隱匿的財產有了方向，我們隨時可以提起訴訟了，就看妳想什麼時候提了。」

白星萌頓了頓，語氣果決：「現在馬上起訴。」

「距離訴訟時效到期還有兩個月，理論上，只要在這兩個月裡提起訴訟，就都沒問題。」錢恆喝了口咖啡，「但徐俊的團團線上已經在走上市流程，很可能未來一個月內就能成功在納斯達克掛牌，如果妳現在起訴，一定會打亂他上市的步驟，因為起訴後我會申請股權凍結保全，他勢必必須披露這件事，懸而未決的財產再分割法律訴訟，就會像是埋在他企業裡的一顆地雷，他的投資方極有可能對企業的風險會重新評估，造成很大負面影響，甚至可能影響上市。」

白星萌的表情毫無波瀾，她靜靜地看著錢恆。

「如果妳願意等，那一個月後，團團線上在納斯達克成功上市，妳再起訴，可以申請分割的財產，將直接翻幾翻。也就是說，妳一個月後起訴，我也將得到翻幾翻的律師費。」錢恆抿了抿唇，態度嚴肅而沉穩，「但作為一個律師，我尊重我當事人的所有選擇，也將我們目前能採取的法律措施的任何可能性都提前告知妳，希望妳在充分瞭解的情況下做出對自己最有利的決定。」

照道理，這是一個非常充滿吸引力的方案，畢竟白星萌所要做的，只是按兵不動一個月而已，一個月後，如果團團線上成功上市，那她能分割到的錢，將和現在根本不能比，而萬一團團線上一個月後也沒上市，那再提起訴訟，也不遲。

然而，白星萌的回答卻令成瑤十分意外——

她的態度堅決不二：「我現在就要起訴。」

「好。」錢恆惜字如金，也毫無正常人的好奇心，他一個字也沒有多問，只是轉頭看了成瑤一眼，「成瑤，我之後有個視訊會議，之後妳和白小姐核對下證據清單。」然後他看了看白星萌，「白小姐有什麼事直接和成律師溝通就可以，我先失陪了。」

對於錢恆的安排，成瑤完全措手不及。一直以來，在接待客戶時，她都處於從屬地位，甚至不需要開口說話，這是在君恆參與的第一個案件，並且是個標的非常大的案件，然而此時此刻，她卻必須獨自一個人面對當事人了。這當事人還不是別人，是白星萌，正當紅的白星萌。

幸而在成瑤絞盡腦汁想著話題時，白星萌先開口了。

「成律師，妳是不是會覺得我傻？」

然而白星萌的這個問題，讓成瑤有些措手不及。

好在白星萌問這個問題並不是指望成瑤給她什麼回答。

很多時候，一場婚姻糾紛，當事人除了尋求法律的幫助外，也在不停尋找傾訴的窗口。

「成律師，妳能陪我聊聊嗎？妳是女生，我相信可能更能理解我的心情。」白星萌有些抱歉地笑笑，「我知道會耽誤妳的時間，我願意按照妳的諮詢費率支付費用，但不想談什麼冷冰冰的法律，我只想和妳聊聊天。我是明星，這些私事，我沒辦法和圈子裡任何一個人敞開心扉聊。」

成瑤點了點頭，表示理解。做律師以來，她確實經歷了很多這樣的事。很可笑，很多當事人，明明現實生活中有親密的親人和摯友，然而很多內心的情緒，卻從來不敢和親人摯友講，反而是只有聘用合約關係的律師，他們願意放下心防，傾訴所有。

比起親友，他們更相信商業合同裡的保密條款，違反保密合約的巨額違約金，讓他們更安心。

白星萌垂下頭：「其實這段婚姻真的帶給我很多痛苦，為了他，我違背了經紀合約，在合約期內和他隱婚，遭到了公司的報復，交了巨額的違約金，差一點被雪藏，事業受到了毀滅性的打擊。」

成瑤追《靈瑤攻略》的時候，看過關於白星萌的履歷和八卦，確實如此，她早幾年一直被公司半雪藏，從二十三歲到二十六歲，硬生生蹉跎了四年，四年啊，對一個普通的女生來說都是最好的青春，更何況是對一個明星。

白星萌的語氣有些自嘲：「可能女生一旦陷入感情，都會變蠢吧，其實現在我回想起來，徐俊可能自始至終都不喜歡我，我和他開始交往的時候，他的企業規模還很小，完全不是現在這樣的，我真心喜歡他，但是換來的是什麼？是那幾年無休無止的緋聞。」

「是因為妳的經紀公司的問題無法公開戀情嗎？」

「呵，我既然有勇氣和他結婚，直接板上釘釘的違反經紀合約，我會怕公開戀情嗎？」白星萌笑笑，「是他不願意公開的。」

成瑤有些不解：「為什麼？」

「因為只有半遮半掩的緋聞，才更有噱頭啊。」白星萌淒慘地笑了笑，「我從業以來，一直形象正面，從沒有傳出過什麼緋聞，但和他在一起，卻惹上了這輩子最多的髒水，因為影視劇宣傳問題，和男主角配合炒作一下的同時，還要兼顧著和他戀愛，狗仔知道了，便把我當作腳踩兩條船的虛偽典範批判。我當時很委屈也很納悶，我做的保密工作夠好了，狗仔是怎麼知道的？可現在才知道，原來這些爆料，都是徐俊提供的。」

面對成瑤的驚愕，白星萌苦笑了下：「成律師，妳回想一下，在徐俊和我鬧緋聞之前，妳聽過團團線上這家公司嗎？」

成瑤想了想，搖了搖頭，確實完全沒印象，對團團線上和徐俊的認知，純粹是因為那幾年和白星萌接連不斷猶如連續劇一般跌宕起伏的緋聞。

「但是自和我在一起後，團團線上被大家熟知了，我們第一次被狗仔爆料戀愛的時候，他的團團線上當天用戶數爆增了一百萬，隨著時不時冒出來的各種緋聞，他的網站流量和用戶人數也越來越多。」

好像確實如此，成瑤想起自己第一次註冊團團線上，就是因為看了白星萌和徐俊的緋聞。

白星萌說到此處，頓了頓：「冒昧地問下成律師，妳是團團線上的註冊用戶嗎？」

「嗯。」

「那妳是在什麼情況下註冊的？」

成瑤有些不好意思：「當時有爆料人說，徐俊在自己網站的首頁偷偷地用字母縮寫向妳示愛，我那時候還在學校，就很無聊，也和其他網友一樣，去團團線上圍觀，因為這次圍觀，倒是意外發現了團團線上這個網站做得挺好的，功能齊全，頁面乾淨，下單便捷，送貨特別快，而且售後服務也好，於是就這麼成了團團線上的老用戶。」

白星萌對成瑤的回答露出了然的表情：「對，就是這樣，很多人就是在那次以後，註冊了他的網站，成了忠實老用戶。」她垂下視線，「雖然和他的婚姻破裂了，但我不得不說，徐俊確實是個有能力的男人，他的網站設計和規劃，確實很好，但……世界上像他這樣有才華的男人很多，能像他這樣不擇手段達到目的的，卻很少。」白星萌頓了頓，「那個爆料，是他一手策劃的。」

成瑤完全震驚了。

「根本沒有什麼含蓄的示愛，完全是他自導自演的一齣戲，先是刻意更改了網站頁面，然後自己找團隊去爆料，炒作了這一齣。」白星萌的臉色很平靜，然而聲音裡卻有些顫抖，「他從認識我的第一天，看上的，就是我的流量，他需要的是我的人氣為他的網站帶來活力，需要的就是緋聞的炒作。和一個女明星談戀愛，這比任何廣告效果都要好，網友很快就會把他的底子扒出來，而他只需要暗地裡推波助瀾就行了，這樣多實惠，既節省了企業的宣傳行銷費，效果還無敵放大，因為引流過去的，可是貨真價實的消費者，最活躍的那批網路使用者。」

「他是最聰明的行銷人才，知道把一家企業領導人娛樂化、偶像化，比直接宣傳企業，省時省心，效果還好多了。」白星萌咬住自己的嘴唇，「這就是他和我戀愛，和我結婚真正的目的。」

第二章　劇毒老闆的奴役

成瑤知道很多鬧到請律師的離婚案件，內情都不怎麼令人愉悅。很多離婚糾紛，剝開紛繁複雜的外皮，暴露的是人心的惡意和自私。婚姻的締結，或許曾有愛情的痕跡，但很多時候，結婚的考量裡，會參雜很多並不單純的因素。

如果這個人一無所有，你還會愛他嗎？你還會選擇他嗎？

濃情蜜意的時候，沒有人願意這麼問自己，也沒有人願意去想這一點，然而當感情徹底破裂，彼此之間已無任何情分，在利益面前，撕破臉皮，惡意詆毀，兩個曾經擁有最親密關係的人，離婚時卻比陌生人之間有更深重的惡意和仇恨。

婚姻的真相，有時候是很殘忍的。

成瑤一直以來都知道這一點，然而聽完白星萌的陳述，她的內心還是相當震撼，她沒想到，一個男人，可以算計到這個地步，步步為營，從最初的戀情，到最後的婚姻，他都保持著如此駭人的理智和目的，冷靜到可以用自己的感情做籌碼，以至於最後離婚進行財產分割的時候，也能如此絲毫不留情面。

所以，這才是白星萌為什麼要堅持現在就起訴的原因吧？

因為恨，因為想要報復，因為不甘心，她想要的不是錢，因此根本不想等徐俊的企業成功上市，她想要的甚至可能是，因為這次財產分割凍結股權，讓徐俊的企業無法成功上市。

白星萌看著成瑤的表情，長嘆了一口氣：「我那時候喜歡徐俊，純粹是因為慕強心態，覺得能被這樣有才能的男人愛著，是一件非常有成就感的事，但後來我才意識到，成功的有才能的男人，最愛的永遠是自己。越聰明的男人，越是自私涼薄。」

說到此處，白星萌頓了頓，然後她想了想，加了一句：「就像妳的老闆錢恆。」

欸？怎麼扯到錢恆了？

「我合作過很多律師，他是我見過能力最強、最專業，但也最沒有人情味的律師。」白星萌聳了聳肩，「他從不關心當事人在想什麼，有什麼心理狀態，他只關心結案，像機器人一樣，一絲不苟，做事完美，在他眼裡，只有完成任務拿到酬勞這一項是重要的。」

因為白星萌的這番話，成瑤的腦海中也浮現出錢恆冷冰冰的臉，他是這樣的人嗎？沒有一絲人情味？

白星萌難得一吐胸中不快，傾訴完了，心情顯然也好了不少，她又恢復了在鏡頭前的完美自信，和成瑤確認過證據目錄等材料後，她就撩了撩頭髮，和成瑤告了辭。

成瑤今天是抱著大堆案卷和材料回家的，因為白星萌的一番剖白，她非常同情她，只想著能盡可能多地為這位當事人爭取權益。

結果沒想到錢恆今天下班也非常早，於是兩個人不得不在下班後，又重新近距離地共處一室。

正在成瑤遲疑要不要和老闆打個招呼之類的時候，錢恆率先開了尊口。

「妳考慮的怎麼樣了？」

成瑤愣了愣，趕緊彙報道：「我已經和白星萌溝通過了，起訴書的草稿我已經在寫了，她的意思是馬上起訴，我明天就能把全套材料的初稿傳給您審閱，然後我會爭取在下週二去法院把立案材料交了……」

錢恆抿了抿唇：「我是問妳，什麼時候把我損失清單上列的賠償支付給我？這事妳考慮的怎麼樣了？」

「……」

白星萌說的沒錯，錢恆果然是毫無人情味的男人。

可惜人在屋簷下不得不低頭，成瑤頓時苦著一張臉，決定打悲情牌：「老闆，我多少薪水你也是知道的，你要是願意把這筆錢一筆勾銷，我一定做牛做馬好好工作……」

「做牛做馬不用了。」錢恆彷彿就在等著這一刻，他瞇著眼睛看了成瑤一眼，「給我做飯做菜吧。」

「啊？」

錢恆理所當然道：「我還沒吃飯，妳做飯還馬馬虎虎，又欠著我這麼多錢，正好現在我們住一起，以後妳就用伙食費抵吧。」

什麼馬馬虎虎，自己做飯有目共睹的好吃好嗎！大廚級別的！

「一個月，做一個月飯，我們之間一筆勾銷。」

這下成瑤哪裡還敢猶豫和腹誹，她生怕錢恆反悔似的，趕緊答應他。

「清蒸鱸魚、土豆燒牛肉、醋溜白菜、青筍炒肉。」錢恆掃了成瑤一眼，「這是我今晚想吃的。」

「可今晚我沒有買鱸魚牛肉和青筍呀。」

「那妳還愣著幹什麼？還不快去買？」

「……」

五分鐘後，成瑤一邊在超市選購著最新鮮的鱸魚，一邊咬牙切齒，看看，這就是我的老闆，真的，毫無人性！

幸而錢恆並沒點什麼澳洲龍蝦之類的菜，這些家常食材，成瑤很快就買齊了，她手腳很快，回家沒過多久，一桌色香味俱全的飯菜便上桌了。

錢恆吃得很矜持，然而最終，他吃了兩碗飯。

比起他那種慢條斯理的吃法，成瑤就囫圇多了，她一邊心不在焉地扒飯，一邊還想著白星萌的事……

很快，她就草草解決了晚飯，準備回房間。

「不吃了？」

「我想再看看白星萌這個案子裡的材料，過幾天就要起訴了，我想理一理，還有什麼資訊落下的。」成瑤回頭感激一笑，「所以，老闆，我先不吃了，你慢慢吃吧。」

「我不是叫妳留下繼續吃，我不關心妳吃多少。」錢恆言簡意賅道：「我是叫妳吃完了也先別回房間，留下來把碗洗了。」

「……」

成瑤忍著心中的咆哮，儘量語氣平靜道：「我先回房看看材料，等等吃好了你叫我就行，我再來洗碗。」

錢恆皺了皺眉：「妳對這個案子怎麼這麼在意？」

「這是我在君恆參與的第一個案子，我要打個好的開頭仗。」成瑤在激情之餘，想起徐俊，又有些氣憤，「而且從私人感情上講，我也想幫助白星萌爭取到她應有的財產，讓渣男徐俊受到懲罰。」說起這個，成瑤有些忍不住嘀咕，「白星萌人真的挺好的，親民，一點大牌的感覺都沒有，長得又漂亮，演技好身材棒，還對徐俊一往情深的，也不知道徐傻是眼瞎了還是腦子壞了，為什麼要傷害和利用她？」

她原本以為自己這一番滿滿的幹勁，會受到錢恆贊許和表揚的，然而實際情況是，錢恆在聽完成瑤說的這番話後，整張臉沉了下來。

「成瑤，離當事人遠一點。」

「什麼？」

錢恆的臉色有些嚴肅：「想做一個好律師，妳要記住，在工作的時候，妳沒有感情，只有立場。妳站在妳當事人的立場考慮如何在法律的範圍內，為她爭取最大的利益，但是，這是基於妳作為她代理人的原因，而不是因為私人感情作祟，妳現在這樣，想著什麼懲罰渣男，這非常不專業。」

成瑤冷不防想起了白星萌的那句「錢恆沒有人情味」來。

但對於錢恆的指責，她十分不服：「我不會因為私人感情就變得不理智，何況我覺得這樣挺好的，至少能激發我更積極地為當事人爭取權益。再說這個財產再次分割糾紛，我們完全代表的是正義的一方……」

結果成瑤的話還沒說完，就被錢恆打斷了，他嗤笑道：「妳以為自己是誰？水手月？還代表月亮懲罰你？」

看看，這就是話不投機半句多，道不同不相為謀，雖然工作能力頂尖，錢恆這人，還真的沒什麼人情味。

「我一直覺得，雖然律師是一種職業，但作為從業人員，也是要有點情懷的，雖然男女平權宣傳了好幾年，但是婚姻裡，女性更多的總是弱勢的一方，被家暴、被出軌、被騙婚，你看，就連白星萌這樣已經有足夠社會地位和金錢的女性，在婚姻裡，也仍舊是受害的一方。我雖然只接了這麼一個案子，但是能在自己力所能及的範圍內，為婚姻中弱勢的女性謀求一點權利，我覺得這就是我作為一名律師的價值所在。」成瑤盯著錢恆，她的語氣很認真，也很固執，「我一個人當然沒能力改變整個現狀，但如果每個律師都能和我一樣，都能為女性婚姻中的維權出一份力，那是不是……」

「是，只要人人都獻出一點愛，世界將變得更加美好。」

成瑤的眼睛亮了亮，她以為自己這番慷慨陳詞，終於喚醒了錢恆那深埋在心中的正義感和社會責任感。

然而——

「妳是哪裡來的老古董嗎？」錢恆皺了皺眉，「人人都獻出一點愛，這首《愛的奉獻》，是一九八九年的老歌了，現在已經二〇一八年了，妳卻還相信上個世紀的歌詞？妳腦子沒問題吧？」

「……」

「我真是服了妳，我以為這種老土的洗腦歌只有智障才會信，現在看來人口的素養還是有待提高的，我們律師隊伍的現代健康精神的建立還是任重而道遠的。」

成瑤有些震驚了：「你難道就沒有一點點社會責任感嗎？沒有想過用自己的專業知識，為那些弱勢的人吶喊嗎？」

錢恆毫無誠意地拍了拍手：「感動，真的很令人感動，那胸懷天下的成律師，妳怎麼沒乾脆去做公益維權律師呢？做維權律師挺環保低碳的，平時沒事去天橋下面喝個西北風就飽了，夏天的時候還能有穿堂風換換口味。」

「我……」

「妳什麼妳。」錢恆優雅地翻了個白眼，「而且誰和妳說，婚姻裡一定是女方弱勢男方強勢？白星萌就一定是受害者？妳是人家婚姻當事人？還是每天躲人家夫妻床底下見證了他們婚姻裡的點點滴滴雞毛蒜皮，乃至於性生活不和諧？」

「……」

成瑤梗著脖子解釋：「我是女生，我相信自己的第六感，白星萌對徐俊動了真感情，但徐俊沒有，白星萌是這段婚姻最大的受害者。我這次一定要代表我們女性，給徐俊點教訓！教會他什麼叫尊重婚姻！」

錢恆毫不掩飾地流露出了不認同的表情：「妳看妳這樣，妳也好意思說女性都是婚姻裡的弱勢？我現在不作為老闆，而是站在一個男性的立場負責任地告訴妳，妳這麼凶悍，以後是會嫁不出去的。」錢恆看了成瑤一眼，「真的，誰敢和妳結婚？等著以後被淨身出戶嗎？普通人誰打得過法律武裝的女律師？」

成瑤怒道：「普通人消受不起，那我找男律師就行了！」

「成瑤，我告訴妳，做人，要實際點，雖然有理想是好的，但不要做白日夢。」「找個男律師怎麼就變成做白日夢了？法律圈裡，同行找同行的可多了，兩隻腳的男律師不是遍地走嗎？」

面對成瑤的滿臉疑惑，錢恆自我感覺頗為良好地整了整衣領：「我也知道自己很優秀很耀眼，但是成瑤，妳要找我，是不可能的，妳死了這條心吧。」

成瑤驚呆了，成瑤窒息了，成瑤感覺要吃速效救心丸了：「我什麼時候說要找你？」「找男律師妳就找啊，我攔著妳了嗎？」錢恆挑了挑眉，語氣欠扁，「妳剛才說的時候一直死死盯著我，不就是暗示我，想找我這樣的嗎？」

我那是怒目圓睜！我那是怒視！哪裡是看上你了！我瞎了嗎！

錢恆說完，站起身，拍了拍成瑤的肩膀：「人生不如意之事十有八九，想開點。」

成瑤內心在咆哮，錢恆！你知道嗎！我找你我才是想不開啊！

因為對白星萌的同情，成瑤對她的案子十分盡心，昨晚更是加班準備起訴材料，第二天一大早，就把全套資料寄給錢恆審閱。

雖然嘴巴挺毒，但對於工作，錢恆也是一百萬分負責，很快，成瑤就收到他的郵件回覆，她草擬的起訴書上，已經用修訂模式進行了修正，還附加了一些簡單解釋修改理由的批註。

於是成瑤效率非常高的，在今天就把立案材料送到了法院。

然而她剛從法院回來，就在君恆的正門口遭遇了不速之客——董敏。

然而上次見面還趾高氣昂渾身穿著打扮講究的董敏，今天卻臉色蒼白眼睛紅腫，全然沒了當初那架勢，成瑤迎面朝她走去，董敏都沒有閒暇看一眼，她好像有什麼更重要的事，成瑤只來得及看清她快速地走進君恆的大門，神情悽惶，衣裙一閃而過。

「錢恆！錢恆呢！我找錢恆！」

前檯試圖攔截：「董小姐，您有預約嗎？沒有預約的話……」

董敏卻渾然不覺，她的眼眶含著眼淚，嘴唇有些顫抖：「不行，我馬上要見到錢恆，我要問清楚，到底是怎麼回事！」

「成瑤！」

就在董敏無助的時候，她掃到了站在她身後的成瑤，平日裡疑神疑鬼的董敏，這一刻竟然完全沒有詢問為什麼成瑤會出現在君恆，她只是衝上來，握住成瑤的手：「妳在的話，是不是錢恆也在，求求妳，讓我和錢恆見一面，我真的有重要的事……」

董敏在大辦公區造成的動靜頗大，幾個律師探頭探腦張望。

成瑤有些為難：「錢律師真的不在，上午出去開庭了……」

別說他現在是真出去了，就算沒出去，肯定也要指使我攔截妳啊，成瑤捏了把汗，要是沒攔截住，還不知道錢恆要怎麼收拾自己呢。

也不知道是什麼運氣，她這句話剛說完，錢恆就從正門口走了進來，看來庭審很順利，竟然這個時候就結束了。

錢恆皺了皺眉，剛想要對門口聚集一堆人發難，目光就毫無防備地撞進了成瑤眼裡。

成瑤正在對他擠眉弄眼，彷彿拙劣的臥底，正在暗示著前方的危險，而在董敏也看到錢恆的那瞬間，成瑤的臉上閃過了壯烈犧牲的絕望。

錢恆的心情突然有點愉悅，他想，她的表情倒是挺豐富的，很有娛樂性。

相比錢恆的平靜，董敏就激動多了，她抬高了聲音：「錢恆！」

就當成瑤以為錢恆會回給自己一個「辦事不利」的死亡視線時，錢恆卻出乎意料的，並沒有躲避董敏。

只是他的態度，雖然主動，卻無比冷漠：「妳父親的案子，我不能和妳談，妳不用來找我。」

董敏急了：「那是我爸爸！為什麼我不能知道！」

「因為我的當事人是他，不是他的女兒。我只維護他的利益，他的隱私，而不是妳的。」

「到底怎麼回事，錢恆，你說清楚，為什麼我爸爸突然會起訴要和我媽離婚？他們不是一直都很恩愛嗎？這根本說不通！根本不可能！明明一個禮拜前還說了，下個月我媽生日，他要帶她去他們第一次相遇的地方重溫的，是不是有什麼搞錯了？」

「這話妳不應該來問我，我只是妳父親的代理律師，妳應該要去問妳父親。」面對董敏泫然欲泣的表情，錢恆完全不為所動，他只抬起手臂看了看手錶，「成瑤，如果董小姐沒有業務和我們洽談的話，送客吧。我們是律師事務所，不是上演八點檔狗血家庭劇的片場。」

錢恆說完，又掃視了大辦公區一圈：「誰頭還抬著，是不是嫌工作量不夠飽和？」

他這話剛說完，李明磊、王璐、譚穎等一行人整齊劃一地把那顆微微抬起看八卦的腦袋埋了下去。

錢恆哼了一聲，回了辦公室。

錢恆可以任性，但成瑤不可以。

錢恆前腳剛走，董敏就崩潰痛哭起來，錢恆丟下的這個爛攤子，勢必只能成瑤來幫他擦屁股了。

為了不打擾辦公區同事工作，成瑤只能一邊安撫著董敏，一邊把她帶去了附近的飲料店。

又是安慰又是開導，成瑤才終於清楚了事情的前因後果。

董敏的爸爸和媽媽從十三歲相識，十五歲相戀，青梅竹馬兩小無猜，二十二歲結婚，二十三歲共同創業，兩個人腦子都活，同心協力，又趕上了好時候，瞄準了中式速食的巨大行業前景，很快就把一家家常菜小餐館，做大做強，歷經初創時的摸索、引進標準化運作、培育品牌口碑，和最後引入風投進行資本化運作，使得他們共同創辦的真味餐飲管理有限公司，一躍而成了企業集團，在全國加盟門店數量達到了近七百家，幾乎遍布了全國主要城市。

「我知道錢恆是很出名的家事律師，我爸最早為了辦理家族信託找過他。之後好多年，也沒有其他需要和他合作的了。最近他又開始接觸錢恆的時候，我也警惕過，畢竟錢恆最出名的是辦理離婚案件。但我爸說，他是想為企業請個企業家事顧問，他說那是為了在企業股東面臨家事糾紛時，避免公司股權和利益受損的，是站在公司和股東個人雙重合法利益上考慮的。」董敏的聲音還有些哽咽，「真味餐飲現在我爸媽雖然是大股東，但也有好幾個別的股東，我爸說其中有一個最近可能要鬧離婚，他怕對方的婚姻狀況對公司股權有影響，才想著找一個企業家事顧問，所以這些天以來，他一直和錢恆接觸，我根本就沒多想……」

董敏說的沒錯，如果是企業家事律師，針對的不是任何一個股東個人的利益，而是結合股東和公司的雙重利益，提供離婚財產分割、繼承、結婚、家族企業利益平衡等一系列法律服務。

然而顯然，董山騙了董敏，他接洽錢恆，根本不是為了請他來當什麼企業家事法律顧問……

「我一點也想不到，原來我爸想請錢恆當私人律師，我還每天樂呵呵地問我爸什麼時候能把錢恆請來，這樣我就有更多機會見到他了，我沒想到，人他是請來了，只是是請來起訴和我媽離婚！」

董敏講到此處，又揉了揉眼睛，些微有了點淚意：「我爸媽從來沒什麼爭吵，這兩年也都很恩愛，每年一起出國旅遊兩次，妳知道他們在一起多不容易嗎？我媽家有錢，我爸當年是個窮小子，我外公外婆不同意，我媽就一分也沒要，硬氣地和我爸結婚，一路一起拼搏到現在，他們的感情也是有目共睹的！」

董敏的情緒很激動，她的父親突然起訴離婚，對她是個措手不及的打擊，對她的母親蔣文秀，更是無法接受的災難，在收到法院傳票的那一刻，蔣文秀一口氣沒喘上來，直接暈倒了，現在還在醫院躺著……

成瑤好生安慰了董敏一陣子，對方終於情緒穩定下來，擦了擦眼淚，才離開去醫院探望自己母親了。

然而成瑤回到辦公室，腦海裡卻都是董敏哭泣無助的臉。父母鬧離婚這種事，對小孩而言永遠是痛苦的，不論是多麼跋扈的「小孩」，也不論是多大年紀的「小孩」。

成瑤其實和董山是有過一面之緣的，那次正逢董山來與錢恆討論案子。她記得董山的樣子，是個和藹的憨厚的男人，雖然身價驚人，然而穿的卻很樸素，眼神溫和，怎麼看都像是個好相處的人。

尤其成瑤進會議室送材料給錢恆的時候，董山正在好言求著錢恆能不能和他女兒一起吃個飯，明明都是錢恆長輩的年紀了，身價不菲，卻為了自己的女兒低聲下氣地說著話，得多愛自己女兒才會這樣啊。

可如今、如今……

「我把董敏送走了，我能問問嗎？她爸爸到底為什麼突然要離婚？」成瑤最終沒忍住，她把一份需要錢恆簽字的法律意見書送進錢恆辦公室後，頓了頓，還是問出了自己心中的疑惑，「他一定是有什麼苦衷是吧？比如身患絕症之類的？」

錢恆看了成瑤一眼，聲音平淡：「身患絕症，所以為了不讓老婆傷心難過，看到自己的病容，索性用最激烈的方式讓她痛恨自己，讓她接下來的餘生能夠忘記自己，說不定還能追尋到下一次幸福。」

成瑤的眼睛亮了亮：「是這樣嗎？」

「成瑤，妳小說看多了吧。」錢恆嗤笑了一聲，「離婚能有什麼別的苦衷，不過就是不愛了，不想過下去了。一個男人，不想和妳結婚，或者要想和妳離婚，都沒有苦衷，苦衷只是他們包裝自己的遮羞布。」

「可是董山那麼愛董敏，為了董敏都顧不上面子，他怎麼可能離婚？怎麼可能讓董敏那麼難過？」

「很愛自己的女兒，和不愛自己的配偶，並不矛盾。」錢恆揉了揉眉心，「我們男人，是很複雜的。」他看了成瑤一眼，「比如妳現在，知道我在想什麼嗎？」

成瑤非常誠實地搖了搖頭。

「我在想，妳能不能幫我個忙，現在左轉，出門去，然後關上門，不要再浪費我的時間了。」

「……」

錢恆從早上開始左眼皮就一直跳。

左眼跳災還是左眼跳財？他有點不確定。

「錢恆！週六律師協會有活動……」

當然，直到吳君一個風騷走位閃身進他的辦公室，一雙桃花眼裡閃著陰謀般的精光，錢恆終於可以確定了——

左眼，肯定跳災。

他頭也沒有抬：「不去，沒空。」

吳君對錢恆的反應相當淡定，他笑了笑：「我知道你對不賺錢的活動一概沒興趣，但這次律協張會長點名要你去的，我們畢竟還歸人家管理，你難道連這個面子都不給？你還想不想君恆年底評選A市十強事務所了？」

錢恆果然抬起了頭，他皺了皺眉，語氣冷然：「下不為例。」

「那當然，我這麼愛你，平時捨得你出去拋頭露面嗎？我能擋掉的我不是都擋了嗎？」

「週六什麼時間？」

「週六早上九點到下午三點，律協包午飯了。」吳君拍了拍錢恆的肩，「省得你週末在家裡只能叫外送了。」

錢恆想到成瑤可口的飯菜，下意識回道：「我最近不吃外食。」

「欸？什麼？」

錢恆抿了抿唇：「沒什麼。」他抬頭掃了吳君一眼，「所以是什麼活動？」

吳君抓了抓頭，有些不自然地結結巴巴道：「就一個律協關於當代青年律師優良心態培訓的活動，開開會，和其他青年律師互動互動，你就當放鬆吧。」

錢恆有些疑惑：「這種活動，為什麼張會長一定指明要我參加？」

吳君咳了咳：「可能是張會長覺得你比較有號召力和咖位吧。」他移開目光，「另外，每個所需要出一男一女兩個律師，我們君恆男律師張會長點名要了你，但女律師還沒定呢，你看誰去適合？」

「你定吧。」

「我們所女律師裡，錢慧、李萌已經結婚了，田思和、王璐也都有男朋友，單身的只剩下成瑤、譚穎，但是我聽說譚穎剛分手沒多久，恐怕心情還沒調整好，所以我覺得就成瑤吧。」

錢恆有些不解：「參加個律協的的活動而已，為什麼還要單身？」

吳君訕訕地笑笑：「你看，人家女同事吧，結婚了就有家庭了，週末當然要帶孩子啊陪老公啊的；有男朋友的呢，自然也要和男友去約會兩人世界吧；剛分手的呢，心情很差，應該給她空間好好一個人平靜下；單身的，時間自由，這種活動當然讓她去參加啊。」

錢恆聽了聽，雖然覺得有點怪怪的，但吳君這番邏輯也挑不出錯來，點了點頭，表示贊成了這種安排。

「那我去通知成瑤了啊。」

錢恆波瀾不驚道：「不用，我來。」

吳君有些奇怪：「你平時不是不喜歡做這些通知人的事嗎？怎麼今天搶著來？」

「防止你帶壞新人。」

「你不是一心想趕成瑤走嗎，那還怕我帶壞幹什麼？」

「要是被帶壞了，就算以後被辭退了，出去了也影響君恆形象。」

「……」

成瑤把白星萌的案子提交法院後，作為律師，目前能做的，就是等著法院立案以後確定開庭時間了。

於是成瑤突然空了下來，在錢恆的各種摧殘打擊下，她空下來倒是有些不適應了，知道自己基礎差，經驗少，於是主動找來一本最高法婚姻庭的指導判例進行研究學習。

今天是週五，明天就是週末了，下班的時候，成瑤覺得既充實又愉快，這個週末，她打算好好放鬆一下，在家睡懶覺。

今晚錢恆約了個客戶，不在家吃飯，成瑤興高采烈地回家一個人逍遙地吃了飯，正準備享受週五晚上的時光，錢恆就回來了。

「成瑤，明早九點，代表所裡去參加律協舉行的青年律師優良心態座談會。」

明明是週六軟性「加班」，但錢恆竟然說的十分理直氣壯，成瑤愣了愣，才反應過來要抗爭：「為什麼要我去？」

就因為我是新人嗎？可是我的心態的已經很好了，我覺得已經沒有必要再培訓了！成瑤一邊腹誹，一邊看向錢恆，她想，倒是你，實在應該去培訓一下。

「不是欺負妳是新人。」錢恆掃了成瑤一眼，「我也去。」

成瑤剛要為錢恆這次難得的平等點一下讚，卻聽他輕聲笑了下，繼續道——

「明早九點到下午三點，我通常不帶女律師參加律協的活動，妳運氣好。」

「什麼？」成瑤目瞪口呆，你倒是告訴我啊，這算是哪門子的運氣好？週六還無法逃離老闆的魔爪？這是運氣？

錢恆哼笑一聲：「我帶妳參加活動，等於宣告妳是我團隊的律師，這就是為妳以後跳槽背書，妳知道我的團隊跳槽出去的律師，在別的所有多搶手嗎？」

這有什麼好驕傲的！錢恆，你應該好好反思為什麼你自己培養出來的律師，會不斷被別的所挖走或者跳槽啊！

成瑤忍了忍，還是忍不住，她委婉地道：「那這麼多以前一手帶出來的律師跳槽離開，你不傷感嗎？何況這不是替別的所培養人才，替自己培養競爭對手嗎？」

「妳進君恆，簽的是什麼合約？」

「勞動合約啊。」

錢恆孺子不可教般看了成瑤一眼：「我們只是勞動雇傭關係，商業行為，談什麼感情？至於競爭對手，那也要他們夠格才行。」說完，他又掃了成瑤兩眼，「比如妳這樣的，別的所要是挖過去，那不叫挖牆腳，叫做接盤。」

「……」

算了算了，韜光養晦，成瑤自我安慰道，在妳變強大之前，忍忍吧成瑤，等妳飛黃騰達了，錢恆再看妳一眼都是死罪！

律協的座談會九點開始，因此成瑤週六的懶覺是泡湯了，但好在能蹭錢恆的車，兩個人穿了職業套裝，一路暢通地到了律協。

然而等到了開會的場地，成瑤就覺得有點不對勁了……

首先，這場地看起來並不像是一個座談會的樣子；其次，來參會的律師，穿的都很休閒，明明只是個座談會，但不論男女，竟然都精心打扮過，作為男人，錢恆穿著正裝還不會顯得太過突兀，但對於成瑤，就非常鶴立雞群了……

如果說剛開始只是略微感覺不妥，那在成瑤抬頭看到那條「A市青年律師聯誼會」橫幅時，就感覺相當不妙了……

更要命的是，那條橫幅下面的牆壁上，竟然還掛著一張畫著大大愛心的海報，上面寫了一行字——主動出擊，告別單身，放飛自我，攜手致富。

這行字下面，又還有一行更振聾發聵的標語——依法結婚是每個適齡青年的義務。

這竟然是一個單身青年律師相親會！

這一刻，成瑤只想回頭質問錢恆，為什麼選她來參加這種律協拉皮條的相親會！

不用成瑤質問，錢恆也意識到問題，他黑著臉，一言不發，當即掏出了手機，打給吳君。

吳君顯然懶覺被吵醒，聲音還有點昏沉：『怎麼啦？』

「青年律師座談會？」

『嘿嘿……』

「吳君，你跟我解釋一下，座談會是怎麼變成了單身聯誼會的。」

吳君還笑嘻嘻的：『這個就是你的不對了，解決單身是當前青年律師最重要的課題之一啊！』

「……」

『錢恆啊，國家人口老齡化，已經到了生死攸關的地步，你作為一個有志青年，自然要承擔起社會責任，為國結婚，為國生孩子，你不婚主義，這種思想很危險，當然要參加聯誼，讓你洗洗腦，精神昇華一下。』

錢恆面無表情道：「吳君，你今年的年終獎金沒有了。」

『別別別！』吳君討饒道：『行了，我也是沒辦法啊，張會長逼著我務必讓你參加啊，你現在是A市單身男律師裡收入最高的，長相最好的，頭髮最茂盛的，平時女律師們都不愛參加這類活動，這次張會長宣傳聯誼活動時提前把你的名字搬出去了，結果女律師們踴躍報名，總不能最後來了發現沒把你請來吧。』

「這是虛假宣傳。」

『行了行了，你就為所捐軀吧，回頭我請你吃飯！我回籠覺去了，再見！』

錢恆打電話，成瑤在旁邊也聽出了大概，這次無法怪錢恆，他和自己一樣，竟然也是個受害者。

但受害歸受害，作為事務所和律師主管部門的律協都發話了，錢恆縱然臉臭的像茅坑裡的石頭，也只能配合。

安排這次活動的果然是律協裡熱情的老阿姨，作為主持人，她的聲音洪亮，十分適合。

「各位律師朋友大家好，感謝你們百忙之中抽空來參加律協的聯誼會，今天的活動分為兩部分，第一部分是室內活動，午飯後才是第二部分的室外活動。下面馬上就要開始我們室內部分了，今天每家事務所都有一男一女兩位律師參與，所以我們男女律師比例正好是一比一的。」

老阿姨笑咪咪地環顧一下四周：「我們力爭每位律師都能先互相瞭解下對方，所以在下面的環節裡，每位男律師將和每位女律師，有三分鐘的問答聊天時間。在這三分鐘裡，兩位可以加速彼此的瞭解，比如問問愛情觀、擇偶標準，甚至討論法律案例看看價值觀一不一致，都是可以的。三分鐘一到，我們的計時員就會提醒，大家自動往前移一位聊，下一位繼續這麼輪，等一圈輪完以後，彼此有進一步聊天意願的律師們，就繼續各自私下再聊啦。」

成瑤偷偷看了身邊的錢恆一眼，隨著聯誼會活動模式的介紹，他的臉果然越來越黑了……

只是不得不承認，就算臉臭，但錢恆的長相真的太能打，在一眾男律師裡，完全可以用「天人之姿」來形容了，一眼看去，錢恆這樣英俊的面容和挺拔的身材，簡直就是自帶男主角光環，彷彿一部粗製濫造的連續劇，貧窮的劇組只有錢為男主角錢恆打光，其餘男配角往他旁邊一站，就都灰頭土臉的。

果然，有幾個身高不高的男律師，正偷偷移得離錢恆遠一點，但錢恆作為男性公敵，在女性中的呼聲和人氣能量守恆般此消彼長。連站在他身邊的成瑤，都能感受到女律師們投射在錢恆身上的目光，看來很多人都對錢恆躍躍欲試。

雖然在業內有毒瘤的稱號，但畢竟大部分的人沒有接觸過錢恆，總覺得毒瘤這兩個字，或許多少會有誇張的成分。

成瑤在內心感慨，朋友們啊，你們太天真了！錢恆很快就會讓你們知道，什麼叫做知人知面不知心！臉好看不代表心好！劇毒真的是劇毒！

「那下面，麻煩男律師和女律師面對面站成一排，按照順序落座，我們要開始囉！」

成瑤不想和錢恆面對面，一下子竄到錢恆的斜對角去，而錢恆的對面，也不知什麼時候站了一位妝容精緻的女律師，對方顯然有備而來，妝容精緻，穿著一身顯身材的紅裙，腳踩黑色小細跟，大波浪捲髮，顧盼間皆是風情，性格外向大膽。

「妳好，請問妳從事什麼法律業務的呀？」

成瑤的對面是一位害羞的男律師，他靦腆地笑了笑，找了個話題，成瑤也友好地笑笑，你問我答起來。

可惜男律師太內向，成瑤和他很快就沒了話，兩個人尷尬地彼此看看，幸好隔壁組的種子選手錢恆拯救了這種尷尬……

比起成瑤這一組的平淡，錢恆那一組，就暗流洶湧多了。

成瑤和男律師，相當默契地看起錢恆那組的八卦。

「錢律師，你喜歡什麼樣類型的女生呀？」

「九十，六十，九十。」

「什麼？」

「三圍。」

「……」

「那除了身材呢？你對女生還有什麼要求？」

「臉蛋也要好。」

「……」

「哦，還要聽話。」

「除了這些外在的，沒別的了？」

「必須是處女。」

「還有呢？」

「要懂事識大體，男人在外面，尤其我這樣的成功人士，總免不了逢場作戲，有時候難免會犯男人都會犯的錯，這時候，她必須理解我，而且要好好反思，為什麼我會犯錯，要從她自己身上好好找原因，是不是自己身材沒有維持好，臉沒有保養好，沒有第一時間關心我的精神需求。」

成瑤偷偷看了紅裙美女一眼，對方臉上果然一掃剛才的熱情火辣，露出了便祕般的表情。

唉，成瑤同情地想，喜歡誰不好，喜歡我們五毒教教主，這不是沒事找事自己給自己餵毒餵屎嗎？

聯誼會的會場座位布置成了S型，女律師坐著不動，但是三分鐘後，男律師順時針隨著S型流動，成瑤坐在錢恆逆時針的斜對面，因此三分鐘到後，錢恆挪了一個位置，離成瑤遠了那麼一點。

這個距離，成瑤聽不到錢恆的聊天內容了，只能看到錢恆那張英俊無比但冷若冰霜的臉，配上他的西裝，他和他這次的女伴，彷彿不是在進行三分鐘相親，而是在進行死亡面試……

不知不覺，成瑤也又聊了好幾個男律師。

雖說是聯誼，但大家都是同個圈子的，也抱著沒事多交個朋友的心態，成瑤並沒有找男朋友的意圖，狀態倒是挺放鬆，和幾個不同業務領域的男律師交流，也挺長見識，彼此還加了好友。

「錢恆律師，久仰大名了。」

成瑤聽到錢恆兩個字，一個激靈之下抬起頭，才發現，原來因為S型的座位緣故，這時，錢恆就又坐到了成瑤的不遠處。

這次錢恆對面是個風格完全不同的女律師，看起來小鳥依人，很溫柔，頗有聽話懂事乖巧的意味，成瑤掃了掃，對方雖然骨架嬌小，但身材也不差，穿著頗為文藝，問的問題也很風花雪月——

「你要是談戀愛了，會和女朋友在哪約會呀？」

「辦公室。」

看不出錢恆竟然還想要辦公室禁忌play啊，這麼刺激！

果然，對面的女律師也有些臉紅：「那、在辦公室裡做什麼呀？」

「一起加班。」

「……」

「那要約會了，你覺得像律師之間，這麼忙，彼此什麼見面頻率比較好？」

「半年一次吧。」

「……」

錢恆想了想，補充道：「平時空的話，可以寄郵件。」

「……」

三分鐘還沒到，錢恆對面的女律師就站了起來……

不過錢恆那張招蜂引蝶的臉，還是十分具有欺騙性和迷惑性，下一輪，又有女律師嬌羞期待地坐在他的對面。

「錢律師好，還挺想瞭解一下你是怎麼樣的人……」這次的女律師長得也挺漂亮，還擁有一雙大長腿，對方做了點開場白，才自然而然地轉到了擇偶價值觀上：「想問問，你覺得自己在感情中是一個主動的人嗎？」

「不是。」

「那你要是遇到了非常有感覺的異性呢，你會怎麼辦？」

「不怎麼辦。」

「啊？」

錢恆理所當然道：「等著她追我就好了啊。」

「……」

這位女律師顯然還對錢恆抱有再搶救一下的期待：「有些人雖然很優秀，但也有些性格上的缺點，那如果你遇到一個女生，她能包容你所有的缺點，你會不會格外珍惜？」

「不會。」

「為什麼？」

「因為我沒有缺點。」

「……」

成瑤看了看時間，一分鐘零三十四秒，這次這輪的女律師又起身走了……

成瑤就這麼看著錢恆對面的女生來來去去，最初她們都帶著嬌羞而來，最終她們都帶著中毒的表情離開……

終於，一輪就這麼到了尾聲，按照最後的順序，錢恆坐到成瑤的對面。

「……」

成瑤望了望對面她英俊的老闆，他的老闆也看了她一眼。

「老闆……」

結果成瑤的話還沒說完，又一次被錢恆毫不留情地打斷了：「不要以為參加這個聯誼會代表什麼，成瑤，控制一下自己，我是不婚主義者，不要有僥倖心態。」

成瑤毫不懷疑，如果自我感覺良好是犯罪，錢恆的嚴重程度最起碼得判死刑！

可惜這番話，成瑤只敢自己腹誹，面對錢恆，她還是畢恭畢敬地問道：「是不是因為你是不婚主義，所以剛才刻意對那些女律師的問題那麼回答？」

成瑤在心中想到，這樣才好讓她們知難而退，畢竟大部分女生參加這種聯誼，還是希望能有個溫暖的家庭的，錢恆不想浪費她們的時間，又不好意思直接開口，所以就犧牲自己的形象，用這麼激烈的方式拒絕她們？

「沒有啊。」錢恆理直氣壯道：「除了處女那個，別的我只是說了真話而已。」

行了，成瑤想，要是直男癌和自我感覺良好一起入罪，錢恆這個數罪並罰，罪行的惡劣程度，恐怕槍斃兩百次也不夠了。

成瑤確信，錢恆這輩子真的是找不到女朋友的。

「妳還有什麼想問的？」錢恆哼了一聲，「有什麼私人問題想問的，趁著這個機會問吧，我不追究。」

成瑤連連擺手：「沒，我沒什麼想問的。」

「哦，那我倒是有幾個問題要問問妳。」錢恆掃了成瑤一眼，「剛才一共加了幾個男律師好友？」

「欸？」

「加了六、七個吧。」錢恆的聲音波瀾不驚，「有成熟穩重型的、陽光運動型的、活潑天真型的、溫文爾雅型的，還有笑面虎型的。成瑤，妳喜歡集郵？」

剛才那一輪三分鐘快速相親，成瑤豎著耳朵一直在聽錢恆的壁腳，卻不知道錢恆也一直不自覺用餘光觀察著成瑤。

錢恆就那麼看著成瑤笑咪咪地對每個男律師說著話，她長得漂亮，又年輕活潑，幾乎每個男律師都對她十分熱情。

錢恆看著她不斷地和那些男律師掃條碼加好友，不知道為什麼，心裡就有些煩躁。吳君說的沒錯，這果然就是紅顏禍水，所以長得漂亮的女人，怎麼可能做好律師，錢恆覺得，還是要趕緊把這個關係戶清理出君恆。

只是明明可以不動聲色的，但最終自己卻對成瑤問出了這種帶點刻薄的問題。問出話題的剎那錢恆就後悔了，這不是一貫的自己，然而道歉？

這兩個字在錢恆的字典裡是不存在的。

他只是抿著唇，看向成瑤。

就在他等著成瑤面色通紅露出受傷表情的時候，對面的成瑤卻激動道：「老闆，你數錯了！我加了八個！因為八才是我的幸運數字！另外，你怎麼知道我喜歡集郵？我確實喜歡！我從一年級就開始集郵了，我有好多珍貴的郵票，很貴的那種！我也不會隨便跟人說！」

「……」

午飯過後，就是本次聯誼會的重頭戲——戶外活動。

律協包了一輛巴士，把一車律師拉到郊外的風景區公園。

郊區的空氣非常好，天也比市區更藍，加上今天確實是個風和日麗的好天氣，連帶成瑤都有一種不虛此行的感覺。然而自己的那位至尊老闆，還是擺著一張生人勿近的臭臉。

「下午的活動是兩人一組划船，這片湖水域很廣，大家從碼頭出發，看哪一組先划到對岸我們的接應點。」律協組織人老阿姨十分歡樂，「我們官方不幫你們分組了，上午大家也進行過彼此瞭解了，就自己組隊吧。當然，原則上還是男女搭配幹活不累，但覺得哪位同性同行特別聊得來的，也可以組隊。」

她看向大家笑了笑：「這次雖然是娛樂性質的，但也為大家爭取了資金，第一組到達對岸的，可以得到一千塊的獎金，第二名是五百，第三名是兩百，大家加油！」

一聽說自由組隊，大家雖然不言語，但都行動了起來，很快，便見了分曉。

有些律師在之前的三分鐘相親中對上了眼，彼此有好感，一男一女便默契地組了隊，還有些在午飯時聊的投機的同性，也組了隊，但也有例外的——

比如成瑤。

成瑤的身邊此刻竟然站了五個男律師，都眼睛灼灼地看著成瑤，想要和她組隊。

當然，還有一位也同樣例外。

錢恆，憑藉著自己傲人的臉蛋、絕佳的身材、律師界中少有的濃密黑髮，還有那無往不利的專業技能和巨額資產，因為自己令人窒息的操作加持，成功勸退了所有愛慕者，成為全場唯一一位身邊一個活人也沒有的男律師。

身邊一個人也沒有的錢恆，掃了身邊圍了五個人的成瑤一眼。

「成瑤。」

她的老闆開了金口。

成瑤總覺得有一種不妙的預感……

錢恆淡然而冷靜地笑了笑：「妳過來。」

「欸？」

「和我組隊。」

我才不要！成瑤在內心咆哮，和你組隊泛舟湖上那麼久，豈不是猶如服毒自殺般的至尊體驗？

她看了錢恆一眼：「老闆，不同事務所之間難得有機會交流，我們還是不應該太封閉，應該打亂組合，多和同行溝通一下，尤其……」

「成瑤，我用妳的年終獎金命令妳，過來和我組隊。」

「……」

人為財死鳥為食亡，年終獎金的威力太大。

所以最終，成瑤帶著一臉英勇就義的表情，和錢恆出現在同一艘船上。

這裡的船不是電動的，需要坐船的人自己划槳。

錢恆坐在船頭，沐浴著陽光，髮絲在微風裡彷彿閃閃發光，從頭到腳每一個毛孔，彷彿都散發著金錢的清香，那張過分出挑的臉蛋，配上周遭的景致，讓人有種如詩如畫的錯覺。

可惜成瑤根本無心欣賞。

馬克思說得好，當資本來到世間，每一個毛孔都滴著血和骯髒。

萬惡的資本主義，它們的風光都是建立在對無產階級的剝削之上的！

成瑤一邊拼命划著槳，一邊偷偷怒視著船的另一端無所事事欣賞風景的錢恆。

就算成瑤對第一名的千元大獎十分垂涎，可船上擺著錢恆這麼一尊遊手好閒的大爺，成瑤就算再賣力，也還是不抵其餘船上兩人一起合作的律師組合。

眼見著一艘又一艘船超過自己了，成瑤有些按捺不住了：「老闆，你看，平時在事務所整天久坐，現在難得戶外活動，要不要活動下筋骨？划船強身健體一下？」

錢恆瞥了成瑤一眼，完全沒有動一根手指的意圖：「妳今天不是挺享受這次聯誼會的嗎？」

成瑤一臉茫然，這和划船有什麼關係啊！

錢恆欠扁地笑笑：「妳參加這種活動開心就好，但既然開心了，當然要配合更有幹勁更用力划船啊。要用實際行動來展現自己的精神面貌。」

「……」

成瑤覺得，如果誰能發明一種一噴就能讓對方變成啞巴的藥，應該能得到諾貝爾和平獎。

不過為了獎金，成瑤並不是個容易放棄的人：「老闆，你是不是不喜歡輸？你看，你再不和我齊心協力一起划船，我們不僅要輸，還要變成最後一名了，別的船都超過我們了！」

「我沒有不喜歡輸。」錢恆卻一點也沒有被激將起來，他只是迎著風笑了笑，有些傷感的模樣，「我也想知道輸掉官司是什麼感覺，但是輸不了。」

「……」

「這次要是能體會輸的感覺，其實也挺好的。」

成瑤看著雲淡風輕坐在船頭的錢恆，只覺得胸中一口濁氣慢慢上升。

她看了下，別的船都超過他們了，此刻四下無人，沒有目擊者，心中已經忍不住開始計算這個時候把錢恆推下湖的可行性。

然而也不知道是不是成瑤天生運氣好。

本來在她和錢恆之前的幾艘船，突然因為各式各樣的問題，停在原地。

一艘的船槳被打鬧的兩人擊落到水裡了，還有兩艘不小心撞在一起，一時間無法移開，還有一艘偏離了方向……

數來數去，成瑤只需要再超過兩艘船，就能進入前三甲角逐獎金了！

雖然兩百塊有點少，但蒼蠅再小也是肉啊！何況再加加油，說不定還能逆襲成為第一名呢！

成瑤這下打起精神來，她一邊奮力划著船，一邊嘴裡念念有詞。

「趕英超美！成瑤妳可以！」

結果這口號喊著喊著，竟然真的被成瑤又超過了一艘，她已經變成第二名了！和第一名的距離並不遠！

可惜太激動之下樂極生悲，成瑤用力過度，划著划著，手竟然抽筋了，一不小心手抖，手中的船槳便往湖裡掉去。

下意識的，成瑤伸出手探下身想去撈，這個動作毀了她的平衡，結果就這麼整個人往水裡栽去。

落水的瞬間，成瑤什麼也來不及想，她只是反射性伸出手，想要拉住什麼東西，她拽到了溫熱的東西。

然後她就這麼把她的老闆作為墊背，一起拽進了水裡。

在掉進水裡的剎那，成瑤終於如願以償看到錢恒臉上的平靜表情被打破了。他皺著眉頭，彷彿還沒有適應這個突如其來的變故，一雙眼睛不可思議地睜著，然後和成瑤一起掉進了水裡。

成瑤是會游泳的，因此她落水後就放開了錢恒，想要先爬上船，再把錢恒拽上來。可惜她沒想到，十一月的湖水太冷了，她還沒撲騰幾下，腿就抽筋了。

完了完了，果然是天妒英才……

這是成瑤往下沉之時內心的想法。

湖水太冷了，她因為抽筋無法動彈，游不上去，只能眼睜睜看著水面的光離她越來越遠，幸好憋了口氣，然而隨著下沉，成瑤只覺得胸腔難受，那口所剩不多的氣也快消耗殆盡，再接下去——

再接下去，就是嗆水，然後溺水了。

這個時候，饒是成瑤再樂觀，也驚嚇起來。水帶著刺骨的溫度，而溺水和死亡的恐懼更像是一雙冰冷的手，如影隨行地纏繞著她，缺氧、窒息，還有水壓，讓成瑤開始掙扎。

她沒辦法呼吸，沒辦法呼救，沒辦法逃脫。

猶如在死亡的懸崖上遊走，成瑤感覺到發自內心的恐懼和害怕。

她在心裡呼喊著，誰能來救救我。

救救我……

就在成瑤快要失去意識憋不出那口氣的時候，一雙手帶著微微波動的水紋，托起了成瑤，然後是一雙帶著冷意的唇，貼上成瑤的。

在成瑤就快要窒息的時候，有人為她渡了一口氣。

水裡很黑，成瑤的眼睛也被湖水刺的根本睜不開，她看不清來人，只是下意識裡抱緊對方。

對方的手臂強勁而有力，即便周遭是冰冷的水域，但沒來由的，成瑤覺得安心而安全，對方就這麼帶著成瑤，一路上游，直到終於破開了水面。

再次呼吸到新鮮的空氣感受到陽光，成瑤幾乎要喜極而泣，然而當她轉頭，想要感謝救她的人之時，竟然看到了錢恆近在咫尺英俊的側臉。

他的臉色一如既往的不太好看，頭髮還濕漉漉地滴著水，鼻梁線條仍舊挺翹到猶如初見時讓人懷疑這麼是墊的，纖長的睫毛上沾染著水珠，性感而薄的嘴唇輕抿著……

等等……嘴唇……

所以剛才在水下？

雖然是渡氣……

但，我和我的老闆嘴對嘴……

我和錢恆？親了？

成瑤像是挨了一錘，被這個可怕的事情震驚到腦袋短路。剛才還因為落水渾身冰冷的身體，突然像是被點燃了一樣冒起了火苗，整張臉燒了起來。

以後還怎麼見錢恆？

成瑤完全不知道此刻如何再面對自己劇毒的老闆。

怎麼辦？

算了！裝死吧！

明明已經清醒了，但成瑤還是選擇閉上了眼睛，這畫面太美，她實在是不敢看。

幸而錢恆並沒有回頭看她，他只是一隻手攬著成瑤，一隻手靠上了船。他們的動靜已經把景區負責安全的工作人員吸引了過來，外加其餘幾組律師隊伍的援助，很快，成瑤和錢恆就被救上了船。

周邊很嘈雜，各路人馬七嘴八舌的，有各式各樣的動靜，然而成瑤還是直挺挺地躺著，敬業地裝死。

她只敢把眼睛微微瞇出一條縫，觀察著周遭的情況。

有男律師很焦急：「成律師沒事吧？要叫救護車嗎？」

「還有呼吸嗎？要不然我過去試試，我學過急救法。」

在混亂成一片的現場裡，只有錢恆非常冷靜：「有乾浴巾嗎？」

「欸，有有。」

他從景區工作人員手裡拿了兩塊浴巾，一隻手用一塊擦起頭髮，另一隻把一塊朝成瑤扔去。

這塊浴巾好死不死地蓋在成瑤臉上。

「錢律師，你怎麼能這麼扔在成律師臉上啊？人家還昏迷著……」

然而面對一片指責和控訴，錢恆的聲音還是一如既往的鎮定自若。

「別裝了，起來吧。」

成瑤的眼前被浴巾覆蓋住了，她只能聽到錢恆朝自己走了過來，然後在自己頭頂響起的，便是他冷冷的聲音。

「……」

成瑤繼續裝死。

「成瑤，妳繼續躺著，難道是還想得寸進尺讓我再對妳人工呼吸？」

令眾人驚訝的場景發生了，錢恆的話音剛落，剛才看起來都快沒生命體徵的成律師，掀開了蓋在自己臉上的浴巾，動作俐落身姿矯健地爬了起來。

「我是誰？我在哪？我要幹什麼？」成瑤睜大眼睛，露出茫然的表情，「啊，對，我剛才落水了，剛才才突然醒了，之前我一直昏著呢。」成瑤想了想，此地無銀三百兩地補充了一句，「我掉水裡以後就昏過去了。」

錢恆蹲下身，盯著成瑤的眼睛。

成瑤下意識地轉開目光，卻不料錢恆伸出一根手指，抬起成瑤的下巴，把她的腦袋轉了過來，使得成瑤不得不回視他的眼睛。

第一次見面的時候，成瑤就知道，錢恆有一雙迷人的眼睛。

只是沒想到，即便因為落水，身上還滴著水，眼前男人的臉上也絲毫看不到一絲狼狽，他仍舊充滿著上位者的氣勢，英俊冷冽，氣質斐然。

成瑤的臉開始不可控制地發燙髮紅，她眼神躲閃，心跳加速，指尖微微顫抖。

錢恆冷笑了一聲：「昏過去了？」

「不記得了？」

他維持著微微抬起成瑤下巴的動作，俯身湊近成瑤的臉：「要我再提醒妳一遍發生了什麼嗎？」

因為錢恆的動作，原本領口微微敞開的浴袍，咧開了更大的角度，從成瑤的視角，能看到錢恆胸口若隱若現的肌肉線條。

雖然不想承認，但成瑤也知道，錢恆的身材，真的很好，好到她都覺得秦沁說的沒錯，這種品質，確實值一萬啊……

即便剛才落水，成瑤都沒有現在此刻的窒息感，隨著錢恆越發接近，成瑤下意識閉上眼睛。

結果，什麼事也沒發生。

成瑤再次睜開眼睛，才發現錢恆早就站了起來，此刻正似笑非笑地看著她：「成瑤，妳都在想什麼？」

「……」

「現在，清醒了？」

成瑤的臉刷的紅了，她低下頭，慌亂地點了點，自己剛才一定是落水後腦子也進了水！

因為渾身濕透，兩個人被送到景區內的酒店客房裡。

這是一間家庭房，有兩間客房和各自的浴室，共用一個大的會客室客廳。

兩人各自洗了澡，換下濕漉漉的衣服，穿上了客房裡的浴袍。

成瑤吹好頭髮來到客廳的時候，錢恆已經姿態高冷地坐在沙發上了。

他輕輕掃了成瑤一眼：「今年的年終獎金打八折。」

成瑤驚愕道：「為什麼！」

「以下犯上。」

成瑤：？

「自己落水還把老闆拉進水裡，扣掉一成。」錢恆抿了抿唇，「趁機性騷擾上司，再扣一成。」

「我？性騷擾？」

「呵，剛才水裡發生了什麼，妳不是記起來了？」

成瑤這下完全顧不上矜持了：「可在水裡，是你主動親我的啊！」

「要是妳不落水，我能為了救妳親妳？」

「我和你又不是什麼夫妻或者血親，彼此之間沒有法定義務，你就算看我淹死見死不救，也不犯法，你可以別給我渡氣啊！」成瑤急了，「不管怎麼樣，這事是你自己主動的，又不是我逼你的！沒道理扣我年終獎金吧！」

錢恆冷笑了一聲：「我和妳之間是沒有救助的法定義務，但是，妳來參加聯誼算是工作加班，妳今天要是淹死了，這算工傷，我還要給妳工傷賠償。我能不救妳嗎？最後這不就導致了妳變相占了我的便宜，對我性騷擾？」

「我……」

「再多說一個字，七折。」

成瑤怒視著錢恆這個資本主義剝削階級，閉嘴了。

錢恆贏得勝利，很想冷著張臉就此轉身離開，然而身上和成瑤如出一轍的浴袍阻止了他的行動。

他掏出手機，不得已，打給損友吳君：「喂？吳君，去我的別墅，拿一套衣服給我，地址我傳給你。不，不只外套，所有的衣服都要，內衣內褲，全部都要。」

電話另一端的吳君激動了：『我的天！鐵樹開花了啊錢恆！沒想到你參加個聯誼會還真的被洗腦成功？第一面就和人家開房了？衣服？全套衣服都要？是戰況太激烈全部撕爛了嗎？這也太勁爆了吧！』

錢恆懶得理他，補充道：「另外，麻煩你去最近的女裝店裡隨便買一套女裝，也要全套的。」

吳君炸毛了：『你不要得寸進尺啊！我一個男人！你讓我買全套的女人衣服，女士內衣內褲？人家店員怎麼看我？我的形象怎麼辦？』

「你找個女性店員幫你挑，或者找你的女性朋友去買，總之，馬上，買來。」

『那女律師，什麼身材？我要買什麼型號的衣服？』

「身材？」錢恆瞥了抱著浴袍衣襟縮在角落裡瑟瑟發抖但還對自己怒目而視的成瑤一

眼，「大概九十，六十，八五吧。」

吳君吹了聲口哨：『身材正點。』他十分熱情道：『十五分鐘內，你就能見到我。』

「不，我只需要見到你的衣服，把東西留給前檯，讓前檯送上來，然後你離開就行了。」

吳君忍不住控訴道：『真是過河拆遷，無情的如此理直氣壯！從來只聞新人笑，不聞舊人哭。以前和我看星星看月亮，叫人家小甜甜……喂？欸？錢恆！我臺詞還沒念完！你怎麼就掛我電話了呢！』

成瑤看著錢恆掛了電話，一臉戒備神色死死抓緊浴袍衣襟盯著他。

什麼九十、六十、八五，錢恆都在看什麼啊！自己明明穿著這麼不顯身材的浴袍，為什麼錢恆還能把這三個數字報的這麼準？

成瑤突然有些緊張，此刻孤男寡女同處一室，兩個人還都只穿著浴袍……

然而很快，錢恆打消她的浮想聯翩：「妳放心，妳還不到我的要求標準。」

「……」

「已經白白被妳占了一次便宜，不會再發生第二次了。」

「……」

成瑤都快哭笑不得了，錢恆還覺得他被占了便宜？明明是自己好嗎？嚴格算起來，那是自己的初吻啊！

錢恆呢！誰知道錢恆是不是？誰知道錢恆是不是還親過別人？

過了一個週末，新的一週上班的第一天，大家發現，一貫冷冰冰氣場強大的錢Par，竟然氣質變得十分微妙起來——

「上個月結案的人，把結案報告和判決書全部電子掃描存檔抄送……啊嚏……」

「譚穎，明天妳……啊嚏……」

「成瑤幫我約一下客戶……啊嚏……」

拜週六那跳湖一日遊，錢恆感冒了。

他雖然表情仍舊不近人情，聲音仍舊冷冷淡淡，然而感冒和噴嚏讓他的眼睛也變得微微濕潤和泛紅起來，嗓子還有些微微的喑啞，狀態不佳，他匆匆結束了週一例會。

譚穎望著錢恆離去的背影，推了推成瑤：「妳有沒有覺得，我們錢Par病了以後，突然有點柔弱的惹人憐愛？像是那種病弱美人，明明身體不太好，卻還要強撐著逞強，唉，我和妳說，我好萌這種人設的！就覺得好想照顧！母愛好氾濫！」

「唉噓！」

成瑤忍不住，也打了個噴嚏。

結果譚穎一蹦三尺遠：「成瑤，妳怎麼也感冒了啊？那離我遠點啊，別傳染給我啊！」

說好的萌病弱人設呢？妳氾濫的母愛怎麼不分一點給我呢！有沒有同事愛啊？

那一天兵荒馬亂之後，吳君總算是很可靠地及時送來了衣物，成瑤換上粉紅色的羽絨服，一路看著錢恒的冷臉，戰戰兢兢地坐著他的賓利回了家。

可惜很不幸，第二天，兩個人不約而同地罹患了重感冒……

成瑤在座位坐了沒多久，就接到錢恒的內線電話。

『泡一杯薑茶進來給我。』

言簡意賅，還不容成瑤拒絕，這位資深老闆病患者就掛斷了電話。

成瑤捧著薑茶進了辦公室，忍不住抗議：「你不是說，女律師不應該來做這些端茶倒水的工作嗎？」

「因為妳的原因，我感冒了，難道妳作為罪魁禍首不應該做出行為上的補償？」

錢恒冷冷看了成瑤一眼，可惜聲音帶著鼻音，眼角帶著感冒睏倦打哈欠遺留下的淚意，實在沒什麼震懾力。

然而好看的人，即便是病容，也比別人多出一分顏色。

譚穎說的沒錯，這樣的錢恆確實比平日裡多了一點人情味，那眉眼的末梢裡，甚至帶了點嫵媚？

成瑤努力讓自己冷靜下來，感冒看來真的對她的判斷力造成一定的損害。

而就在她準備走出辦公室之際，錢恆叫住她。

「白星萌的案子，剛收到法院的立案通知了，一個月後開庭。」錢恆說完，把一份文件丟給成瑤，「通知一下當事人。」

然而成瑤沒想到，通知白星萌的電話剛掛沒多久，她又一次接到錢恆的電話。

『準備一下會議室，徐俊和他的律師一小時後到，想要庭前溝通。』

「需要再次通知白星萌嗎？」

錢恆抿了抿唇：『我通知過了，她不來，會後我們把情況和她溝通就可以。帶上錄音筆。』

一個小時後——

不知是不是面對律師，讓人天生的有種畏懼感，徐俊的態度稱得上謙卑有禮，雖然表情裡難掩急切，但與白星萌口中咄咄逼人的男人，簡直是判若兩人。

他穿著講究，雖長得不算英俊，但談吐氣質給人十分儒雅的感覺。

要不是成瑤早就聽白星萌講過他，一時之間，恐怕也會被徐俊的外表所騙。

有些成功人士吧，就是如此擅長畫皮。

然而令成瑤意外的還不僅僅是徐俊，徐俊身後，跟著他走進來的，是一張成瑤熟悉的面孔，清俊而乾淨，氣質溫和而內斂——

「錢律師，您好，我是徐俊先生本案的代理律師顧北青。」來人話說到一半，抬頭看到成瑤，臉上也露出意外的神色。

在這裡再遇顧北青，是成瑤無論如何都沒想到的，這一瞬間，她的臉上閃過一絲難掩的驚喜。

幸而顧北青很快收斂住個人情緒，並用眼神溫和地提醒了她，成瑤才很快重新投入了自己的角色中，她正了正身體，想對顧北青回以一個微笑，然而嘴角剛微微咧開，成瑤的餘光看到了錢恆冷冷的臭臉……

雖然一個字也沒說，但錢恆的目光說明了一切。

「再笑妳就死定了。」

錢恆沒有言語，然而就差在額頭上掛上這一行字了。

成瑤不敢笑了，趕緊抿緊了嘴唇。

「錢律師您好，今天我和我的律師過來，是想……」

「徐先生。」徐俊身邊的顧北青出聲制止徐俊，然而徐俊擺了擺手，示意對方自己來。

「我想和解。」徐俊的態度稱得上溫和，「今天我和我的律師過來，是想談一談庭外和解。」他的語氣和姿態都放得很低，「我願意賠償，該分割給她的財產，我一分錢也不會少。所以很想和白星萌面對面溝通一次。」

說到這裡，徐俊也有些黯然：「只是不論怎麼打電話給她，她都不接，這次會談，她也只委託了律師列席。其實我們這段婚姻最終如此收場，我也很唏噓……」

成瑤一直以為如徐俊這樣的企業家，應當是惜字如金寡言少語的，然而他卻恰恰相反，徐俊很喜歡說話，可以用健談來形容，即便是面對前妻的律師，也能侃侃而談，只是不知道為什麼，成瑤總覺得，他有些過分活潑了，反而顯得身上充滿了一種微妙的違和感。

錢恆對自己當事人都掐著時間，更沒興趣聽對方當事人悲春傷秋瞎扯，他直截了當地打斷徐俊的話：「徐先生可以把和解方案提供給我，我會向我的當事人轉達。」

「顧律師。」

得到徐俊首肯的顧北青拿出文件：「這是我們草擬的和解方案。」

顧北青做事一如既往的細緻到位，和解方案準備了一式多份，成瑤翻著自己面前的和解方案，越翻越驚訝。

這份和解方案太大方了，徐俊在這個方案中向白星萌提供的財產分割金額可以說不僅是很公平，甚至略微超過了白星萌應該分得的金額。

「徐先生希望我們能夠在庭前達成和解，想必你們也調查過如果按照正常流程起訴，白小姐最終能判得多少的財產份額，現在我們願意多於這個數字提前進行和解，這份協議足以證明徐先生的誠意。」

顧北青笑了笑，看向錢恆。錢恆也報以微笑，示意對方繼續。

得到了良好的回饋，顧北青的語氣更沉穩了：「何況如果走訴訟程序，一審二審判決下來，恐怕白小姐拿到這筆財產款項，就已經過去一年甚至更久了。遠沒有現在直接和解來的實在。」

錢恆繼續微笑。

顧北青便也繼續道：「外加她是演藝圈人士，現在媒體還沒有嗅到案件的資訊，但一旦真的走訴訟流程，時間拖下去，早晚會被八卦曝光，這對於她的形象，恐怕並不好吧。徐先生也是念及曾經對白小姐的一片感情，想著不想最終鬧到對簿公堂的地步，提出了這個方案。」

一番言辭，滴水不漏，從正面勸慰，從側面暗示，從反面攻擊，自信又強大。難得今天的錢恆，在顧北青面前，竟然沒有說話，難道被對方的氣勢鎮住了？一下子沒有招架之力了？

成瑤有些恍惚，這麼犀利的顧北青，真的是那個大學裡常常微笑著帶零食給自己的學長嗎？

「完美，真的很完美。」錢恆饒有興致地掃了掃和解協議，終於開了口，他輕聲哼笑了下，然後放下手中的和解協議，「可惜我不接受。」

顧北青顯然不滿錢恆這好整以暇的態度，有些尖銳地道：「錢律師，您不同意，經過您當事人的同意了嗎？您根本沒有和當事人溝通，就為了自己的私利拒絕我們提供的和解方案……」

「哦？我為了什麼私利？這分割的財產，最後也是到白小姐手裡，和我有什麼關係？」

顧北青冷笑一聲：「錢律師和白小姐簽的，恐怕是風險代理吧，一旦和解撤訴，你就不能針對分割到的財產進行按比例收費了。」

錢恆也不惱，他淡淡地笑了下：「第一，我錢恆簽風險代理，從來不論和解撤訴還是訴訟，甚至是終止代理，都必須按照比例支付我相應的律師費；第二，高院早有判例，即使當事人和解，律師仍可超過百分之二十四另收風險代理費，你不知道嗎？」

顧北青的臉上有些難看，顯然，他錯估了錢恆的戰鬥力，更不瞭解錢恆劇毒的屬性。明明讓對方律師有些難堪，然而錢恆卻顯然很享受這種單方面的凌虐，他的心情看起來十分燦爛，嘴角甚至帶了笑。

十分英俊，但也十分邪氣。

「我拒絕接受這份和解協議，是因為我知道，這還不是最好的和解方案，你們可以給出更多。」他的語氣篤定，「徐先生，您的企業正在上市的關鍵時期，在起訴的同時，我們申請對您涉及上市的關鍵企業的股權進行凍結，這對上市意味著什麼您很清楚，上市後您的財產會以倍數增值，比起這些，您提供給您前妻的和解金額，可就是九牛一毛了。」

「但是。」錢恆笑了笑，故意頓了頓，「如果我們不接受這份和解協議，你上市失敗，你的預期財富要蒸發多少億？所以到底簽署和解協定對誰更有利，你們想清楚再來和我談吧。」

一場雙方律師溝通，最終不歡而散。

臨走的時候，顧北青對成瑤笑笑：「等有空了我們聚聚。」

這才稍微緩和了點劍拔弩張的氣氛。

雖然錢恆的策略完全沒有錯，但成瑤還是有些疑慮，對方走後，她忍不住問道：「老闆，這樣直接拒絕不和白星萌溝通，真的沒問題嗎？」

「當然有問題。」錢恆冷冷掃了成瑤一眼，「律師，再厲害、收費再高的律師，也不能替當事人做任何決定，而當事人就算作了錯誤的決定，妳作為律師，也只能尊重她的選擇。」

「那……」

「在和徐俊會面之前，我已經和白星萌溝通過了，她不接受和解，不論徐俊給出什麼樣的和解條件。」

「那為什麼你還讓徐俊回去想想，能不能提供更好的方案？」

「為了給他和解的希望。」

「欸？」成瑤有些不明白，既然不準備接受和解，為什麼還要給人家和解的希望，

「所以這樣做是因為可以迷惑他們，讓他們分心？不好好準備訴訟嗎？」

錢恆用一種看弱智的表情看了成瑤一眼：「妳覺得我需要迷惑別人才能贏？」

「……」

「沒有那麼多為什麼，這是白星萌的意思。作為律師，做好自己的事就可以，不用去

探究當事人的內心世界。」錢恆掃了成瑤一眼，「倒是妳，別因為和對方律師有私交有好感，就對案件不專業。」

成瑤：？

錢恆從鼻孔裡高貴冷豔地哼了一聲：「別抵賴了，妳以為我瞎嗎？當著我的面，就和人家律師眉來眼去。」

成瑤：？

「要是對方是妳前男友或者現男友這種關係，妳需要迴避的話，儘早和我申請。」

成瑤只覺得自己滿頭問號，這都是什麼跟什麼啊，自己一句話沒說，錢恆怎麼彷彿已經想像出一臺大戲？

「顧北青是我大學的學長，他研一的是時候我正好大一，他研三那年和我組了學習小組，一起複習司法考，我的司法考試就是在他的指點下才過的……後來他畢業後就出國了，去柏克萊念ＪＤ，我們也就沒什麼聯絡了，我都不知道他回國發展了，今天是第一次再見到呢……」

「哦。」

成瑤生怕被移出這個案件團隊，繼續解釋道：「真的不是什麼男女朋友或者前男友關係，沒什麼需要迴避的，我不會因為是熟人就影響到工作的！」

不知道為什麼，成瑤恍惚覺得自己像是跟查崗的原配解釋自己沒出軌似的……

錢恆瞥了成瑤一眼：「案子沒結束之前，不許聚。」

為了參與案子，成瑤豁出去了，她低聲下氣道：「您還有什麼問題嗎老闆？」

錢恆看了成瑤一眼，問了一個話題完全跳躍的問題：「妳司法考試多少分？」

「欸？」成瑤抓了抓頭，嘿嘿笑了，「正好三百六，六十分萬歲，多一分浪費，少一分受罪，我運氣還挺好的……」

「還幫妳輔導司法考試？就輔導出了這種分數？」

錢恆哼了一聲，神情裡充滿了不屑：「水準也太差了。」

「……」

錢恆說完，才志得意滿地走出了會議室，留下成瑤一個人望著他的背影目瞪口呆。

也不知道自己的老闆今天是吃了什麼炸藥，對顧北青這麼大的敵意？成瑤很想說，錢恆根本用不著有危機感啊，顧北青哪裡有他毒性大，錢恆這五毒教教主的寶座，根本不是常人能夠撼動的！

會議結束，成瑤例行需要把會議內容和結果簡單通知白星萌，她在郵件裡簡單寫明了情況，同時把這次會議的全程錄音音訊作為附件寄送給對方。

寄完郵件，成瑤正準備梳理梳理案子目前的證據，就收到秦沁的來電。

『瑤瑤！』

聽到這聲「瑤瑤」，成瑤沒來由的一個激靈，這麼個稱呼開頭，應該沒有好事……果不其然，秦沁的聲音溫柔甜美：『我有個事想拜託妳……』

「不行，沒門！」

『妳別這樣嘛，我要臨時出差兩個禮拜，我兒子威震天能不能拜託妳幫我照顧一下？』

威震天是一隻一歲大的哈士奇，活潑好動，破壞力爆表，並且完全不聽話，秦沁甚至找了訓犬師，但收效甚微。

「絕對不……」

成瑤的最後一個「行」字還沒開口，秦沁就一錘定音敲定了寄養：『我下午的飛機就走，威震天我會送去妳家的，謝謝妳了我的姐妹，我愛妳！』

秦沁說完，果斷地掛斷了電話。

「……」

成瑤心裡欲哭無淚，她幫自己打了打氣，決定找個機會試探下合租室友對養狗的意見。

只是沒想到成瑤苦思不得的機會竟然出現的這麼及時。

在送完一份文件給錢恆後，成瑤隨意一瞥之下，竟發現錢恆的辦公桌上有一幅裱好框的水彩畫，畫裡正是一隻可愛的狗。

「這隻狗真可愛！」

錢恆愣了愣，才意識到成瑤在誇什麼，他掃了水彩畫一眼：「嗯，還行吧。」

咦？有戲！

成瑤決定再接再厲：「其實我一直很喜歡狗，狗活潑又親人，很可愛，而且狗是人類最忠實的朋友，狗和人類之間的感情可以追溯到幾千年前……」

「成瑤。」

「欸？」

「不許養狗。」

「……」

「妳不用以為我桌面上有一幅我姪女送的水彩畫，就推測我喜歡狗。」錢恆終於抬起了頭，「我不喜歡。」他微微抿著嘴唇，「狗是一種很麻煩的動物，第一，總是叫，擾民；第二，髒，養了狗還得跟在屁股後面清理狗屎；第三，危險，如果咬人了，還要賠償，現在狂犬病疫苗是假的，狗可是真的。所以，綜上所述，我絕對不接受在屋裡養狗，妳最好絕了這條心。」

「……」

成瑤只能敢怒不敢言地看著錢恆。

錢恆淡淡瞥了成瑤一眼，下了最後通牒：「有妳沒狗，有狗沒妳。」

「……」

成瑤再打電話給秦沁的時候，她已經關機了，怎麼也聯絡不上，不過這狗，倒是沒送來。

結果等下班成瑤走到家門口，差點沒昏厥過去。

現實總是殘酷的，人生總不能如你所願，原來秦沁的狗，已經直接送到成瑤門口來了……

成瑤看著被狗繩栓在門外的威震天，實在有些無語凝噎。秦沁還挺貼心地在狗身邊放了一袋狗糧，還有一堆狗玩具、狗窩，搞得臨終托孤似的。

幸而錢恆今晚不在家吃飯，回家晚，成瑤見左右無人，趕緊把威震天領回家藏進自己房裡。

她一邊摸著哈士奇的頭，一邊語重心長道：「威震天啊，你可要乖一點啊，否則要被掃地出門的。」

哈士奇舔了舔成瑤的手，竟然很乖巧的模樣，成瑤總算有了一種老母親般的欣慰。

晚上十點，錢恆回家。

成瑤摟著狗，只祈禱威震天懂事。

可惜天不遂人願，威震天雖然沒有叫，但突然掙脫成瑤，在房間裡撒歡起來，一下子撞倒床頭櫃。

伴隨著轟隆一聲巨響，床頭櫃倒了。

「成瑤？」

成瑤一把捂住威震天的狗嘴，儘量聲音平靜道：「我沒事！剛才不小心踢翻了椅子，謝謝老闆關心！」

可惜這話音剛落，威震天就掙脫成瑤，撞翻了椅子……

成瑤只好先下手為強地對門外喊道：「老闆，我沒事！我很好！」

「砰——」

狗縱身一躍跳到成瑤的書桌上……

「老闆，I'm OK！」

「嘩啦——」

狗掀翻了成瑤桌上的文件——

「老闆，我在做瑜伽！」

「梆——」

狗撞到了衣櫃……

「老闆，這個瑜伽動作難度有點高！我可以堅持的！沒事！」

「咚——」

狗踹翻了小型空氣淨化器……

「老闆……」

「成瑤，妳到底在房裡幹什麼？練葵花寶典嗎？」錢恆忍無可忍，推開了成瑤的房門，「妳最好……」

結果錢恆打開門的瞬間，一條健壯的哈士奇吐著舌頭朝他衝了過來，一下子跳到錢恆身上，友好地舔起錢恆的手。

成瑤就這麼看著威震天吐著舌頭用兩條前腿搭著錢恆的腿，兩隻髒爪子在錢恆的高級訂製西裝褲上留下了點點爪印，只覺得自己大勢已去……

錢恆一動也不動，他維持著這個姿勢，聲音咬牙切齒：「成瑤，這是什麼？」

「狗！」

錢恆死死盯著成瑤，一字一頓道：「我、知、道、是、狗。」

「哦哦哦！」成瑤好心地補充道：「哈士奇！學名，西伯利亞雪橇犬，是很原始的古老犬種，性格溫順，和金毛、拉布拉多並稱為三大無攻擊型犬類……」

「閉嘴。」錢恆的表情十分可怕，「我是問妳，這狗怎麼會出現在這裡？」

成瑤看了錢恆一眼，沒回答。

錢恆一掃平時惜字如金的模樣，近乎氣炸了：「成瑤，問妳話呢！」

「那個……你又讓我閉嘴，又讓我回答，我不知道到底該閉嘴還是該回答……」

錢恆顯然被氣的快升天了，他撫了撫眉心，表情窒息，呼吸急促：「妳先把這個長毛的四腳動物，從我身上移開，馬上！」

成瑤從善如流地衝上前一把抱起威震天。

她這才發現，剛才渾身繃緊如臨大敵的錢恆，在她抱走了狗的瞬間，整個人放鬆下來。成瑤抬頭，發現錢恆的臉色，還有些蒼白。

成瑤的心念一動，一個猜測在她腦海中成形了——他怕狗！

天不怕地不怕不可一世的劇毒老闆錢恆！他怕狗！

啊哈哈哈哈哈，有了這個認知的成瑤，只想在心中插腰狂笑。

她憋住表情，假意詢問道：「老闆，你是不是怕狗呀？」

「沒有。」錢恆下意識地否認。

「這樣啊。」成瑤一邊應著一邊「不小心」放開了對威震天的桎梏，哈士奇立刻吐著舌頭，就要朝著錢恆跑去……

「成！瑤！」錢恆的臉色雖然還維持著鎮定，但聲音已經變了，「管好妳的狗！讓牠自重！」

成瑤把哈士奇牽了回來，錢恆才露出「終於又可以呼吸了」的表情，恢復成那個不可一世的老闆。

「今天，馬上，把這個狗處理掉，我說了不能養狗！」

「老闆，你行行好吧，我閨蜜的狗，她出差了，就寄養在我這一陣子，也不是長期養著，你放心，我平時不會放出來，我就關在我房裡……」成瑤一邊說著，一邊拿起哈士奇的一個爪子朝錢恆揮了揮，「來，威震天，和錢老闆打個招呼！」

錢恆嫌棄地退後了兩步，他態度拒絕，寸步不讓：「妳要養，那今年的年終獎金澈底沒有了！」

於是成瑤又一次「不小心」讓活潑的哈士奇朝錢恆跑近了一點點……

錢恆的臉上果然又出現了那種強忍著的鎮定自若，然而肢體語言早已說明了一切。

要不是礙於形象，他可能早就跳起來逃跑了……

「老闆……」

錢恆幾乎是用吼的：「把狗弄走！」

成瑤擺出一副語重心長推心置腹的姿態：「那年終獎金？我先和你聊聊年終獎金吧，你看我一個人租房吃飯開銷都不少，要是沒了年終獎金，我很想和你剖白下我的心路歷程……」

「不扣妳年終！立刻把狗弄走！」

「謝謝老闆！」

達成了目的，成瑤二話不說，從善如流地就把狗子又拽了回來抱在胸前。

錢恆看著乖巧待在成瑤身邊的哈士奇，終於鬆了一口氣，他警告地掃了成瑤一眼：「妳要養也可以，不要出現在公共區域。叫妳朋友趕緊回來，趕緊把狗送回去，不然我要寄律師函給她了了！」

成瑤挾狗子以令諸侯達成了目的，趕緊見好就收，她止不住地點頭：「是是，都聽老闆的安排。」

在自己房裡安頓好狗子，成瑤為表歉意，準備了一點睡前水果給錢恆。

沒有了狗，錢恆又高貴冷豔了起來。

成瑤把削好的蘋果遞給他，他瞟了一眼：「切成小塊。」

「……」

成瑤把蘋果切片後遞過去，錢恆又哼了一聲。

「再切小點。」

「……」

算了！成瑤心想，狗的事確實她有錯在先，找碴就找碴吧！成瑤，忍一時風平浪靜，退一步海闊天空！

最終，成瑤忍辱負重，終於安撫了錢恆尊貴的情緒。

「對了，晚上的時候我收到了徐俊方新的和解協議。」通體舒坦的錢恆，終於開始說起正事。

「這麼快？」

錢恆哼笑了一聲：「他們納斯達克的上市進行到最關鍵的時刻了，一旦爆出訴訟和股權凍結，甚至只是存在這種風險，都很致命。SEC（美國證券交易委員會）一定會要求徐俊披露，這樣極有可能引起投資方撤資，輕則延緩上市進程，重則直接導致上市終結。何況國內還有一家和團團線上同類型的企業『看訊TV』，也要在近期向SEC提交上市申請了，誰先搶占了上市的先機，誰就能先一步受到資本市場熱捧。這些道理，徐俊心裡很清楚。」

「那新的和解協議條件怎麼樣？是不是特別優渥？」

錢恆不以為意：「沒有看的必要，白星萌不同意。等一等，明天再告訴對方這一份新的和解協議仍舊不滿意就可以了。」

「那……」

「睡覺。」錢恆吃完最後一片蘋果，站起身，單方面結束了這場談話，「睡前嚴禁談工作。」

成瑤忍不住嘀咕：「明明是你先提起工作的，怎麼這麼雙標呢……」

「誰叫我是老闆呢。」錢恆居高臨下地看了成瑤一眼，微微一笑，「成瑤，妳可能不知道，做老闆，就是可以這麼為所欲為啊。」

成瑤再次在內心暗暗發誓，有朝一日自己翻身當了合夥人，第一件事就是打爆錢恆的狗頭！

日有所思夜有所夢，成瑤在夢裡揪著錢恆打了一頓又一頓，大概勞累過度，外加感冒犯睏，第二天成功睡過了頭，直到威震天跳到她身上，才把她跳醒。

等洗漱完畢把狗子安頓好，成瑤再衝到所裡的時候已經是九點半了……

生生遲到了半個小時。

幸好沒撞見錢恆，成瑤自以為神不知鬼不覺地溜到座位上。

譚穎很貼心：「今天其實妳不用急著到，錢Par不在，他臨時有個客戶有點急事，剛剛趕去機場了。」

成瑤一口氣還沒鬆下來，就聽譚穎繼續道：「反正錢Par已經知道妳遲到了，所以妳遲到半小時和遲到一個上午，都是一樣的。」

成瑤：「！」

譚穎嘆了口氣：「他一早找過妳，好像是要安排一些工作給妳，後來發現妳沒到，然後留了個紙條。」

成瑤低頭一看，這才在辦公桌上找到了一張性冷感風格的便利貼，錢恆的字很好看，有力遒勁，但現在不是欣賞這個的時候……

『新的和解方案我已與徐俊律師溝通表示拒絕，包銳有部分財產的補充證據妳整理好提交法院。今早遲到，扣全勤。』

成瑤淚流滿面地想，要是沒有最後一句，就好了。

就在成瑤和包銳交接了部分補充證據後，她突然接到白星萌的來訪。

「白小姐？」

戴著墨鏡的白星萌聲音帶著哽咽：「成律師，幫幫我！」

因為對白星萌遭遇的同情，成瑤不自覺也被她這種情緒所感染，她把白星萌帶進會議室。

「妳別急，慢慢說，怎麼了？」

「徐俊知道我拒絕了和解方案後，剛才派人找上門了。團團線上的上市正進行到至關重要的步驟，他希望我能拿了和解金撤訴，不要妨礙他上市圈錢。」

白星萌的情緒還是很不穩，她的聲音帶了焦慮和不安：「他知道我的聯絡方式，因為我拒絕他，他已經打了十幾通電話給我，很強勢，在電話裡威脅恐嚇我，要說服我接受和解，問我到底要多少錢，我實在是不知道該怎麼辦……」

「我這時候起訴，不是為了敲詐勒索，我只想要公正的判決。」

成瑤想了想白星萌在這段婚姻中受到的不平待遇，確實很打抱不平：「威脅和恐嚇，這種行為完全是違法的，妳報警了嗎？」

白星萌很無助：「報警有用的話我就不會在這裡向妳求助了。」

「我很害怕他，以前結婚的時候，他常常這樣對我，如果我不答應，就用各種手段逼到我答應為止，有時候甚至會控制我的自由，簡直是個控制狂！現在的我根本不想和他說話，我花了好長時間經歷了很多痛苦，才終於走出那段糟糕婚姻的陰影，成律師，我不想再回去了！」

白星萌的聲音痛苦而充滿哀求：「成律師，求求妳，幫幫我，我真的沒有勇氣直接面對他和他溝通，能不能拜託妳，以後他的私人電話都幫我接了，替我阻擋一下他。我能把妳的聯絡方式給他嗎？」

成瑤下意識看了錢恆的辦公室一眼：「對外直接溝通，我還不夠層級，這件事妳恐怕要和錢律師談談，但他現在正好不在……」

「我如果拜託錢律師有用的話，早就拜託了。」白星萌聽起來快哭了，「錢律師說，只有法律服務範圍內的事他才負責，其餘他不會浪費時間去處理。我也不是需要妳替我去做什麼決定，也不是涉及案子的事，只是我不敢也不想聽到徐俊的聲音，他不僅控制欲很強，還喜歡跟蹤人，我現在每天都活在恐懼裡，生怕他哪天就跟蹤到片場來。所以只是想麻煩妳做個中間人，把我的態度和意思轉達給他就行了，讓他放過我，不要再糾纏了，一切以法律判決為準。真的，成律師，求求妳了！」

這麼冷冰冰的回答，聽起來確實是錢恆的風格。

他總是惜字如金，彷彿單音節萬歲，多個字都浪費，只一板一眼地按照代理協定提供法律服務，完全不考慮當事人的心理狀態，也完全不在意別人正遭受的痛苦和折磨。

成瑤沒來由地想起錢恆的臉，如此英俊，也如此冰冷，如此不近人情。

成瑤想成為和錢恆一樣專業能力強悍的律師，但她不想成為和錢恆一樣冷若冰霜毫無人情味的律師。

她同情白星萌，也富有正義感，只是代白星萌私人轉達她的意思而已，和案子詳細進度與情況完全無關，如此舉手之勞，成瑤想了想，最終點了頭：「好，我會幫妳代為交涉，警告他不要再騷擾妳。」

自己和錢恆，最終是不同的，成瑤想做的，不是業務能力強卻理性冰冷的律師，她想以後別人提起她的名字，都能說一句「業界良心」。

因此最終她想了想，點了點頭：「好。」

成瑤沒料到徐俊的電話會這麼快就來。

幾乎是白星萌剛把自己的號碼傳給徐俊，白星萌還坐在自己的對面沒離開，徐俊就打來了。

成瑤開了擴音。

『成律師，我前妻說讓我和妳聯絡就行，她說只要說服了妳，她就同意和我溝通和解撤訴的事宜。』

成瑤看向白星萌，有些茫然。

白星萌雙手合十，一臉哀求，她在紙上寫下了一行解釋：「怕他不停騷擾我，我就找了個藉口。」一邊她不斷對成瑤做著「求求妳」的手勢。

得了，成瑤算是理解了，白星萌在這段婚姻中，根本沒有勇氣對徐俊說不，潛意識裡根本不敢反抗他，因此把這個唱白臉的角色，丟給自己。

雖然有點被趕鴨子上架，略微微妙，但成瑤一想起白星萌經歷過的傷痛，那些和自己推心置腹的聊天，想了想，還是決定幫人幫到底。

『我有很大的誠意，過去那段婚姻中，我也確實存在問題，太過關注事業了，但現在……』

當初離婚做虧財產，少分錢給前妻的時候，怎麼沒意識到自己這麼做是在埋雷是在犯錯呢？

男人啊，是不可能真正悔改的，只有當他們的利益真實受損，才能讓他們低下自私的頭顱。

「不好意思徐先生，您和我說這些也沒有用，詳細的我們還是交給法律吧。希望您也不要再私下打擾我的當事人了，尤其請您不要威脅和恐嚇她。」

『威脅？恐嚇？我沒……』

成瑤不想和徐俊多做糾纏，也不想聽他的辯解，再次重申了交給法律的原則，堅定地掛斷了電話。

白星萌對成瑤千恩萬謝了一番，才終於離開。

後續徐俊果然不死心，還連續打了十幾通電話來，但成瑤沒有再接。

只是成瑤沒想到，徐俊電話聯絡不上她，竟然會直接來事務所堵她。

「成律師，請妳一定要讓我和我前妻當面見一下，這真的十萬火急！我相信當面溝通才能解決目前的問題！」

「徐先生，該說的我都說了，希望你能克制一下自己的情緒。」

可惜成瑤禮貌疏離的回覆並沒有勸退徐俊，一個擬上市企業的CEO，竟然就拉著成瑤死纏爛打起來，成瑤無奈，只能找了個去廁所的藉口，從辦公大樓後門溜了。

然而她低估了徐俊，等成瑤走出地鐵站的時候，她才從玻璃門裡看到跟在自己身後徐俊的身影。

白星萌說的沒錯，他果然為了達成目的不惜跟蹤……

成瑤大學的時候遭遇過偏執型的追求者，對方是個跟蹤狂，成瑤被這麼跟蹤了整整大半年，後來靠著顧北青的護送，才終於擺脫對方，然而那種被鼻涕蟲黏上的噁心和不安感，卻是她這輩子也忘不了的。

她沒想到這輩子竟然又體會到。

「成律師！」

徐俊也不再尾隨了，見成瑤停了下來，他便追了上來。

「我真的希望能見一見白星萌，我以前確實不該在離婚時做虧財產，婚姻裡也確實有做的不夠的地方，但是白星萌也有錯，我希望我們能開誠布公地談談，各退一步，達成共贏！」

這男人，怎麼能這麼無恥？

「徐先生，事情進展到這一步，你還想把責任推給白小姐嗎？還覺得她有錯？是！她是有錯，她最大的錯誤就是愛上你！」成瑤這一刻，過去被尾隨的恐懼感，和替白星萌鳴不平的正義感交雜在一起，讓她完全沒有辦法理智下來，「恕我直言，徐先生，你的企業如果上市失敗，那完全是你自己咎由自取！你現在這樣的態度，我是絕對不會讓你見到白小姐的！」

成瑤挺直腰杆，怒視著徐俊：「別再跟著我了，有這個時間，不如去懺悔自己在這段婚姻裡犯下的錯，再跟著我，我就報警了！」

她說完，確認了徐俊沒有再跟上來，才繼續走了。

也不知道是不是徐俊這傢伙陰魂不散，成瑤當天晚上摟著威震天，窩在床上滑手機時，又見到了他。

之前徐俊因為團團線上和與白星萌的緋聞，在網路上的存在感一直很強，但這次不一樣，不知道有誰曝光了他曾和白星萌真的結婚過的事，甚至還曝光了他在離婚時對可分割財產隱匿的細節。

這明明是剛剛才起訴的案件，成瑤確信自己和錢恆都沒有對外界透露過一絲一毫消息，也不知道是什麼人，這麼神通廣大，連這種細節都能扒皮到。

這條爆料一下子上了熱搜，熱度空前。

成瑤匆匆掃了爆料下面的留言一眼，看到對徐俊罵聲一片，她也就放心了。

只是她安心入睡前，怎麼都沒想到，一夜過後，一則新聞橫空出世，熱度完全覆蓋了徐俊和白星萌婚姻爆料的那一條。

徐俊自殺了。

徐俊的屍體是早上五點清潔人員在綠化叢裡發現的，他從他昂貴的公寓高樓一躍而下，結束自己的生命。

然而輿論先於他屍體發現的時間早幾個小時前就開始發酵了。

因為徐俊臨死前在網路上發了一篇長文。

這是一篇絕筆信，徐俊在長文裡闡述了自己的絕望和痛苦。

一手創立的企業，上市前夕，遭遇前妻訴訟，和解無門，半生心血眼見毀於一旦；自己與前妻千瘡百孔的婚姻，也被有心人拿到公眾目光裡評點，自己的形象被完全扭曲。爆料用錯誤的事實對他進行全網抹黑，名聲降到最低點，很多朋友甚至對他的人品產生懷疑；而壓垮他的最後一根稻草，是凌晨兩點接到紐約方面的消息，有人將這次無法和解的潛在訴訟的情況，告知他的投資者，陸續有投資者要求撤資，並且轉投了他的競爭對手，同樣正在申請上市的看訊TV；團團線上上市無門，看訊TV卻一路順風……

「你看到了嗎？我昨天剛看八卦說徐俊原來和白星萌真的結婚過，結果這個八卦還沒消化，就看到徐俊發了遺書。」

「是啊，昨天全網一起罵徐俊是渣男，結果現在徐俊死了，字裡行間暗示白星萌也不是省油的燈，說自己遭遇白星萌的騙婚……」

一大早，成瑤等著車，便聽到周圍有女孩子在八卦。

徐俊在臨死前的聲明裡號稱自己才是受害者，當初結婚，是白星萌費盡心機的接近和算計，是她的偽裝。

自己醉心事業，此前從沒戀愛過，白星萌在婚前溫柔賢慧、大方懂事，徐俊陷入熱戀，可卻沒想到，婚後的白星萌變了個人，歇斯底里、偏執極端……

自此，一步錯，步步錯。

成瑤到了所裡，情緒還沉浸在徐俊自殺的衝擊中沒有恢復。她的內心糅雜著震驚和不安。

自然，徐俊在網路上指責白星萌的言辭空口無憑，完全可以是捏造的不實指控，是他為了挽回自己名聲對白星萌潑的髒水，亦或者是出於上市無望而遷怒白星萌的原因，自己死了也不想讓她好過。

然而不知道為什麼，成瑤總覺得哪裡有什麼不對，她想起了處處弱勢無助的白星萌，又想起了興致昂揚侃侃而談完全看不出想不開的徐俊，這兩個人，到底是怎麼回事？

不管怎樣，徐俊死了，這樣的代價，對於一樁離婚後財產再分割案件，實在是太慘烈了。

她想起自己昨天對徐俊的那番話，只覺得非常不安，當時的徐俊，內心已經有多少壓力了？自己是否加重了他的絕望？

網路上現在亂成一團，有拍手稱快「天道好輪迴，渣男活該」的，也有惋惜的，更多的人，在徐俊死後，開始指責白星萌咄咄逼人，完全不肯和解導致逼死前夫的。

成瑤掃了一眼，白星萌的社群帳號幾乎淪陷，各式各樣粗鄙的罵人方式都有，簡直不堪入目……

一整個早上，成瑤都有些惶惶不可終日，她打了電話給白星萌，然而對方沒有接。

「成瑤，快來看！」

就在成瑤胡思亂想之際，譚穎叫住她：「白星萌發聲明了！」

「希望她不要被網路上這些言論影響到。」

「妳傻啊，這時候還擔心她！」譚穎的聲音很焦急，「妳知不知道她的聲明裡，把鍋都甩給律師甩給我們君恆了！」

成瑤有些愣住了：「我看看。」

通篇聲明，並沒有多複雜，然而成瑤看完，只覺得腦袋混沌，手指發抖。

白星萌的這篇律師聲明，是找德威事務所發的——

『本次事件中，白星萌小姐起訴徐俊先生離婚後財產再次分割一案，系白星萌小姐對其合法婚內共同財產權益的維護，白星萌小姐本著分手亦是朋友的原則，並不排斥與徐俊先生進行和解，因信任專業人士，與徐俊先生溝通事宜全權交於君恆事務所律師，從未與徐俊先生直接溝通。而因律師疏於告知，白星萌小姐對徐俊先生生前曾向其多次尋求當面溝通並不知情，對因此造成徐俊先生的悲劇也深表痛心。』

『對於徐俊先生在網路上的不實指責，本著人道主義精神，白星萌小姐將不予起訴。但針對部分媒體、自媒體和行銷號對事實的扭曲、揑造，誹謗、造謠，我們將依法追究法律責任。』

『對於君恆律師事務所律師怠於履行職責，特此聲明解除代理協定，並保留追究法律責任的權利。未來一切相關法律事宜，將交由德威事務所鄧明律師……』

如果說看到這些時，成瑤還能勉強堅持住，那這封律師聲明最後的「鄧明」兩個字，讓她猶如被推入深淵。

這封聲明，竟然是鄧明發的。

成瑤進入法律圈時有過兩個目標，第一是成為一個有良心有溫度的業界精英，第二就是在法庭上打敗鄧明，揭穿他偽善的面具。

可如今，她自認為替客戶著想，為白星萌擋住徐俊「騷擾」這種有人情味的行為，反而成了她被白星萌反咬一口，被指責不夠專業的證據，最終被鄧明發聲明打臉。

因為這一篇聲明，網路又一次炸鍋了。

戰火從白星萌身上一路蔓延，白星萌的聲明裡將矛盾的焦點直指了君恆，以她的影響力，和徐俊自殺事件的熱度，這之後便一發不可收拾，白星萌的粉絲，夥同著看熱鬧不嫌事大的部分網路暴民，又開啟了一場盛宴。

君恆事務所的官方帳號幾乎淪陷了。標記提醒猶如瘋了一般增長，到處是辱罵、詛咒的留言和私訊。

君恆官網留言區，也充斥著攻擊，甚至幾位在網站公開了簡歷和照片的合夥人、資深律師同事，都被拖下了水，不停有人猜測著哪位才是白星萌的主辦律師，對各個律師的長相品頭論足，毫不尊重。

成瑤不知道自己這幾個小時是怎麼過的，她登錄了社群，每隔幾秒鐘，手機螢幕就會亮起，新的罵事務所的言論便會點亮螢幕。

接到錢恆電話的時候，成瑤幾乎是恍惚的。

因為在外出差，錢恆沒能第一時間發現白星萌的行為，但該來的總要來。

成瑤咬緊了嘴唇，忍著內心的情緒，做好了被錢恆痛罵甚至開除的準備。

然而令她意外的，錢恆沒有指責她，只是言簡意賅地說著陳述句：『我這邊會提前結束出差，現在在機場，妳什麼也不要做，等我回來。』

三個小時後，錢恆風塵僕僕地進了君恆。

「成瑤，來我辦公室。」

成瑤煎熬了整整三個小時，如今看到錢恆，竟然有種想哭的衝動。

「說吧，怎麼回事。」

成瑤結結巴巴總算把來龍去脈都說了清楚。

「我沒有阻礙徐俊和白星萌見面，是白星萌自己的意思，我以為自己只是幫了當事人的忙，我覺得她的這段婚姻太苦了，我單純只是想幫她做點什麼。」

「我提醒過妳了，要離妳的當事人遠一點。」錢恆的聲音並沒有太多情緒的起伏，「律師是一份職業，當事人也只是妳的客戶，誰也沒讓妳對客戶去掏心掏肺，又不是所有人都吃內臟。」

都這種時候，錢恆竟然還在一本正經地講冷笑話！

然而成瑤剛才沉重到就差以死謝罪的心情，確實因為錢恆的話稍微平復了那麼一點。但對自己犯下的錯，成瑤還是決定承擔：「對不起老闆，讓君恆抹黑了。」她死死咬住嘴唇，「如果你不想再看到我，我會馬上辭職。」

錢恆面無表情道：「辭職？妳做夢。」

「妳搞出這麼一個爛攤子，結果還想辭職了事拍拍屁股走人？」

成瑤幾乎抬不起頭來：「造成的損失我會賠償。我也願意站出來發聲明，撇清君恆的責任，承擔自己的過錯。」

「呵，妳賠得起？」

「……」

「那、那我該怎麼辦？」成瑤頂著錢恆的目光，硬著頭皮問道：「老闆您給個指示。」

錢恆意味深長地看向成瑤：「妳說呢？」

一陣沉默……

成瑤深吸幾口氣，腦海裡做了百轉千迴的心理建設，然後她終於鼓起勇氣，豁出去道：「老闆，我願意！」

錢恆愣了愣：「妳願意什麼？」

「我願意做牛做馬，以……以身相許，不要名分！」

「成瑤，我到底和妳多大仇？或者說，妳對我的品位到底有多大的誤解？」

「……」

這次是自己做錯了事，成瑤想，錢恆想怎麼損自己都行，她只是繼續認真地道歉：「是因為我的不專業，白星萌才找到藉口和君恆解約，導致這筆律師費收不到，還影響了事務所的口碑，最終事情演變到這個不可收拾的地步。」

錢恆不置可否，他的面容冷冽而英俊，明明是非常有距離感的長相，然而此刻成瑤卻反而覺得安心。

錢恆有這樣一種力量，彷彿這世界上沒有什麼是他搞不定的事。只要他在，事情就不糟。

他如同法律中保底條款般的存在，不論其餘條款有多少沒有包括的、難以包括的，或者預測不到的情形，只要有保底條款在，就能讓千變萬化的情形都繼續在法律的柵欄裡穩定有秩序的運行。

這個男人英俊，並且有如同他的英俊一樣鋒利的強大。

面如如此令人不悅的場面，錢恆卻絲毫沒有窘迫，也沒有任何發怒或者遷怒的徵兆，他有一種近乎恐怖的平靜。

「妳說因為妳的不專業，那妳倒是總結總結，這個案子裡，妳到底哪裡不專業？妳到底錯在哪裡？」

「第一，沒有聽取老闆的諄諄教誨，和客戶保持距離；第二，不應該不經過老闆的許可就單獨接洽對方當事人，即便不涉及案件的處理方案；第三，不應該感情用事，工作中不夠理智中立。」

「沒了？」

成瑤想了想，千穿萬穿馬屁不穿，她繼續道：「不應該有這麼好的老闆，還惹事……」

「還有呢？」

「不應該養狗。」

「哦，繼續。」

雖然看出錢恆是找碴，但成瑤只能硬著頭皮繼續：「不應該遲到，這是對工作的不尊重！是大逆不道！是浪費老闆的薪水！是犯罪！」

錢恆抿著薄而好看的唇，他安靜地看了成瑤幾分鐘，才開了口。

「成瑤，妳說妳做的一切都是白星萌的授意，我很懷疑，真的不是妳自己一個人的決定嗎？」

成瑤十分意外：「你是不相信我嗎？」

「嗯，我不相信。」錢恆的語氣冷冷的，「妳知道現在有很多律師，在辦案子時有私心，吃了原告吃被告，比如妳說服了白星萌不見面，同時去接觸徐俊，趁機跟對方要好處費，保證拿到了錢以後就能促成見面和解。本來神不知鬼不覺兩全其美的方案，只可惜徐俊心理承受能力太差，被妳算錯一步，沒想到他直接自殺了。」

「我沒有！我真的沒有妄圖從中收過一分錢。」成瑤臉色蒼白，被網路上眾人攻擊她尚且能咬牙堅持，然而面對錢恆的質疑和否定，她卻覺得自己堅強的外殼馬上就要龜裂了。

她從沒有設想過錢恆不相信她這種情況。

「我以我的名譽發誓，我成瑤絕對沒有，也永遠不會做這種事！」

「每段婚姻結合的時候新郎新娘都會發誓，不論貧窮疾病，只有死亡會把他們分開。但離婚的時候，沒人再想得起來當初的誓言。」錢恆的聲音冰冷而無情，「我不要聽什麼誓言，拿出證據來。」

「妳說妳直接交涉徐俊，並且是按照白星萌的要求不允許他見到對方，這些妳有書面證據嗎？白星萌對妳交代的時候，和妳有郵件、訊息往來嗎？」

「沒有，是她口頭和我說的。」

「那妳錄音了嗎？」

成瑤咬了咬嘴唇，搖了搖頭。

事到如今，成瑤才發現，自己確實什麼證據也沒留下。面對白星萌的指控，她用什麼去反駁？面對錢恆的質疑，她用什麼去澄清？

她低下頭，揉了揉眼睛，想要掩蓋那酸澀的即將湧出的眼淚。

直到此刻，那些被人詛咒辱罵的委屈、難堪，對自己幼稚行為的羞愧、痛苦，還有對職業的茫然、無措，很多很多的情緒，如海嘯一般淹沒了她，讓她無法呼吸。

這時候，成瑤才意識到，自己之前找到隱匿財產線索就沾沾自喜，是多麼的無知，她離成為一個合格的律師，距離實在太遠了。

然而就當她以為錢恆要諷刺模式全開之時，卻只看到了他那雙白皙修長的手，還有手上的衛生紙。

「成瑤，我要妳和客戶保持距離，不是出於怕妳搞砸案子的初衷，而是希望妳懂得保護自己。律師也有自己的職業風險，光有熱心和善良是不夠的，有很多公益維權律師最後把自己維護到吊銷執照了，維進監獄了。」

「作為律師，妳要學會識別為哪些當事人代理會有風險，把這些風險掌握在可控的範圍內，必須要保留好代理過程中的證據。妳是個律師，更要知道法律的界限在哪裡，怎麼操作才是安全的。」

錢恆的聲音還是一貫的冰冷，然而成瑤卻覺得，他比任何一刻都溫柔。

他說：「我相信妳。」

「還有一點我要糾正妳，白星萌的律師費，我會一分不少的收。」錢恆輕輕抿了唇，好看的唇部線條性感邪氣，他輕輕笑了，「在我錢恆的字典裡，案子發展到不可收拾的地步這種事，不存在的，永遠不可能有我不能收拾的事。」

有了錢恆這番態度，成瑤一顆心，總算是落定了下來，她回了家，為了表示自己的歉意，十分狗腿地做了一大桌海鮮。

這次成瑤是真下了血本，最新鮮粗壯的蝦蛄、大海蟹、花蛤……通通買買買！毫不猶豫！毫不手軟！

「這個應該淋一些檸檬汁，去腥效果更好。」

「是是是，老闆說的是！我下次一定改進！」

成瑤一本正經地掏出筆記本，趕緊記上。對待老闆，態度一定要熱誠！

「墨魚我更喜歡烤著吃。」

「行行行，我馬上買烤箱！已經下好單了！」

語言是沒有用的，關鍵要讓老闆看到你的行動！

「我不喜歡洋蔥。」

成瑤立刻拿起筷子，把洋蔥都夾走了：「老闆不喜歡的，我吃！」

時刻要準備著為老闆排憂解難！哪怕是一片洋蔥！

「啊。」錢恆看了手指一眼，皺了皺眉，「蟹鉗還挺紮人。」

成瑤當仁不讓，一把拿起海蟹：「老闆，你休息！我來幫你去殼，你這個手，怎麼能親自剝蟹殼呢？天理不容啊！」

要讓老闆體會到三百六十度無死角的貼心服務！

直到現在為止，錢恆都沒有和成瑤談過對這次失誤的處罰，成瑤對此十分感動，決定大拍馬屁：「患難時刻見真情，老闆，謝謝你，在一個員工最無助的時候，做她遮風擋雨的雨傘。為了鼓勵我，甚至沒有對我訓話，只是好好地教育我，讓我學會成長，就像是我人生路上的一座豐碑，指引著我前進的步伐……」

「從網路上抄來的吧？」

成瑤立刻搖頭否認：「沒有，怎麼可能？！這都是我發自肺腑的想法！」

「那行，妳把妳發自肺腑的想法寫成電子檔 word 傳給我。」

「沒問題！我可以寫一萬字！」

錢恆好整以暇地看向成瑤：「那妳就寫一萬字吧。」

感恩網路！成瑤想，我晚上就來炮製一篇！Ctrl+C，Ctrl+V！

就在成瑤繼續準備點頭的時候，錢恆想了想，又補充道：「我會查，重複率高於百分之十，就重寫。」

「可老闆……你們 A 大法學院畢業論文答辯，查重複率都放寬到百分之十五了啊……」

「妳不是全是發自肺腑的感言嗎？都是原創的，怕什麼？」

「……」

此時，錢恆已經吃完了，他優雅地擦了擦嘴，看了成瑤一眼：「成瑤，別指望我吃了妳的海鮮，就放過妳，工作上的失誤，該有的處罰一樣也不會少。」

「……」

他微微一笑：「別急，等我處理完白星萌就收拾妳。」

這個晚上，因為有錢恆在，成瑤比任何時候都安心，她相信錢恆，只要他說沒問題，就真的沒問題。

只是她的樂觀最終沒能持續太久。就在她拉著威震天散步回來後，手機上跳出一則新訊息。

『徐俊親屬接受媒體採訪，確證徐俊生前並未有機會與白星萌當面溝通，所有交涉均被成姓律師阻攔。』

成瑤一個激靈，趕緊點開了採訪影片。

『我是徐俊的哥哥，對我弟弟不幸離世這件事，我們家人都覺得很突然，無法接受，如果能和白星萌好好的溝通，讓我弟弟知道，和解還是有望的，他不可能這麼絕望，或許我弟弟的悲劇根本不會發生……我就想問問這位成律師，妳的良心不會痛嗎？妳到底為了什麼私利，阻攔我弟弟和他前妻溝通？』

後面的話，成瑤已經聽不清楚了，她只覺得手腳冰冷，頭皮發麻。

事情往她完全不可控的地步發展了，而她卻根本拿不出證據自證清白。

徐俊親屬的採訪和質問，將原來就熱度居高不下的自殺事件，更是推到了白熱化的高潮。

戰火燒的太快了，很快就有人靠著君恆成姓律師的資訊，在網路上肉搜出了成瑤的名字，繼而公布了她的電話號碼。

十五分鐘後，成瑤的手機就瘋了一般震動起來。

各式各樣的騷擾訊息、電話席捲而來。

成瑤只掃過因為新資訊而亮起的螢幕一眼，就完全沒辦法平靜下來。

那些罵人的話太難聽了，詛咒她已經是小兒科了，更不堪入目的謾罵都有。

面對這些，成瑤本以為自己會哭的，然而事到臨頭，除了腦袋一片空白的羞恥和難堪之外，竟然哭不出來。

對於錢恆什麼時候敲門進了她的房間，成瑤已經一點印象都沒有了，這一段記憶就如同她想拋棄的部分，她只覺得精神恍惚。

「成瑤，別看手機。」

也正是這是，成瑤的手機又響了起來，接二連三的騷擾電話，彷彿沒有盡頭。

錢恆直接一把抽走成瑤的手機，然後拒接，關機，一氣呵成。

威震天看到來人，十分興奮，又吐著舌頭想向錢恆撲去。

錢恆非常明顯地身體僵硬了。

成瑤這才想起來，他是怕狗的。

然而即便怕狗，還是進了她的房間，抽走她的手機。

「威震天。」成瑤輕輕喊了一聲，把狗往自己身前拉了拉。

錢恆的身體終於放鬆下來。

他站著，居高臨下地看著失魂落魄的成瑤，並沒有出聲安慰。

取而代之，是他毫無波瀾的聲音：「要去喝一杯嗎？」

成瑤不知道自己最後怎麼鬼使神差地對錢恆點了頭，等她反應過來的時候，她已經和錢恆在「彗星」了。

彗星是一家會員制的高檔酒吧，並不吵鬧，環境優雅，酒吧的裝潢非常有格調，簡潔低調，舒緩的鋼琴曲飄蕩在四周。

「一杯長島冰茶！不醉不歸！」

今晚的成瑤，只想用酒精麻痹自己，好讓自己忘記目前的困境和難堪。

「給她一杯無酒精雞尾酒。」

成瑤剛想要抗議，就被錢恆一個眼刀止住了。

「成瑤，妳的酒量太差了，酒品比酒量還差。」

成瑤低下頭，她太難受了，只想要一醉方休：「可今天是特殊情況。」

「借助酒精，逃脫不了任何事，甚至還會惹事。」錢恆冷冷哼了一聲，「妳想想妳上次喝多以後發生了什麼，我列的那張賠償清單，需要我重新提醒妳一次嗎？」

「那妳帶我來酒吧做什麼，還不如直接在家裡就行了。」

「家裡有狗，這裡沒有。」

「……」

雖然此刻自己的境況很悲慘，但成瑤這一剎那有一點失笑，錢恆果然還是很錢恆，自己原本以為他竟然一反常態地想要帶自己來酒吧換個環境換個心情呢。

雖然勒令成瑤不許喝酒，但錢恆自己點了一杯 mojito。

就在成瑤望著他的酒發呆的時候，錢恆又一次開口了。

「成瑤，我今天帶妳來酒吧，不是想讓妳借酒澆愁的，下面的話，我需要妳清醒地聽著。」

成瑤抬頭，她猝不及防地撞進了錢恆的眼裡，酒吧的燈光曖昧昏黃，這一刻錢恆的側影被無限拉長，也是這時，成瑤才意識到，周圍幾個異性，都在或多或少地觀察錢恆。他的長相，不論到了哪裡，都是人群的焦點。

錢恆長得是一種銳利的英俊，很多人長得好，但是一種溫和的好看，然而錢恆的五官卻英俊到帶了一種攻擊性。配上上位者的氣勢，簡直遇佛殺佛遇神殺神，在用臉做通行證的世界裡無往不利。

酒吧外車流的燈光倒影在他的眼裡，彷彿這個城市流光溢彩的縮影。

錢恆真的有一雙十分迷人的眼睛。

尤其當他認真看向你時，這雙迷人的眼睛裡只有你的倒影，甚至讓人有種情深的錯覺。

「錢律師、成瑤。」

就在成瑤微微有些分神心悸之時，有一個男聲打斷了她的遐想。

成瑤抬頭，才發現，迎著燈光朝自己走來的，竟然是顧北青。

成瑤下意識回頭看錢恆：「這麼巧？」

錢恆哼了一聲：「妳沒聽過，世上所有的巧合，都是蓄謀已久？」

「那……」

「我約了顧北青。」

錢恆不是看顧北青十分不順眼嗎？怎麼竟然會主動約對方晚上一起喝酒？成瑤一時之間有些錯亂了。

顧北青自然也並不喜歡錢恆，兩個人一同在吧檯前落座，氣氛自然不熱絡，僅僅維持著客套和疏離。

「今晚我過來，主要是因為錢律師說想就成瑤的事和我談一談。」

對顧北青的開場白，錢恆也不生氣，只笑了笑，淡淡道：「你以為要不是成瑤，我想見你？」

「……」

這種場景，一時之間，成瑤也有些茫然，這怎麼看怎麼微妙……就像是兩個虐戀情深的死敵，其實相愛相殺……

結果剛要插上聯想的雞翅膀，錢恆冷冷的聲音就甩了過來：「成瑤，我覺得以妳目前的表情來說，妳的想法有點危險了。」

「……」

「作為白星萌離婚後財產再次分割一案的雙方律師，我今天約你出來，是希望你能把你作為徐俊代理律師，所掌握到的關於這段婚姻的情況，告訴成瑤。」錢恆把視線轉回了顧北青，「不會為難你，涉及到案件保密資訊的部分，我也不想聽，只是希望你以徐俊代理律師的視角，從你個人角度分析下他們這段婚姻。」

顧北青顯然沒料到錢恆會問這個，然而在錢恆的氣勢下，他一時間竟然忘了拒絕，提起徐俊，他似乎也很唏噓：「我沒想到他最後沒有撐住。」

顧北青喝了口馬丁尼：「其實徐俊有很嚴重的憂鬱症很久了，但本來靠著吃藥還能穩定病情，只是談論和解方案到最後，我發現他的情緒就已經有些不穩了，只是沒想到……」

成瑤十分驚訝：「可徐俊看起來很外向健談，一點不像憂鬱症啊。」

「我也是遇到他以後，才知道原來憂鬱症不都是寡言沉默的，原來還有一種陽光型憂鬱症，在外面表現的非常外向活潑健談，但是一個人獨處的時候，憂鬱的傾向會很明顯，徐俊因為憂鬱，根本無法入睡，導致睡眠不足精神更差勁，惡性循環。」

「對不起，我根本不知道。」成瑤非常難過，「我不知道原來他有憂鬱症。」

顧北青嘆了口氣：「成瑤，我知道面對徐俊的死，不管是妳自己內心還是外界的輿論，都讓妳很有壓力，覺得可能是自己的錯，把徐俊推向了死亡。但不是這樣的，這個責任是白星萌的。」

「因為白星萌，對徐俊患有嚴重憂鬱症這件事，一直是知情的。」

「可她從沒有和我們說過！」

成瑤非常驚訝，然而她發現，坐在她身邊的錢恆，卻十分平靜。

「確切地說，徐俊的憂鬱症，就是因為白星萌才得的。」顧北青低下頭，「這段婚姻裡，他遭受欺騙，一直很痛苦，還要面對白星萌的冷嘲熱諷和言語攻擊，工作壓力又大，情緒無法排遣，就發展成了憂鬱症。」

「可、可白星萌說，她才是這段婚姻的受騙者！她才是被徐俊冷嘲熱諷言語攻擊，甚至被家暴的那一個啊！」

顧北青有些憤慨：「不愧是知名演員，演技真是精湛，她竟然還有臉這麼美化自己？她給妳看過什麼證據嗎？一定給不出來，我這裡卻是有徐俊憂鬱症診斷時間，還有心理醫生的佐證，包括徐俊和白星萌的聊天記錄，那裡白星萌可一點不無辜，用詞激烈，特別喜歡用侮辱性的用語，罵徐俊是孬種、廢物，動輒讓他去死。」

成瑤震驚了，顧北青口中的白星萌，和她接觸到的白星萌，真的是同個人嗎？

一直沒發表意見的錢恆，此刻也終於開了口，他轉向成瑤：「白星萌什麼時候說她才是婚姻受害者？我怎麼一點也沒印象。」

成瑤有些嚅囁：「和我兩個人的時候，有一次開完會，她不是和我單獨留在會議室裡確認起訴證據嗎，就是那個時候。」

顧北青這下也找到了癥結所在：「所以妳一直以為白星萌是這段婚姻的受害者？」

雖然很羞愧，但成瑤還是點了點頭：「所以我才答應了白星萌，阻止徐俊對她的騷擾。」

「根本不是的，徐俊死前發的那篇文是真的，根本不是白星萌所引導的死前意難平對前妻的污蔑。」顧北青嘆了口氣：「最初是白星萌把自己偽裝成溫柔大方賢慧的模樣接近徐俊，徐俊作為一個理工男，之前沒談過戀愛，一下子陷入熱戀，對白星萌死心塌地，覺得遇到真命天女。結果後來才知道，白星萌『看上』的不是他，是他的企業，因為當時業內預測，團團線上最終會上市，發展前景很好，後來他才發現，白星萌對企業的用心程度，完全勝過對他。」

「結果婚後發現不是這麼一回事。第一，徐俊不是團團線上唯一的股東，沒有白星萌想像中有錢；第二，團團線上至少在當時，上市看來遙遙無期，而徐俊作為一個創業企業的CEO，因為資金緊張，其實生活過得很緊張，根本無法提供大量的錢供白星萌揮霍，所以白星萌原型畢露，對徐俊換了一副面孔，迫不及待離了婚。」錢恆晃了晃手中的酒杯，「是嗎？」

顧北青有些意外，他點了點頭，錢恆說的情況，竟然分毫未差。

「你也調查過實情？」

錢恆露出了「這需要調查嗎」的表情：「根本沒有調查的必要，same old story，太老套了，同類的案子我辦了最起碼五起，都沒有一點新意。」

「……」

「那所以，白星萌說，之前徐俊他利用自己不斷炒作緋聞，帶動團團線上的熱度，爆料自己的戀情，也是謊話？」

顧北青朝成瑤點了點頭：「那都是白星萌自己提議自己操作的，徐俊一個理工創業男，哪有這麼多娛樂圈行銷資源啊。畢竟結婚了，白星萌一開始雖然發現徐俊沒那麼有錢後有過落差，但也想著能不能帶一帶團團線上，拼一把上市，結果自己安排的緋聞炒作，並沒有為團團線上上市帶來什麼顯著的效果，她又沒有耐心把自己的青春花在徐俊身上等待，所以才和徐俊提了離婚。」

對於這樣顛覆認知的內情，錢恆仍舊表情淡淡的，彷彿一切本該如此。

顧北青嘆了口氣：「如果說徐俊這段婚姻裡有什麼問題，那就是他在離婚的時候把自己財產做成了虧損，隱匿了財產。作為婚姻受害者，不想白白分錢給對自己極盡內心折磨和羞辱的前妻，情理上可以理解，但法律卻是不講人情的。」

成瑤此刻完全不知道用什麼詞來形容自己的感受。

她本以為白星萌在聲明裡如此甩鍋給自己，只是出於對徐俊死亡結果負面影響的逃避，害怕影響自己的事業和人氣，才出此策略。雖然卑劣，但也屬人之常情，但在這段婚姻中，她仍舊是受傷害的一方。

她沒有想到，原來白星萌從頭到尾，和自己說的都是假的。

白星萌根本就不無辜，甚至可以說是心機深沉，先是靠著賣慘和成瑤拉近了關係。

明知道徐俊有憂鬱症，明知道企業上市對他的意義，也明明內心根本不接受和解，卻還知會律師給徐俊錯覺，讓他不斷修正自己的和解協議，拖延時間，讓徐俊不斷重複著內心的煎熬，給他希望，然後慢慢折磨。

不到一年的婚姻，雖然很短，但也足夠瞭解一個人，或許早在最初，白星萌就預料到了徐俊可能會情緒崩潰，因而在最後，她假借成瑤的手，撇清了自己。

只是她料到他會輕生嗎？

成瑤不知道，也不敢去猜測人心。

她只能確定一點，白星萌從來不是婚姻的受害者，而是加害者。

自己錯在先入為主地認為，女性一定在婚姻中是弱勢受傷的一方。

顧北青嘆了口氣：「徐俊對感情太過天真了。」

「不是天真，是自作聰明。」錢恆看了顧北青一眼，「他也不能說是完完全全的受害者。因為他作為一個有錢有資源的男人，就算從沒談過戀愛，商場上那些經歷是白混的？

難道會不知道天上不會掉餡餅這個道理嗎？一個風光的女明星為什麼會突然對他『一見鍾情』？你以為他心裡就沒點數？」

「他當然知道白星萌在做什麼打算，他當然知道白星萌抱著什麼樣的心態接近他，但他呢？他難道對白星萌沒有所圖？」錢恆哼笑一聲，「他不過是高估了自己，過分自信，覺得以自己的能力，能財色兼收，既能得到白星萌的美貌和肉體，還能把她的影響力收歸己有，然後一躍把團團線上帶上市。」

「他最初和白星萌接觸時可是一擲千金的，明明以他當時的實力根本撐不起那樣的生活，但為了套路白星萌，可真是下了血本，到處借了不少錢，就為了用錢砸下白星萌。只可惜他沒料到自己能力有限，而白星萌也不是傻白甜，能果斷止損，最終他沒能玩轉這個局。」錢恆抬了抬眼皮，「這些裝闊泡妞的事，不僅白星萌最初起訴離婚時拿到法庭上講了，娛樂八卦小報也忠實記錄了徐俊當時的『闊綽』，但大部分的人把這理解成了徐俊對白星萌『一往情深』到願意花鉅資追求，可往深裡想想呢？從這點來說，難道白星萌不也是受害者嗎？」

顧北青有些不滿：「她這麼拜金，怎麼算是受害者呢？就算徐俊套路她，也是她自己三觀不正想走捷徑嫁給富商才會上當啊，這不是活該嗎？這點上我可不覺得她無辜。」

然而錢恆卻並不認同，他瞥了顧北青一眼：「我不覺得這是活該，每個人都有不同的觀念和擇偶標準，白星萌沒偷沒搶，又沒有傷天害理，只不過想要嫁個有錢的男人，這沒什麼可指責的。就像你，難道你想娶個長得醜身材差又蠢的女人當老婆嗎？」

「……」

錢恆笑笑：「你同理心一下，如果你想找個漂亮老婆，結果有個醜女整容成美女騙你，等你和她生出一窩醜孩子以後，你不覺得自己被詐騙了嗎？白星萌婚後發現徐俊並沒有錢的時候，不就是這種被騙了的心情嗎？」

顧北青愣了愣，有些無言以對。

「更何況徐俊，也不見得多善良。利用國內國外婚姻登記認可有效性的差別，在婚前辦了個企業，讓白星萌誤以為是共同財產，又是出人又是出力，結果到頭來竹籃打水一場空。更別說他離婚時把財產做虧了。如果把徐俊逼上絕路這一波操作，給白星萌打八分的話，徐俊婚前婚後的算計，最起碼也能拿到七點五。不相上下。」

錢恆的話太犀利了，顧北青也不得不承認，這樣的分析才更為妥帖。白星萌和徐俊，都不是省油的燈，不過是雞賊碰上雞賊，兩敗俱傷。

錢恆一點面子也沒給顧北青，他好整以暇地笑笑：「你看，你和我們成瑤，某些方面也半斤八兩啊。婚姻案件，還真的相信一定有一方是受害者另一方是加害者？婚姻這種事，很難說誰對誰錯，很大的機率是雙方都有錯。既是受害人，又是加害人。」

顧北青臉色鐵青，已經隱隱有些發黑的趨勢。雖然沒有錢恆這麼資深，但顧北青也是有過名校留學經驗履歷非常優秀的成熟律師了……

然而錢恆卻一點也不在意他的怒火，他淡然地掃了成瑤一眼，又看了顧北青一眼：「所以你看，妳找他輔導司法考試，只能考三百六十分，但妳要是找我輔導，四百分不能再低了。」

「……」

氣氛一度有些尷尬，成瑤想了想，還是硬著頭皮打破沉默：「可白星萌為什麼要這麼做？」

錢恆抬了抬眼皮，渾身每個細胞彷彿都鄙視著成瑤的問題愚蠢，他惜字如金道：「當然是為了利益。」

「那為什麼要對徐俊如此趕盡殺絕？如果愛錢，徐俊也早已經同意給她足以滿足她的和解金啊，甚至趁著徐俊企業急於拜託上市威脅的當口，可以要到比正常判決更高的財產比例，也在心理上折磨徐俊一報之前的仇了，她為什麼要選擇把對方逼死？」成瑤完全無法理解，「我看徐俊之前還抱著能和解的期待，那說明兩個人當初離婚也不至於到你死我活的地步啊，白星萌現在這麼搞，就算屎盆子扣到我頭上，對她而言能有什麼好處和利益？就單純為了報復？」

錢恆瞥了成瑤一眼：「妳以為自己是誰？名偵探柯南？成瑤，妳只是個律師，別鹹吃蘿蔔淡操心。人心是複雜的，妳沒有能力猜到當事人想法的時候，就不應該去猜。白星萌能這麼做，是因為她這麼做能得到的利益，遠大於徐俊自殺帶來的負面影響，至於什麼利益，妳還不知道而已。但時間會說明一切。」

「這次成瑤被牽連，如果能公開這些資訊，就能洗脫她的罵名。」顧北青咳了咳，把話題引回了正題，他有些為難，「但我並非徐俊或者他的家屬，也不屬於這件事的當事人，基於我的立場和我的職業操守，我是不能公開這些的，尤其那些聊天記錄截圖證據等，都是屬於保密協定的範圍。我只能告訴你們，這段婚姻的失敗、徐俊的死，白星萌有不可推卸的責任。」

「不需要你公開，和你沒什麼關係。」

「那你今天找我來難道不是為了商討個解決方案嗎？」

錢恆露出了匪夷所思的表情：「我需要和你商討解決方案？你是不是對我的專業能力有什麼誤解？」

「……」

「那所以，你今天找我來，除了這些，沒別的想問的了？」

「就這些。」錢恆看了顧北青的酒杯一眼，「既然你酒也喝完了，那你可以走了。」

顧北青一臉匪夷所思：「你連客套一下都沒有？用完我就踹？好歹是同行，說不定以後還會合作，都不留我繼續聊聊天維持下人情？」

「我和你竟然有感情可以維持？」

「……」

錢恆大言不慚地繼續道：「而且接下來我要和我的員工討論下我們所內部的事情，不方便外人在場。」他毫無誠意道：「還是說你有意向加入君恆投靠我？」

「……」

最終，顧北青對成瑤丟下一句「下次另約」，才黑著臉走了。

成瑤不傻，她在顧北青走後第一時間向錢恆表示感謝。

「謝謝老闆。」

錢恆抿了口酒，看向成瑤：「謝我什麼？」

「謝謝你讓我知道了白星萌這個案子裡，雖然我有做錯，但罪不至死，並不是我把徐俊推向了悲劇，我現在心裡好受多了。」

在此之前，成瑤確實心裡有一道過不去的檻，她覺得愧疚而自責，總覺得是都是自己的原因，才導致了如此慘烈的結局。

她本以為錢恆帶她來喝酒會出言安慰開解她，卻沒想到，他用這樣完全另外的方式直截了當的化解了自己的心理壓力。

「妳想多了吧。」錢恆有些不自然地轉開了頭，聲音仍舊維持著冷淡和高傲，「我約顧北青出來，純粹是想告訴妳，妳在這個案子裡，做的最錯的一點是哪裡。」

成瑤有些茫然地抬起頭。

「妳現在覺得案件真相是什麼？」

「之前偏聽了白星萌，完全被蒙騙了，現在算是兼聽則明，我才知道了事情的原委。」

錢恆臉上露出了「妳果然會這麼說」的表情，他嫌棄地看了成瑤一眼：「我提點妳這麼多，以為妳能答出來，結果忽略了一點，人和人之間是有差距的，我不應該用自己的悟性來揣測妳。」

「……」

「成瑤，妳是不是覺得現在的妳已經掌握了白星萌案件裡的事實？誰對誰錯，誰受害了誰加害了？」

成瑤怕答錯了又要被錢恆嘲，明智地選擇了閉嘴。

「成瑤，我希望妳記住一點，案件，尤其是家事案件中，真相有時不只一個。」

「為什麼？」

「真相的定義太廣了，事實上的真相、法律上的真相和妳認為的真相，光是這三者，就並不一定相同。」

錢恆輕輕按了按眉心，睫毛隨著說話時眼睛的眨動而微微顫動，薄唇輕啟，英俊的側臉簡直讓人怦然心動，這場景，看起來十分浪漫，然而錢恆吐出的字眼完全是正經地討論案件……

「在這個案子裡，妳認為的真相，帶著妳對婚姻裡女性一定受剝削受害的偏見，覺得白星萌是弱勢的；事實上的真相，則和妳認為的完全相反，除了在進入婚姻時和徐俊彼此中了對方的套路，但白星萌在這段婚姻中大部分時候都占據主導和強勢的地位，至少不是任人宰割的受害者；而法律呢，法律會因為哪些誰做對了就支持誰嗎？法律上的真相，在證據面前，只會認定白星萌在離婚時被隱匿財產而少分割到錢，在這一點上，她就是受害者。」

「家事法律案件，尤其是婚姻案件，妳作為其中一方當事人的代理律師，天然的只能聽到從妳當事人角度的事實，有些還進行了加工和扭曲，妳根本無法從一人之口瞭解這段婚姻的真相，誰對誰錯，所以也不要輕易地先入為主，覺得自己的當事人很慘，覺得自己為這位當事人代理簡直是在維護正義。」

錢恆輕輕撩了下額前的碎髮，漫不經心地盯著不遠處：「妳要做的是永遠保持中立和客觀。」

成瑤愣了愣，繼而湧上心頭的是滿滿的感動和溫暖。

錢恆不是她第一個老闆，但卻是唯一一個願意和她說這些話的。

律師的工作量太大了，大部分合夥人並沒有閒心這樣細緻地輔導助理律師。能夠簡單指出助理律師工作中的問題，對他們的工作給出回饋，已經相當難得，能像錢恆這樣從法理和律師的職業倫理層面和助理律師這麼詳談的，幾乎已經滅絕了。

當然這也並不難理解，合夥人很忙，按照每小時的費率，根本不應該浪費在助理律師身上。何況律師這種工作，很多新人做到一半就堅持不了退出了。堅持下去的也會跳槽，執業前期那幾年，流動性實在很大，何苦手把手地去帶教？投入產出比實在太差了。

白星萌無時不刻不表現著自己在婚姻中的弱勢和柔弱，然而實際上，她才是婚姻裡的掌控者和利益既得者。

錢恆嘴巴毒、脾氣大，彷彿多和你說句話你都得付錢，渾身冷冰冰沒有人情味，然而到頭來，他反而在成瑤搞砸案子的時候，沒有拋棄成瑤。

一想到這裡，成瑤看向錢恆的眼神變得不一樣了。

她自己並沒有意識到，她正用一種濕漉漉的小狗的眼神看著錢恆，無辜的、楚楚可憐的，全然信賴著對方，仰仗著對方，只看著對方的眼神。

puppy eyes，錢恆並不是沒聽過這個詞，吳君總說，一旦被人用這種眼神看著，想到自己全然被對方依賴著，就對對方的任何要求都完全沒有辦法拒絕。從前的錢恆對此嗤之以鼻，這有什麼不好拒絕的？被盯兩下就受不了，怎麼做合夥人？

然而現在被成瑤這麼看著，錢恆覺得渾身都不對勁，吳君並沒有說過這種小狗眼神會有撒嬌的感覺啊。

錢恆清了清嗓子，轉開了視線：「妳還有什麼想問的嗎？」

成瑤想了想，認真地問道：「老闆，能問問，你為什麼會願意這麼幫我啊？」

錢恆瞪著成瑤：「我什麼時候說過要幫妳了？」

成瑤愣了愣：「你不是要幫我解決被白星萌利用和誣陷這件事嗎？」

「我什麼時候說了？」錢恆轉開了視線，「我只是利用這件事教訓妳而已。我要解決的也只是白星萌對君恆造成的負面影響還有跟她索要律師費。什麼時候說要幫妳了？」他咳了咳，「所以妳不要再那麼看我了。」

這樣的回答，錢恆本以為成瑤會露出失望、沮喪或者崩潰的表情，然而沒想到，成瑤卻只是展顏一笑：「不，你一定會幫我的。」她的身後彷彿有一條無形的尾巴在討好地搖啊搖，她盯著錢恆，目光灼灼道：「我相信你，老闆，你是好人。」

「別給我戴什麼高帽子，沒用。」

「那你是不是會幫我？」

「不幫。」

「真的不幫嗎？」

「不。」

「幫我一下吧老闆！求求你！」

「閉嘴，再多說一句就不幫妳了！」

成瑤笑咪咪地喝起眼前的無酒精雞尾酒，並用一種「感恩偉大的造物主」一般的表情看向錢恆。

錢恆咳了咳，狀若不經意道：「既然妳都這麼低聲下氣了，我這次勉為其難幫妳一下也不是不可以。主要也是想到，妳這次經歷的事，和我過去從業時遇到的很像。」

成瑤愣了愣，才意識到錢恆指的是什麼。

他第一次進入公眾視野，便是因為一個富商離婚案一戰成名，出軌的富商幾乎全身而退，前妻上網聲討富商，並曝光錢恆，大量媒體跟進，結果錢恆作為為虎作倀的反派角色，輿論一面倒地把他罵成了狗。

所以，錢恆剛從業時，也如成瑤這樣遭受了線民的唾罵和各種人身攻擊吧。

如今情勢變換，看到成瑤，就聯想到當初的自己嗎？

「你當初也遇到一位律師前輩這樣的指點嗎？」

錢恆抿了抿漂亮的唇：「當然沒有，妳以為世界上有多少像我這樣高風亮節的人？」

雖然錢恆的話雲淡風輕，然而成瑤沒來由的有些替他難過。

她不敢想像，如果自己沒有錢恆的這番教導和指引，作為執業律師經手的第一個案件，就遇到這樣的情況，犯下這樣的錯誤，被輿論如此攻擊，她自己還能在律師這條路上堅持下去嗎？

自己有幸得到錢恆的指點，而當年的錢恆，面對這樣的境況，身邊卻一個人也沒有。成瑤特別同情，內心竟然還替錢恆泛起了點心酸：「那時候，那麼多人罵你，你是怎麼熬過來的？」

錢恆有些意外地眨了眨眼：「為什麼要熬？」

「啊？」

錢恆的語氣理所當然：「所有針對我報導這件事的媒體，還有網路上罵我罵的最凶的人，我都直接起訴了，多虧了他們罵我，導致我拿到了總共六十多萬的和解賠償。」

「六、六十萬？」

錢恆點了點頭：「雖然數額不多，不過正好夠我當時別墅裡五間廁所的裝潢了。」

「……」

六十萬裝潢五間廁所，敢情自己拼死拼活努力工作一年，還抵不上錢恆家一個廁所……

剎那間，成瑤那些對錢恆的同情和憐惜灰飛煙滅，她突然很心疼自己，真是賺著賣白菜的錢，操著賣白粉的心……

不過不管怎麼樣，成瑤心中有些恍然大悟的釋然。

「原來你的外號，也是被人污蔑的。」

錢恆危險地瞇了瞇眼：「什麼外號？」

成瑤自知說漏了嘴，她結結巴巴地掩飾道：「就……就說你在業內……嗯……毒，什麼的……」

「業界毒瘤？」

成瑤趕忙連連擺手撇清關係：「我不知道啊，這不是我說的啊，和我無關啊！」

錢恆不屑地哼了一聲：「一群烏合之眾，在法律層面無話可說，只能背後對我攻擊。」

所以，這個意思是？

成瑤抬起頭：「所以你代理的那個富商案，也和白星萌案一樣另有隱情對不對？」

「嗯？」

「就是雖然大眾看起來，好像是富商在這段婚姻裡不厚道，前妻受到了很不公平的待遇，其實事實上，富商才是這段婚姻裡權益需要保護的人，就和徐俊一樣。雖然婚姻這種事，大多數情況下夫妻雙方可能都存在問題，但問題更大的一方不是富商，甚至出軌這種，可能是前妻在網路上污衊他的。」成瑤分析得頭頭是道，「畢竟現在社會仇富的情緒很嚴重……」

「成瑤，妳做律師可惜了。」

「欸？」

錢恆的表情帶了些揶揄：「妳挺適合寫小說的。」

「……」

「哪可能每個婚姻案都和白星萌的一樣反轉。」錢恆抿了口酒，不知何時，他已經解開白襯衫的釦子，有幾根髮絲，一改平日的服帖，微微垂在飽滿的額頭，帶了點慵懶和性感。他手裡轉動著酒杯，有些漫不經心地瞟了成瑤一眼，「成瑤，沒什麼特別的內情。」

成瑤有些愣神，有些人，越是不刻意，卻反而越是舉手投足都是風情。比如此刻的錢恆。

他很英俊，但有著一種並不知曉自己英俊的散漫，然而這樣卻更危險也更致命了。

「成瑤？」

直到錢恆皺著眉喊了成瑤的名字，她才反應過來，一下子十分窘迫，幸而酒吧昏黃曖昧的燈光掩蓋了她發燙的臉。

成瑤頭腦有些混亂，她下意識便胡亂狗腿道：「所以大眾果然是很盲目的，你明明其實是幫助了一個婚姻受害者維權，然而卻被外界傳成了什麼毒瘤！我就知道我的老闆不是這樣的人！」

錢恆愣了愣，才突然笑了：「成瑤，我說了，沒什麼特別的內情，富商確實出軌了，前妻確實很無辜，她曝光的也全是對的，沒故意帶風向。」

成瑤有些懵：「啊，所以……」

錢恆看著成瑤，語氣有些不懷好意：「所以很可惜，妳的老闆就是這樣的業、界、毒、瘤。」

「那接這種案子，幾乎可以預料到勝訴後萬一被曝光，會被罵啊，為什麼還接呢？」

錢恆用看白癡的眼神看了成瑤一眼：「代理費多啊。」

他說完，把空酒杯往吧檯一放：「妳買單吧。」

成瑤大驚：「老闆，是你半夜叫我來喝酒的啊！怎麼要我買單？」

錢恆挑了挑眉：「我是叫妳來喝酒，但我說請妳了？」

「……」

「我剛才至少和妳說了半小時，算上交通往返，一共一個小時，我沒按照小時費率跟妳收費，只要妳付酒錢，妳都該跪下謝恩了。」

「……」

錢恆輕哂道：「而且妳知道，這世界上有幾個人能有機會請我喝酒嗎？」

「……」

他看了看手錶：「二〇一八年十一月二十九日，晚上九點三十九分。」

「啊？」

錢恆拍了拍成瑤的肩膀：「我建議妳記下這個珍貴的、值得紀念的時刻。」

「……」

什麼大眾輿論盲目？人民群眾的目光明明是最雪亮的！

毒瘤！這真的是毒瘤！

最終，成瑤含著熱淚付掉了酒錢。

算上顧北青的，幾杯酒而已，竟然要一千多塊錢，成瑤只覺得自己內心剛才升騰起的那點要對錢恆報恩的想法，也隨著錢包裡鈔票的離去，隨風而逝了……

「妳有駕照嗎？」

買完單後，對於錢恆這個突如其來的問題，成瑤下意識點了點頭：「有……」

結果成瑤下一句「但是從沒有上過路」還沒說完，就有一串東西被扔到自己手裡。

成瑤低頭一看，才發現是車鑰匙。

「給妳開賓利的機會，好好表現。」

「可老闆我的車技……」

錢恆很淡然：「看妳這樣我就知道妳車技不好，但是從這裡到我們住的地方，完全直走就可以，車程只需要十分鐘，紅綠燈只有一個，這個時間這條路上幾乎也沒有車流了。妳還能開成多差？」

「要不然我們還是叫代駕吧？代駕的錢我願意出！」

「成瑤，這個晚上我已經浪費了很多時間，我沒有精力再在這裡等代駕來了。」錢恆揉了揉眉心，「開車或者開除，妳選一個吧。」

「……」

最後的結果，自然是成瑤屈服在錢恆的淫威之下，她戰戰兢兢地摸上了賓利的方向盤。

五分鐘後——

坐在副駕駛座上的錢恆面無表情地看著窗外的風景：「成瑤，旁邊騎電動車的男人超過我們了。」

成瑤手心全是汗，生怕把錢恆的賓利磕了碰了，一雙眼睛全神貫注地盯著前方，頭也不敢回地幫自己找臺階下道：「老闆，那個男人年輕力壯，而且你別看不起電動車，人家技術現在也實現了一秒加速，很快的啊。」

「哦，那邊騎三輪車的也超過我們了。」

「騎三輪車是體力活，人家說不定是業餘運動員的。」

「後面騎著自行車的大爺也超過我們了。」

成瑤只能咬牙繼續挽尊：「大爺老當益壯啊……」

「那個慢跑的男人也快追上了。」

「常年慢跑的人，肌肉和爆發力都是一級的。」

錢恆面無表情地轉過頭，指了指窗外：「那妳跟我解釋一下，為什麼剛才在街邊乞討的身障人士，現在走得比我們還要快？」

「……」

「成瑤，妳把賓利開成這樣，到底是什麼意思？」錢恆低頭看了看手錶，「正常速度十分鐘的路，妳現在已經開了二十分鐘了。是準備今晚和我在這車上過了？」

「老闆，有一種危險，叫超速，有一種平安，叫等待……」

「……」

不管錢恆多冷嘲熱諷，成瑤也堅定不動搖。萬一開快車，把賓利碰到撞到了，自己恐怕砸鍋賣鐵也賠不起……

錢恆一臉生無可戀：「我下次再讓妳開車，我就不姓錢。」

「反正路還長著呢，要不然我們聊聊天吧？」成瑤開了一陣子，漸漸找到了點開車的手感，想要活躍一下氣氛，同時，內心也確實好奇，「老闆，你以前剛執業的時候，肯定也有過稚嫩的時期吧，都是怎麼處理自己無心的失誤的？」

成瑤其實挺後悔從前得罪錢恆的，如今她很想和錢恆修復一下關係，想了想，和老闆聊家常聊回憶，應該很容易找到共鳴，瞬間拉近距離！

只是很可惜，成瑤千算萬算，算錯了一件事——

錢恆連想也沒有想：「沒這方面的經驗。」

成瑤：？

錢恆倨傲地笑笑：「我從沒有無心失誤的時候。」

「……」

他還嫌不夠似的，又對成瑤補了一刀：「說實話，在白星萌這件事之前，我根本想像不到有人會犯這種錯誤。」

「……」

行了行了，成瑤在心裡吶喊道，老闆，我竟然妄想和你培養感情，是我犯了罪！我閉嘴！

錢恆和成瑤，一個能把天聊死了，一個能把車開死了。

這麼兩個人就各自安靜地坐在賓利裡，以穩穩的時速十公里平安無事地開回了家。

第三章　有我保護妳

有了錢恆這根定海神針，成瑤睡了一個好覺，第二天，神清氣爽地到了所裡。

不管怎樣，成瑤已經決定好，不論網路上怎麼罵她，不論騷擾電話和簡訊怎麼多，她也不能就此懦弱受到影響。

只是她還是過於天真，樂觀預估了有些躲在網路線後面人心的惡意程度。

『深挖！敗類律師成瑤有個姐姐叫成惜！這個成惜就是一年前鄧明律師的前妻！』

『鄧明律師這名字怎麼這麼熟？』

『就是白星萌現在的律師啦！之前參加「律師幫幫忙」節目，很帥很專業的，而且好有親和力，最重要的是心地善良，常常幫底層群眾維權的，在電視臺上跟大家普及法律知識，完全和成瑤那種律師相反，這才是法律界的正義和良心！』

『哦哦哦！我記起來了！成惜！就那個鄧律師在外幫人維權，她在家拿著鄧律師的收入當貴婦太太，結果竟然還出軌，綠了鄧律師的，是嗎？』

『對！就是她！』

『這對姐妹簡直是寶藏 girl ！身上挖不完的黑料！肯定是家教有問題。』

『實力嘔吐，成惜這個死蕩婦，成瑤這個賤女人，她們的媽今天炸了嗎？』

留言區一片辱罵，因為白星萌的甩鍋，她那些戰鬥力強悍的粉絲，為了維護自己的偶像，打著「替天行道」的口號，在自以為瞭解事情真相的情況下，肆意攻擊和肉搜，有粉絲甚至挖出了成惜的照片，還有好事者把成惜和成瑤的照片P成遺照。

成瑤此前總覺得徐俊自殺，雖然可以理解，但多少有點懦弱了。

可此刻，她體會了和徐俊一樣被網路暴力席捲的經歷，才知道，真的是再堅強的人，被如此輿論用最不堪的語言辱罵，某一刻，都會想死，更別說是有憂鬱症的徐俊了。

剩下的內容成瑤根本不敢再看，她顫抖著手放下手機，自己被攻擊還能堅強，雖然心情也很灰敗，但尚能無視，然而家人因為自己的牽連，而被如此辱罵攻擊，尤其自己的姐姐成惜，最近好不容易從那段糟糕的婚姻裡走了出來，心情好了點……

都是自己的錯。

成瑤的內心只有這樣一個聲音，她握緊了拳頭，茫然地看向辦公大樓的窗外，努力想著生活裡發生的好事，以此分散精力，她必須非常拼命，才能忍住眼眶裡的眼淚。

錢恆辦公室內——

錢恆看了窩在沙發裡的吳君一眼：「成瑤的事，你處理一下吧。」

還沒等吳君反應，錢恆就清了清嗓子，狀若自然地解釋道：「這次事件已經危害了君恆的聲譽，你作為負責君恆公關宣傳方面的合夥人，這事情正好在職責範圍內。」

吳君抬頭，聲音有些戲謔：「既然事關事務所聲譽，錢恆，你怎麼用『成瑤的事』，不用『君恆』的事？」

錢恆抿了抿唇：「有差別嗎？不就是同個事情。」

「怎麼是同個事，最簡單的方法，就是這時候把成瑤開除了，推出去祭天完事，另外發個公告，我們君恆絕對對律師進行嚴苛的職業道德和技能培訓，旗下擁有哪些哪些知名律師，竭誠為您服務。」吳君眨了眨眼，一臉狐狸般的笑意，「這麼做，既能撈個好名聲，順帶趁著這次這麼大的熱度，一分錢不花，還為君恆做了個宣傳，一箭雙雕，豈不是很好？」

錢恆的表情風雨欲來。

吳君卻毫不怕死地繼續道：「何況你不是一直討厭成瑤是個關係戶，趁這個機會把她開除不是更好？名正言順啊。」

錢恆咳了咳，沒有對視吳君探究的眼神，他低頭翻了翻文件：「哦，因為這次出現這種事，不全是成瑤的責任，我也有疏忽。」

「啊？」

吳君驚訝了，錢恆竟然主動承認自己工作中有疏忽？他摸了摸自己的額頭，又掐了自己一把。

「靠！好痛！」吳君齜牙咧嘴道：「我竟然不是在做夢？你竟然會犯錯？那你說說你

哪裡有錯？」

錢恆轉開眼神，一本正經道：「我以自己的標準來預估成瑤這些助理律師的能力，沒有事先警告她小心白星萌。對這件事，我也應該承擔一部分責任，沒有辭退她，也是這個原因。一旦下次我教過她了，她還犯下這類錯誤，直接開除。」

吳君臉上露出些意味深長的表情：「行吧，誰讓你是我們君恆接活的紅牌，你說什麼就是什麼吧。」他掏出手機，「讓我先來看看，到底找哪幾個帶頭鬧事的粉頭開刀，把這些帶風向攻擊君恆，肉搜、辱罵成瑤的證據全部公證，然後起訴……」

結果他的話還沒說完，突然就像卡帶般頓住了，臉色也一改平時的調笑模樣，而是凝重了起來，整個人像蒙上一層黑氣。

「怎麼？」吳君公關手腕了得，能讓他露出這般表情的，錢恆十分意外，「是有什麼不好處理的嗎？」

「沒有。」吳君放下手機，眼睛裡帶了點狠意，「有人從成瑤一路肉搜攻擊了成惜，還挖出和鄧明那點事，現在把她也拖進來一起攻擊辱罵了。」

提起鄧明，錢恆臉上露出毫不掩飾的鄙夷：「白星萌新的代理律師是鄧明，說不定又是他私下搞的鬼，畢竟專業能力不行，成天沽名釣譽參加什麼『律師來了』、『律師幫幫忙』這種綜藝節目，在公眾輿論面前做足工作，宣揚『業界良心』這種人設，結果背地裡什麼違法邊緣的事情都幹得出來，技不如人，成天就知道歪門邪道，靠著玩轉輿論，靠輿論施壓影響判決。」

「就是這個垃圾。」吳君提起鄧明，同樣也咬牙切齒，「當初明明是他上了幾檔綜藝，有了點知名度，認識了個野模，一來二去勾搭成奸，結果對方懷孕了，他嫌棄成惜結婚幾年一直沒生孩子，結果就這麼提了離婚，又怕影響到自己的形象，就靠著自己媒體的那點資源，捏造事實，對成惜潑髒水，斷章取義拍了幾張成惜做義工時候抱著智力缺陷的大男孩的照片，然後找了幾個所謂同學來爆料說成惜大學時男女關係就混亂，因此引導輿論說她是出軌，找了水軍帶節奏，結果這群白癡一樣的網友竟然信了！」

「也不一定是信不信，只是想要趁著熱度事件發洩自己的情緒而已，不然網路暴民的概念怎麼來的？」

吳君把領帶扯鬆，聲音低沉且帶了怒意：「成惜什麼時候出軌過？她大學裡只是追她的男生多，但還不是死心塌地地跟著鄧明！當時鄧明算個屁，一窮二白，就靠一張嘴花言巧語。長得那個尖嘴猴腮樣，你覺得他和我能比嗎？」

錢恆了然而同情地看了吳君一眼，如每一次一般非常配合地搖頭道：「不能比。」

「我就算……」

錢恆直接打斷了吳君，面無表情地搶白道：「你就算臉被車禍現場碾過了，也比他強。」

「他的專業知識……」

「他的專業知識和你差了十萬八千里，去西天取經都比不上。」

「我就算……」

「你就算以後老年癡呆了思緒都比他活躍。」

「他那個身材……」

「他那個身材，把全身肌肉量加起來，還沒你下面大……」

「……」

吳君瞪著錢恆，錢恆毫無誠意地攤了攤手：「不好意思，我也沒辦法，記憶力太好了，你說一次我就背下來了，只是沒想到你臺詞也不更新一下。」

「……」

「總之這件事我會解決的。」吳君放棄怒視錢恆，抿了抿唇，「我馬上著手去處理。」

「必要的時候發個聲明。」

「什麼？」

「就說和白星萌的案件，全是我一個人代理負責的，關於案件的所有決定，都是我做出的，其餘律師只是負責執行我的指令。」

「你這是要幫成瑤摘乾淨？」吳君有些意外，伸手就要去摸錢恆的額頭，「錢恆你不是燒壞腦袋了吧？」

錢恆動作敏捷臉帶嫌惡地轉開道：「你自重點，說話就說話，別動手動腳的。」

「那你為什麼要替成瑤攬事啊？」

「我怕徐俊的事重演。」錢恆轉開目光，冷哼了一聲，「誰知道現在的小女孩是什麼承受能力，萬一來個一哭二鬧三上吊，是不是還算工傷？」

「那你也不怕你自己因為這個事壞了名聲？」

「我要什麼名聲？」錢恆鼻孔了哼了兩聲，「我不是業界毒瘤嗎？這種事很符合我的身分定位。」

「……」

「那後續，白星萌的事怎麼處理？」

「起訴啊。」錢恆頭也不抬，「我已經交代包銳整理證據了，我和白星萌所有溝通全部有書面郵件、訊息和語音錄音，裡面她很清楚地交代了絕對不和解，但是拖著徐俊的方案，配合其餘證據鏈，完全可以證明我們君恆只是忠實執行了當事人的代理要求，並沒有越俎代庖地私自替當事人做過任何決定。白星萌發表的聲明不僅不實，還影響了君恆和我們律師的聲譽，而我們事務所不存在任何不當，所以律師費一分不少必須付，另外對我們聲譽造成的不良影響，也需要索賠並且要求她公開道歉。」

「不直接用君恆的官方帳號甩出證據打臉？」吳君沉吟了下，「趁著現在正好關注度大，澄清的資訊才有可能被更多人看到。你也知道，起訴到最終判決，這裡面要花多少時間，等我們最終勝訴，都過去多久了，這個事情熱度早就過了，你再發聲明，能看到的人微乎其微，對白星萌的負面影響也比現在澄清小很多了。」

「不能直接用官方帳號甩出證據。」錢恆卻毫不猶豫地拒絕了吳君的方案，他抿了抿唇，語氣淡然，「目前所有和白星萌溝通得到的這些證據，完全是在她與我們簽約了代理協定的情況下，基於律師與當事人之間的委託關係而得到的。就算現在和白星萌的代理協定解除了，這部分基於委託關係而取得的資訊，也仍舊是受到保密協議保護的。我們不能公然這樣違反契約精神，為了自己維權就無視律師的義務。」

吳君看向錢恆：「你知道，這種操作雖然不對，但你公開後情理上是完全能被輿論理解的。就算白星萌去投訴，律協也不會做出多麼嚴重的處罰。而且雖然委託代理合約裡有保密條款，但違反保密條款有什麼處罰卻沒有明確，所以這個保密義務，就和空頭支票差不了太多，就算她去起訴，一來審判實踐又長，二來也不可能有多嚴重的處罰。而我們現在就公開這部分證據，不僅立刻洗刷我們所的名聲，也是趁機打了一波廣告和知名度。」

吳君攤了攤手，「更何況現在與客戶產生糾紛後利用媒體影響這麼操作的事務所也不是一家了。」

「不行。」可惜錢恆仍舊毫不鬆口，他放下手頭的工作，抬起頭看向吳君，語氣嚴肅而認真，「我知道這是我們公關最簡單的捷徑，但是吳君，不可以。不是大家都在做的事就是對的，也不是被輿論理解的事就是正確的。我們君恆是律師事務所，不是公關公司，律師事務所首先要做到的就是專業和尊重法律尊重自己的職業。你遇到一個白星萌這樣的當事人，不是你自己也可以降低到和她一樣層次的理由。我們每個法律人應該有自己的堅持和底線。」

吳君也笑了：「就知道你會這麼說。」他挑了挑眉，「我這麼問只是想看看，現在成瑤遇到這種事，你的原則會不會改變，會不會為了她就做不一樣的決定。」

「你真是太閒了。」錢恆冷冷地掃了吳君一眼，「我對法律的信仰和職業原則不會為任何人改變。何況成瑤對我有什麼特殊的？不過是一個普通的助理律師。」

「行吧。」吳君聳了聳肩，「那我會配合你的方案進行處理。處理網路上的輿論和起訴白星萌，我也會和包銳那邊溝通，這個官司穩贏，等拿到勝訴判決書，我們再大大方方地打臉白星萌。就是不論怎麼樣，想想無法現在直截了當地把白星萌的臉打腫，還是挺遺憾的。」吳君嘆了口氣，「真是殺人放火金腰帶，白星萌這樣不守規矩不講底線的人，反而在現實裡混的風生水起，我們講規則的人反而落不得好。」

「講規則才走的長遠。」錢恆卻絲毫沒有對此心裡不平衡，他笑笑，「時間會證明的。」

最終吳君離開前，又想起什麼似的回頭：「你是不是應該去看看你的小助理律師。」

錢恆皺了皺眉，一臉不明所以：「什麼？」

「如果是我，因為自己的過錯，導致家人資訊被曝光這麼辱罵，可能比自己被罵更不能接受，也更加痛苦。」

錢恆放下了手中的案卷，面無表情地看向吳君：「所以呢？」

「所以你應該去安慰安慰她啊。」

「呵，多喝點熱水？」

「……」

吳君並沒有放棄，短暫的無語過後，他堅持不懈道：「至少也放她假吧，讓她別一個人窩在一個地方，出去轉轉轉換下心情轉移下視線，或者讓她去吃點甜食什麼的放鬆下，女生都喜歡甜食啊，吃點甜的心情都會變好。哦！對了！她這個案件肯定壓力很大，最好是徹底發洩出來哭一場，大概就能心情舒暢了！」

「吳君，你覺得我很閒嗎？而且自己的能力問題做錯了，導致這個案子結果不理想，難道不應該是成瑤來安慰我這個被無辜牽連的老闆？還要我安慰她？」

算了，吳君想，讓錢恆去安慰人，真的是自尋死路，可別安慰著安慰著，把人安慰死了。

成瑤幾乎是行屍走肉一般地回了家，她整個人非常恍惚，連威震天跳到她身上非常主動地討好她，也沒讓她的心情好起來。

正好今晚錢恆和客戶有飯局，成瑤決定自己也不做晚飯了，畢竟此刻的她一點食欲也沒有。

她撥弄著手機，看著成惜那串熟悉的號碼，然而卻不敢打出去。她怕聽到姐姐的聲音，她知道成惜不論怎樣都不會說什麼，她總是隱忍，總是不忍責怪別人，也總是把負能量自己扛著，但正因為如此，成瑤更是不知道如何面對她。

正在此時，大門突然傳來了鑰匙轉動的聲音。

成瑤帶著威震天，警覺地躡手躡腳到了門口，結果竟然發現錢恆。

「老闆，你今晚不是和一個奧地利客戶約吃飯嗎？」

錢恆還穿著精緻而昂貴的西裝，他伸出手腕，一邊解開手錶錶帶，一邊自然地道：

「哦，奧地利客戶臨時有事，來不了了。」

「那……」

「那妳做飯吧。」錢恆面無表情道：「我想吃香煎銀鱈魚、蠔汁鮑魚、花椰菜炒素、涼拌木耳、東坡肉。」

成瑤有些目瞪口呆：「這些食材，家裡每一樣都沒有啊！要不然換別的吧，按照冰箱裡的存貨，可以做番茄炒蛋、西芹百合、馬鈴薯牛腩，你看這些可以嗎？」

「在我的字典裡，沒有退而求其次。」

「……」

「但今天給妳個特殊待遇，我可以開著車帶妳去買菜。」

出乎成瑤的意料，今天的錢恆沒有只是甩下幾張鈔票讓成瑤自己搭車去買菜，竟然主動請纓自己當車夫。

直到再次坐上賓利，成瑤還有些恍惚，她望著錢恆的側臉，還在納悶，這傢伙到底有多想吃鱈魚和鮑魚啊？都不惜自己開車來了。

雖然去了精品超市，然而晚間客流量還是很大，成瑤對這種場合游刃有餘，然而自己身後的老闆病本病，就不是那麼回事了。

「不要再推我了，妳剛才摸到我的腰了，已經是性騷擾了。」

錢恆站在牛奶櫃前，冷冷地看著他背後的大媽警告著。

這位高高在上不食人間煙火的老闆，顯然幾乎沒親自來過超市，更不知道超市裡搶貨大媽的戰鬥力。

就在那大媽一雙吊梢眼一瞪，雙手插腰，如個圓規似的站著準備發功之前，成瑤一把把錢恆往自己身後一拉：「阿姨，他以前老被人摸腰啊屁股啊性騷擾的，比較敏感，您原諒下原諒下！」

大媽嘟囔了幾句，瞪了錢恆一眼，才大搖大擺地走了。

「我老被性騷擾？妳這是在暗示什麼？」

面對錢恆的憤怒，成瑤好心地解釋著：「你不知道這些大媽戰鬥力有多強，你不會想要惹上的，息事寧人息事寧人。」

「我是律師，這些大媽戰鬥力再強，還能強得過我？」

結果錢恆的話音剛落，他們身邊不遠處就傳來了爭吵的聲音——

「這最後一盒半價雞蛋是我的！」

「蛤，妳的？妳臉上長的那兩個是燈泡啊？大晚上不插電啊！眼瞎的東西！沒看到雞蛋是我先拿的？以為自己往雞蛋面前一站雞蛋就是妳的啊，妳怎麼不往銀行門口一站說錢全是妳的啊？」

搶到了雞蛋處於上風的，赫然是剛才那位被錢恆指責性騷擾的大媽……

另一位顯然也不甘示弱：「妳全家吃屎的吧？滿嘴噴糞。我看妳才瞎，妳這眼睛小的和車禍現場似的，以前被碾過吧。」

「張春花，別以為我不知道妳跳廣場舞背著我，攛掇我的隊員跟著妳混，這麼一把年紀了還穿的袒胸露乳勾引保全，想著和他勾結了搶我的場子，妳這個老騷貨，胸都垂到肚臍眼了，錘子長在腦袋上，我都奇怪當年世博會怎麼沒喊妳去展覽！」

這兩個大媽，顯然新仇舊恨早有前緣，從雞蛋到廣場舞風雲，指著鼻子罵對方的話更是層出不窮，澈底更新了錢恆的詞彙庫。

成瑤看了錢恆一眼：「看到了吧，如果不是我拉著你，現在的你就是這個下場。」

「……」

錢恆雖然面露不甘，然而看了已經開始拽頭髮撕衣服，嘴裡破口大罵扭打在一起的大媽們一眼，他抿了抿唇，選擇了安靜。

這一次，他輸得心服口服。

成瑤一顆心本來因為成惜的事非常沉悶，然而看到在法律界叱吒風雲的錢恆，竟然也有吃癟的一天，在她自己都沒意識到的時候，她的心情變得明媚了一些。

今天的錢恆也一改平日雷厲風行的作風，除了直奔主題買好他欽點的食材外，他竟然主動表示要再逛逛。

「這個貨架，從這裡到最末尾，所有的東西都拿一份。」

成瑤不確定地看了看錢恆，有些目瞪口呆：「你確定？一種來一樣？」

兩人面前的，赫然是甜食的貨架。

這麼高冷的老闆病錢恆，難道竟然喜歡吃甜食？

「讓妳買就買，問題怎麼這麼多。」

「好好好。」

反正不是我出錢，成瑤哪裡敢忤逆老闆，趕緊一種一樣裝進購物車。

成瑤看了裝滿的購物車一眼，又看了錢恆一眼。

錢恆優雅地伸出自己白皙修長的手：「這雙手……」

「我知道、我知道，這雙手不是用來推車的。」成瑤認命地推起推車，「我推、我推。」

結果裝了滿滿一車，錢恆竟然還沒滿足，他雙手插著口袋：「還有什麼零食特別好吃的嗎？」

「有啊，北海道薯條三兄弟、Mochi 冰淇淋、蟹黃口味蠶豆、麥麗素巧克力球、糖炒栗子、冰糖葫蘆、Yoku Moku 餅乾蛋捲、長鼻王……」

對零食很在行的成瑤拉拉雜雜說了一大串，說完了，她才意識到不好意思：「我覺得都挺好吃的哈哈哈……」

「那就都買了。」

「欸？」

成瑤完全沒有想到，最後，錢恆竟然真的把自己提及的所有零食，全部都買齊了，她右手捧著一袋還燙燙的糖炒栗子，左手提著一根冰糖葫蘆，而因為自己兩手開弓，那一大車的零食，就紆尊讓錢恆去推了……

錢恆就那麼穿著昂貴的西裝，推車一車和他本人冷冽氣質完全不符合的甜食，臭著一張臉站在充滿大媽和年輕女性的結帳隊伍裡。

十分不協調，卻也十分協調。

周遭那種市井的氣息彷彿沖淡了錢恆身上生人勿進的冷漠，讓他整個人變得動人起來，像是在他英俊到拒人於千里之外的外表上，鍍上一層暖光。

雖然因為搶眼的外貌和出塵的氣質，錢恆站在結帳隊伍裡簡直鶴立雞群，不斷有人向他拋去打量的目光，然而脾氣和顏值成正比的錢恆每每遇到這種探究的目光，就毫不猶豫地用他的極凍光線瞪了回去。

隊伍裡的人不敢再看錢恆，便把目光投向了成瑤。

大部分來超市買東西的都是女性，別說像錢恆這樣穿著講究、氣質斐然的男人，連個挺著啤酒肚的男人，都少有。來超市買菜採購生活用品這種事，彷彿天生就是女性的工作。

而錢恆除了長得好看身材挺拔，周身另外一個最突出的氣息就是——貴。

他從頭髮、穿著，到每一個毛孔，彷彿都湧著金錢的清香。

一看就十分有錢，十分養尊處優，時間也十分寶貴。

而這麼帥這麼有錢這麼忙的男人，竟然還願意陪著一起來超市買東西，還耐心地陪著一起排隊結帳，而且買了一整車的東西，都是為女生買的甜食。

眾人看成瑤的目光，簡直就像看少女小說女主角般了。

豔羨、嫉妒、打量、好奇。

成瑤在這種目光的洗禮中，也有些手足無措，恨不得跳起來解釋，這位是自己的老闆，老闆買的甜食都是自己的！

好不容易隊伍前面的人終於付完了帳，輪到錢恆。

錢恆付錢的時候，成瑤看到了收銀櫃邊上貨架裡她最愛的彩虹糖，忍不住便多看了幾眼。她雖然很想吃，但買單的是錢恆，就算彩虹糖不貴，她也不好意思把自己要吃的東西讓錢恆付錢。

然而也不知道是不是冥冥之中的巧合，本來目視前方眼睛長在頭頂的錢恆，也不知道怎麼的，突然回了頭，他看了成瑤一眼：「幫我拿三條彩虹糖。」

他的聲音冷冷清清的，自帶著一種貴氣，明明只是買個彩虹糖，但那架勢和姿態，彷彿是要併購一個企業似的。

不過真意外，成瑤想，錢恆竟然也喜歡吃彩虹糖。

成瑤趕緊拿了彩虹糖，錢恆便一起把帳付了。

成瑤把一袋袋的零食裝好，下意識便主動要去提，結果在她伸出手之前，有一雙手臂早於她提走了購物袋。

「老闆？」成瑤有些疑惑，「你的手不是……」

「我的手當然不是為了提購物袋的。」錢恆的聲音一如既往的高冷，「但這麼多袋這麼重，妳要是沒提好，把我的零食摔散了怎麼辦？」

「哦……」

錢恆說完，也懶得再看成瑤，提著一堆確實和他身上西裝完全不相配的超市購物袋，頭也不回地走了。

和錢恆一起出門的時候，成瑤的心裡都是成惜和輿論那回事，然而不知不覺，再回家的時候，連她自己都沒意識到，自己的注意力澈底被轉移了。

比如成瑤十分疑惑和不解，在超市里對甜食熱情高漲恨不得買下一整個貨架的錢恆，回到了家，吃完了飯，面對著成堆的零食，卻突然沒了興致，而且是一點興趣也沒了。

「老闆，糖炒栗子要冷了，冷了不好吃，皮會黏在栗子上，難剝。」

錢恆非常無所謂地看了成瑤手裡的袋子一眼：「那妳吃吧。」

「欸？要不然我放著，明天早上用微波爐熱一熱吃？」

錢恆面無表情道：「我不吃隔夜的東西，妳不吃就扔了吧。」

你不吃我吃！

成瑤想，真是沒見過比錢恆更嬌貴和善變的男人了！自己剛才吭哧吭哧買了一整推車的甜食，結果說不愛就不愛了，以後誰和他談戀愛，還得了？今天你儂我儂恨不得去登記了，明天掃地出門淨身出戶！

成瑤剛吃完栗子，錢恆又發話了：「這些零食別擺桌上，太亂了。」

「那我幫你整理到你房裡？」

「妳覺得這些零食，和我充滿了專業文件的房間格調相配嗎？和一個精英男律師的定位相符嗎？」

「……」那你還買這麼多……

成瑤看了桌上的零食一眼，有些為難：「可客廳就這麼大，廚房裡也沒什麼櫃子，我房裡也沒什麼空間了，外加還有威震天……」

「那妳吃了。」

「欸？」

「我喜歡整潔乾淨的環境，看到這麼多零食堆在桌上，我就頭疼。」錢恆理所當然道，「今晚睡覺之前，不要再讓我看到這些，所以妳把它們都消滅吧。」

要買的也是你，嫌棄堆在這裡礙事的也是你，成瑤目瞪口呆道：「那老闆你為什麼不吃啊？」

「突然不想吃了。」

「這些都是進口零食，不便宜啊……」

錢恆瞥了成瑤一眼，語氣冷靜而鎮定：「有錢，任性，不在乎。」

「……」

行行行，成瑤想，反正都是自己喜歡吃的，這種好事，再給她來幾次她也歡迎。

於是她歡天喜地地吃了薯條三兄弟、抹茶餅乾還有垂涎已久的彩虹糖。

甜食果然有治癒人心的力量，成瑤吃著巧克力，連心情也變得好了些。

可惜雖然高糖飲食能讓人愉快一陣子，但卻不能持續永久，隨著零食的耗盡，成瑤又想到成惜，想到自己的過錯，想到了鄧明。

當成惜離婚時被鄧明潑髒水的時候，成瑤不是沒有想過幫姐姐澄清的，然而鄧明的公關手腕太強大了，成瑤的聲音很快被淹沒在大眾的辱罵裡。

當時的成惜制止了成瑤的行為，她不想對此再有任何回應了，只想讓事情儘快平息，輿論很健忘的，一個月後，如她所言，沒有人再討論她了。

成惜選擇不再回應，然而成瑤卻無論如何不能心平氣和，只有她知道，成惜為鄧明放棄了多少，犧牲了多少，然而換來的卻是他飛黃騰達以後的拋棄和踐踏。

在成為律師之前，成瑤發過誓，一定要在法庭上狠狠挫敗鄧明，狠狠把他粉飾出的正義嘴臉撕破，讓大家看看鄧明到底有多少專業技能，到底是個多糟糕虛偽的人。

可如今……

自己無能被罵也就算了，為什麼連帶著自己姐姐那些被污蔑的舊事，還要被拿出來如鞭屍一般的展示？

「想哭就哭吧。」

就在成瑤努力憋著眼淚的時候，她聽到了錢恆的聲音，還是那麼冷冷的，彷彿置身事外的，成瑤看向他的時候，他正看著窗外，也不知道是怎麼看到自己正在憋著眼淚的，靠意念嗎？

而被成瑤這麼盯著，錢恆似乎有些不自然，他清了清嗓子：「妳憋著眼淚的樣子太醜了。」

成瑤聽完這句話，果然不負眾望哇的一聲哭了出來。

她一邊哭，一邊委屈地抹淚，錢恆還是人嗎？是人嗎？自己已經這麼難過了，還要說自己醜。

結果成瑤哭後，錢恆終於露出一種如釋重負的表情。

他輕輕道：「終於哭了。」

憋了這麼多天的委屈、不甘、愧疚、自責和懊悔，終於和眼淚一起傾瀉出來。

成瑤沒聽清他在說什麼，她一邊哭，一邊質問道：「你說什麼？」

錢恆輕飄飄地瞥了她一眼：「我說我錯了。」

「什麼？說我醜嗎？」

錢恆嘆了口氣：「是的，妳憋著哭的時候不醜。」他頓了頓，頗有些一言難盡地看了成瑤一眼，「因為妳哭起來的樣子更醜。」

「……」

成瑤愣了愣，頓時悲從中來，哭的更大聲了。

「好了。」就在這時，有一隻白皙修長的手進入成瑤糊滿淚水的視野。那幾根纖長的手指上，正拿著一塊手帕。

「開心點吧。」錢恆的聲音有些不自然，他移開了視線，並沒有看成瑤：「Burberry的手帕，都給妳擦鼻涕了。」

成瑤也不客氣，她剛被錢恆攻擊醜，發洩般地拿起手帕，就開始真的擤起鼻涕。人一哭起來，就容易不講理，成瑤一邊抽泣，一邊道：「我已經這麼慘了，你為什麼還要罵我？」說到這裡，她越想越傷心，「就算覺得我難看，長得不對你胃口，一般人對女生，就算是客氣也會誇一句漂亮，你不能說句漂亮讓我高興一下嗎？」

她這麼控訴，自然不指望錢恆能良心發現，只是一種情緒發洩。

平日裡不論錢恆對她怎麼打擊，成瑤也能一笑而過，然而難過的時候比較脆弱，她畢竟只是個年輕的女孩子，再怎麼堅強，痛哭流淚的時候，也渴望有個人能夠溫柔安慰。

雖然成瑤也知道錢恆一貫如此，他這麼說並非是針對自己。只是此刻的自己就像是遭受污蔑後被武林正道拋棄的正派，武功盡失被眾人唾棄之時，竟然還遇到了錢恆這個路過的反派冷嘲熱諷，這時候不毒氣攻心吐個血，都對不起自己。

然而就在成瑤傷心地胡思亂想時，錢恆又開了口——

「漂亮。」

成瑤愣了愣。

「挺漂亮的。」

成瑤都忘記哭了，她瞪大眼睛，看著聲音發出的方向，除了錢恆，真的沒別人了，她下意識問道：「什麼？」

錢恆這下終於把朝著窗戶的臉轉了回來，他皺著眉：「成瑤，適可而止一點，我都說了漂亮了。」

「可我知道你是客氣話……」

「不是。」

「欸？」

錢恆果然又開始惡聲惡氣了：「妳耳背嗎？我不是說了不是客套話了嗎？」

嗯……成瑤安心地想，這樣的態度，才是我的老闆沒錯……

不過等等！不是客套話？那麼錢恆的意思是……

他說漂亮。

這一瞬間，成瑤突然有些心悸，心跳的很快，臉也開始發燙，渾身的血液好像因為這句話加速了……

錢恆這種人，憑藉著自己這副得天獨厚的皮囊，就算平日裡漫天撒毒藥，可是關鍵時刻，他舉手投足間任何一個微小的反差，都非常致命。

平日裡習慣了錢恆餵毒的成瑤，就這麼毫無心理準備的，被錢恆餵了一顆糖。

有一點甜。

「成瑤，我建議妳不要得意。」然而在成瑤高興之前，錢恆就潑了一盆冷水，「妳勉為其難，就算是一般漂亮，不要自我感覺良好覺得自己是天仙級別。」

「……」

雖然糖裡不可避免還是有點毒，但……

還是有一點甜。

雖然在錢恆面前那麼哭很丟人，但是成瑤發現，自己在狂吃了一晚甜食，又嚎啕大哭了一場之後，情緒竟然神奇地好了起來。

她終於鼓起勇氣打電話給姐姐成惜，這次牽連到姐姐，讓自己怎麼負荊請罪都可以，然而電話的那端，成惜卻一點沒有流露出任何責備、怨恨，她仍舊溫柔。

『瑤瑤，我沒關係的，我不在乎這些，妳不要灰心，好好幹。』

明明是安慰暖心的話，然而成瑤聽到的剎那，還是不爭氣地哭了。

而和成瑤通過電話以後，也不知道是不是和股票一樣，只要不下市，觸底必反彈，成瑤發現自己背到底的運氣竟然開始好了起來。

第二天她早上滑手機時，竟然發現和自己相關的辱罵和貼文，全部消失了，而被牽連到的成惜的資訊，也消失一空。最誇張的是，白星萌那幾個辱罵成瑤最厲害樣子最囂張的粉頭，竟然在微博公開發聲明向成瑤和君恆道歉。

社會我老闆，人狠話不多！

這果然是很錢恆的做派。

『起訴白星萌的材料也會在下午遞交法院。』包銳一大早就打電話給成瑤，和成瑤又確認了下關於她被侵權訴訟中的幾個細節，之後他便在電話裡安慰成瑤道，『這個案子真的是我見過錢 Par 動作最快的了，比他那些幾個億標的的案件處理速度都快。寄給那幾個攻擊妳最歡的粉頭的律師函，妳知道嗎？錢 Par 用的是順豐當日快速。』包銳一副科普的語氣，『妳知道順豐當日是什麼價格嗎？我舉個例子啊，就一份文件，從南京到北京，當日上午寄送下午到，費用兩百五！』他說到這裡，又忍不住岔開話題感慨起順豐的服務多麼好起來。

成瑤卻已經顧不上聽包銳那些對順豐的誇讚了，此刻她的心裡糅雜著感動和終於鬆了一口氣的感覺。

她決定，以後一定要更加緊密地團結在以錢恆為核心的五毒教教派中！無條件支持教主錢恆帶領五毒教教眾走入榮華富貴的新時代！以飽滿的鬥志和激情投入到為五毒教老巢君恆創收的偉大事業中來！永遠聽錢恆的話！永遠跟錢恆走！

錢恆此刻早就去上班了，成瑤掛了和包銳的電話，在心裡對錢恆表完衷心，再看了時間一眼，這才意識到不好，自己怕是又要遲到了！

匆匆趕到君恆，成瑤繼續如上次一般準備偷偷溜進去。結果幾乎是她刷了門禁卡剛跨過君恆大門的同時，一個電子音質的機械聲音響徹了整個君恆——

「二〇一八年十二月一日，上午九點十二分，成瑤，遲到，扣當月全勤。」

成瑤嚇得跳了起來。

這是什麼鬼東西！為什麼還全公司廣播！

因為這聲音，大辦公區裡的同事紛紛朝呆立在門口的成瑤投去了注目禮。

這、這也太丟人了吧！成瑤臉上火紅一片，就差點沒當場掘個洞把自己埋了。

遲到就算了，竟然還全所語音通報，這簡直就是公開處刑了……

成瑤縮著腦袋，幾乎是夾著尾巴逃到自己的座位上。

譚穎對她投來同情的目光：「妳是今天第五個遲到的。」

成瑤還驚魂未定：「這是什麼東西？」

「新的簽到方式。」

成瑤：？

王璐轉過頭，語氣有點沮喪：「今天一早我過來，就看到行政部的同事正看著安裝工人把這個系統裝好，一旦超過九點鐘刷卡的，電子智慧語音就報出今天的時間、遲到人姓名、遲到時間，根據遲到時間的不同，還有不同的懲罰措施警示。」

譚穎點了點頭：「遲到五分鐘內的，警告是『下不為例』，遲到五分鐘以上十分鐘內的，警告是扣除當月電話費報銷；遲到十分鐘以上十五分鐘內的，是扣當月全勤；遲到十五分鐘以上二十分鐘以內的，是扣當月餐補……」

這遲到懲罰竟然還有階梯！

王璐很不滿：「雖然我們多多少少都會遲到一下，但也無傷大雅啊，我原本以為大家都遲到，肯定沒什麼事，法不責眾啊！唉，沒想到……也不知道是哪個 **Par** 想出來的新政策……」

等等！階梯？法不責眾？

這幾個關鍵字在成瑤腦海裡逐漸串聯還原出一切——

幾天前，錢恆突然把自己叫到辦公室，沒頭沒尾地問自己一個問題。

「成瑤，如果是妳，妳會怎麼解決法不責眾的問題？」

當時的成瑤雖然有些摸不著頭緒，但還是本著法理探討的態度認真進行了回答。

「我覺得不應該因為犯錯的人多，就不處罰，錯的就是錯的，不應該這麼做的人多了，就免責，相反，我覺得應該從立法和執法的角度都增強力度和強度。首先，應該建立可行的有效的懲罰機制。」

「比如呢？」

「比如建立階梯式的懲治，雖然犯錯的人多，但每個人犯錯的嚴重程度肯定不同，那麼犯了小錯的，就用相對寬鬆甚至警戒教育性質的懲罰，犯了大錯的，就用嚴厲的處罰措施，這麼做，犯了小錯的人，也願意服從，不會和犯了大錯的一起暴力抗法。」

「還有呢？」

「還有就是一定要對民眾教育，要讓大家知恥，比如可以對犯錯的人公開批評，電子滾動螢幕之類的都行，要深入內心的讓人知道，這麼做是錯的，做錯了很羞恥。」

當時的錢恆是怎麼回答的？

成瑤記得清清楚楚，當時自己回答完，錢恆用手撐著下巴，說了一句「我知道了」，並用一種毛骨悚然的溫柔姿態對成瑤笑了笑。

他甚至還對成瑤道了謝！

當時的成瑤沒搞清楚怎麼回事，只覺得那天的錢恆怪怪的讓人心裡發毛。

這一刻的成瑤全明白了。

前幾天，因為重感冒，成瑤睡過頭遲到了，結果被錢恆抓了個現行，還留了張扣全勤的紙條。

這之後一天，錢恆就找自己問了對法不責眾問題的看法……

直到今天，成瑤才意識到——

錢恆這麼問自己是為了讓自己出主意收拾自己！

這一刻，想通的成瑤簡直目瞪口呆。

還有哪個**Par**會想出這種招數？

當然是五毒教教主錢恆啊！

怎麼有人能這麼損？怎麼能有人這麼毒？怎麼能有人這麼賤？

為五毒教添磚加瓦？牢記為錢恆賣命的偉大使命？永遠向老闆看齊？成瑤想，還是算了吧！還沒跟上老闆的步伐，我恐怕就要毒發身亡了！

「二〇一八年十二月一日，北京時間上午九點十八分，包銳，遲到，扣當月餐補。」

成瑤在心裡沒腹誹多久，就聽到了另一個難兄難弟被公開處刑的聲音。

包銳的腿好的差不多了，雖然還有些不方便，但又重新回到工作崗位。

他苦著張臉，一瘸一拐地走進君恆。

「有天理嗎？還要扣餐補！我今天遲到可是工傷啊！」

譚穎聲音揶揄：「你得了，靠你那腿都休了多久的假了，繼續用腿當藉口遲到，不合適吧？」

包銳出離悲憤了：「我哪裡是因為腿才遲到的，我一早就被錢 Par 叫醒叫我起來處理成瑤的事，就打電話給成瑤確認起訴細節。另外我昨晚還幫錢 Par 去飯局，被個地利客戶灌醉了，早上才睡過頭了！不是說歐洲人喝酒都慢慢品不流行灌酒文化的嗎？」

成瑤愣了愣，錢恆昨晚不是說奧地利客戶臨時有事飯局取消了嗎？怎麼根本沒取消還讓包銳去了？

只是成瑤還來不及細想，就接到了老闆的召喚電話。

成瑤小跑進錢恆的辦公室：「老闆，什麼事？」

錢恆瞥了成瑤一眼，眉頭就擰成一個「我要找碴」的弧度：「妳來我辦公室，都不知道帶筆和筆記本？妳什麼記性，我說的案情妳能一字不落記住？」

成瑤愣了愣，雖然意識到自己的失誤，但下意識解釋道：「我以為是說白星萌案子的事情，就急匆匆趕過來了……」

「成瑤，妳是個律師，律師做任何事都要準備好。」

錢恆的眉眼非常冷，雖然平日裡他也端著張臉不苟言笑，說話冷冷淡淡的，然而成瑤敏感地覺得，平日裡的冷，和今天這種冷，是不一樣的，今天錢恆的這種冷，是骨子裡的，讓成瑤的生出了距離感和不可褻瀆感。

她有些沮喪地馬上回辦公桌上取了筆和筆記本，又回了錢恆的辦公室。

結果錢恆根本沒說什麼案情，他丟來一堆材料：「拿回去整理下，下個禮拜一開庭。」

離下個禮拜一還有四天，成瑤心下緊張，自己來得及準備嗎？這可是一個全新的案子啊！

「不需要妳做什麼。」錢恆抿了抿嘴唇，彷彿看穿了成瑤的內心所想，「這是董山的離婚案，前因後果妳大致清楚，而且這個案件不難，董山自己出軌在先，提出離婚，心裡也有愧疚，願意按照正常的法律規定賠償前妻，甚至多賠一點也願意，只求能離婚就行，不在乎錢。」

錢恆冷著張臉，語氣嚴肅漠然：「成瑤，上個案子的錯誤，下不為例，這個案子要是還有任何差池，妳就不用在君恆繼續待了。」

「還看著我幹嘛？還不出去研究？」錢恆瞪了成瑤一眼，「打個電話給當事人做一下訴前溝通，瞭解他為了離婚對財產分割金額的心理底線。」

成瑤愣了愣，咬了咬嘴唇，才抱著材料走了。

成瑤走後，錢恆有些煩躁地鬆了鬆領帶，他覺得自己最近有一點不妙，即便沒有吳君的調侃，他也意識到了，他對成瑤，有些過分縱容和回護了。

如果換個別的助理律師，犯了成瑤這種錯，他會怎麼辦？想也不用想，錢恆一定會毫不留情地把人開了。

雖然不想承認，但是他對成瑤破例了。

因為她漂亮？

不，肯定不是，錢恆想，我怎麼可能是這麼膚淺的人？長得漂亮能力不行有個屁用！就成瑤這種，撐死只能當個花瓶，擺著是挺好看的，連插個花都不行！要她何用？何況還是個關係戶！

自己的原則不能因為任何事被破壞，上個案子給她開了後門，就當給吳君這個介紹人面子了，下個案子，要是有差池，就沒有任何情面可講了。

雖然最近錢恆也知道成瑤對自己充滿感激，晚上準備的晚飯明顯能感覺她的用心，甚至至這兩天錢恆早起，他的門都貼上了便利貼。

『早飯在冰箱裡，微波爐熱三分鐘就行啦。』

成瑤秀氣的小字旁，還畫了一個歪歪扭扭的笑臉。

「畫的真醜。」

然而雖然吐槽著醜，但這張很醜的便利貼，此刻還躺在錢恆的口袋裡。他沒扔。

而且即便成瑤畫得醜，但她做的早餐，卻是很好的，連續兩天，錢恆都不用再去買全家的飯團或者麵包吃，他甚至覺得以後也無法再吃了，他的嘴巴完全被成瑤養刁了。

但做飯是做飯，工作是工作，成瑤工作能力不行，自己也不能因為做飯好就把她留在所裡啊，公私必須分明。

然而一想到辭退成瑤後，她肯定不會再用那種亮晶晶的眼睛為自己做飯了，錢恆心裡又有些不捨。

他也沒深想，自己到底是捨不得那種亮晶晶的眼神，還是捨不得美味的飯菜。

那麼，怎麼能辭退成瑤，但又能讓她留在家裡做飯？

錢恆想來想去，覺得只有讓成瑤知難而退，自己退出了。這樣成瑤不會記恨自己，協商下就應該還能願意為自己做飯了。

按照這個想法，錢恆應該安排最難的案子給成瑤，讓她又一次焦頭爛額被打擊到自暴自棄，放棄做律師這條路。

然而事到臨頭，錢恆最終給成瑤的，是董山這個中規中矩到四平八穩的案件。

錢恆自我安慰道，我這是怕她挾私報復在我飯裡下毒。何況董山這個案子，有成瑤在，至少能幫自己擋住董敏哭哭啼啼的騷擾，這個層面來說，成瑤的用處還是挺大的。

案子可以給簡單的，但有一件事錢恆卻覺得刻不容緩了，那就是必須傳遞給成瑤一個訊息——

自己和她之間，是老闆和下屬不可逾越的鴻溝。不能讓成瑤覺得她和自己很熟，不能讓成瑤覺得她可以影響自己，絕對不行。大家的相處應該涇渭分明。

然而事情在成瑤眼裡是完全另一碼事。

翻閱著董山這個案子材料，成瑤的心情越來越沉重。

這個案子實在是太簡單了。

如果白星萌的案子是高中競賽數學題，那董山的案子，就是小學一位數加減法題。

雖然董山和妻子一同創業創辦了真味餐飲，從個體戶慢慢過渡到企業集團的過程中，也有很多牽扯到財產歸屬的瑕疵，然而在這個案件中，董山只求速度離婚，並不在乎分割走多少財產，因此對律師的訴求也只有一個——能讓他離成婚就行了。

成瑤聯想起剛才錢恆對她突然的冷漠態度，再看著手頭這個簡單到如送分題般的案子，心裡百爪撓心般的忐忑和難受。

是因為白星萌的案子，自己辦得太差勁了，所以錢恆再也不願意讓自己參與那些有難度、有挑戰的案子了嗎？

錢恆的五毒教，成瑤入教之初，就是抱著學五毒神功的目的來的，現在這樣，就像她不僅沒摸到五毒神功的皮毛，反而被教主錢恆打發去掃茅廁了……

一想到這裡，成瑤就有些沮喪。

雖然對只能辦這樣簡單的案子有些沮喪，但成瑤還是認真又細緻地看完了董山離婚案的材料，然後打電話給當事人董山。

董山正好有空，她就和他約在君恆樓下的咖啡館見面。

家事案件，不比其餘案件，涉及到很多當事人的隱私和生活，第一次見面就在會議室裡太過商務，反而會加劇對方的戒備感，不利於溝通交流。

關於這一點，錢恆自然沒空指點她，但勝在成瑤是個喜歡觀察學習的人，幫錢恆約了幾次第一次見面的客戶，發現他都選擇在離事務所不遠、環境幽靜、有隱私感卻也更為放鬆的咖啡館後，成瑤就記下了。

董山到的很準時，一如既往的，他穿得樸素到有些過分，眉眼之間一點沒有中年生意人的油膩和精明，相反，看起來老實本分到憨厚。

如果不是錢恆告知，成瑤無論如何也想不到這樣一個男人，竟然會因為出軌而向一路扶持創業的妻子提出離婚。

成瑤正在心裡糾結著怎麼來一段開場白，董山就先開了口。

他微微笑著看向成瑤，眼神慈祥：「妳和我的女兒差不多大。」

「董敏嗎？」

「嗯。」董山嘆了口氣，「也不知道這孩子現在在幹嘛，我要離婚這件事，對她打擊挺大的，我也挺擔心的，她一輩子順風順水，我和她媽，實在好不容易才有了她，真是捧在手心怕化了。導致她也習慣了什麼事都順著自己的心意來，一旦有什麼自己無法左右的，完全沒辦法接受。」董山一邊說著，一邊有些無奈卻帶著寵溺地搖了搖頭。

看得出來，他是相當寵愛自己女兒的，然而即便女兒痛苦崩潰，也無法改變他要離婚的心。多數女人會為了孩子而忍耐著不離婚，然而這種事，成瑤鮮少看到在男人身上發生。

「這次錢律師讓我約您，是想和您溝通下訴訟的方案。」成瑤甩開腦海中的想法，進入到工作模式，她拿出一份清單，「這是我們整理出來的您與您妻子目前的共同財產部分。」

「這份則是按照目前《婚姻法》，這些共同財產可能會被分割的比例，包括您在真味餐飲中的股權，同時我們也整理了離婚財產分割對您企業可能造成的影響。」成瑤一份份地拿出自己整理好的表格和資料，娓娓道來，「我們想看看您對此有什麼想法？」

然而對於成瑤辛苦整理出來的材料，董山卻只翻了翻就放回了桌上：「我沒什麼想法。」他低下頭，「是我對不起文秀。」

雖然錢恆說過，董山為了離婚願意對財產分割讓步，然而只要是人，就總有需求，成瑤試圖循循善誘：「您不用不好意思，我是您的代理律師，就是為您爭取權益的，即便在婚姻中有過錯，但您對真味餐飲的成功，也付出了精力，在共同財產中進行主張也很合理。」

「成律師，我知道妳想說什麼，妳想知道我在這個離婚案件裡對財產分割比例的心理底線是嗎？」雖然看起來憨厚，但董山畢竟是個老辣的生意人，一眼看穿了成瑤的目的，他換了個坐姿，「我是真的對這個沒有想法，就算多分割點給文秀我也甘願。我只想儘快離婚。」董山頓了頓，又加了一句，「越快越好。」

雖然說起董敏，董山的臉上流露出些許失落和愧疚神色，然而一提起離婚，他身上那種快樂和期待卻是即便掩藏也能從身上洩露出來的。

不惜付出任何代價都要儘快離婚……

成瑤的心中突然閃過一個猜測：「您、您那位，懷孕了？」

董山的眼睛亮了亮：「這麼明顯？」被成瑤看穿，董山也不再藏著了，他爽朗地哈哈笑了兩聲，一掃剛才的陰霾，整個人像是發著光，「還有兩個月就要生了，是兒子！」

談起這個兒子，董山整個人變得十分亢奮：「所以我不就是要趁著孩子沒生出來之前，給他個名分嗎？否則非婚生子，孩子不能大大方方認爸爸，以後名不正言不順的，家庭又不健全，怕給孩子留下心理陰影。」說起這個私生子，董山的語氣裡激動中帶著溫柔，「我等這個兒子，等了幾十年了，盼來盼去，終於算是對得起我老董家的列祖列宗，沒把我們董家的根斷了！我爸都八十九了，身體也不好，我也想等這孩子出生了給他個驚喜和交代……」

怕讓沒出生的私生子留下心理陰影，然而與自己朝夕相處了二十多年的女兒是否因此會有心理陰影，卻不是在他的考慮範圍內了。

興許是覺察自己的失態，董山收了收臉上的表情，恢復到那種憨厚老實的模樣，他有些推心置腹地向成瑤解釋道：「妳知道的，我有真味餐飲這麼大一個企業，後來又雜七雜八投資了不少領域，我總要有個兒子接班的。」

成瑤看著眼前恨不得和全世界分享自己老來得子的董山，只覺得十分可笑。

不欺少年窮與自己青梅竹馬一同創業的妻子，還有如花年紀的女兒，都比不上一個男性生殖器。

董敏之前流著淚質問錢恆自己的爸爸為什麼離婚，她或許永遠想不到，在她出生的那個剎那，因為她是個女孩，就已經註定被自己的父親放在了可捨棄的位置上。

然而就算再重男輕女，那也不是找第三者非婚生子的理由啊！

成瑤忍了忍，最終沒忍住：「您當初沒考慮過和蔣女士再生個孩子嗎？雖然當時計劃生育，但您做生意的，也並不是交不起那些罰款啊。」

「我也不是沒想過和文秀再生個兒子，交罰款我也交得起，可我們生不出啊。」董山嘆了口氣，「文秀因為身體原因，要孩子很難，敏敏也是我們好不容易懷上的，想再懷一個，幾乎是不可能，我也確實捨不得她為了懷個孩子這麼受罪……」他顯得有些痛苦，「我爸快不行了，他做夢也想有個孫子，我也是沒辦法。妳也知道，我們做生意的，總有些逢場作戲的應酬，那次我喝醉了，把她當成文秀，誰知道之後有了孩子，還是個兒子，我實在捨不得啊……這就像是老天送給我的孩子，更何況，這是一條生命啊，我沒辦法親手扼殺他……」

前因後果，幾個回合，便很清晰了，如果是以前的成瑤，此刻就會微笑和董山告辭了，然而經歷了白星萌這個案子，成瑤謹慎了很多。

很多時候，讓你出錯的並非是大處，反而是那些辦案過程中你根本沒注意到的細節。

「董先生，我能再問一句嗎？如果蔣女士願意接受這個孩子，並且代為撫養，但不想離婚，你能接受嗎？」

董山愣了愣，然後有些尷尬道：「如果這樣那當然更好，那我肯定不離婚了。」

成瑤點了點頭，又和董山確認了其他事項，才送走他。

任何離婚案件，首先都要瞭解當事人的心態，是為了什麼緣由離婚，是否還有調解和好的可能性，這樣律師在準備起訴或應訴時，才能對所有情況都有所準備。

家事案件不比商事，黑就是黑，白就是白。起訴離婚的，很可能當事人一開始咬牙切齒想要離婚，然而經過法官的調解，想起過去共同的回憶，當庭痛哭流涕抱在一起說這輩子再也不分開的都有。因此律師更要對各種情況有應急方案。

成瑤剛回了君恆，就被錢恆叫進辦公室。

「和董山談完了？」他交叉著手，坐在老闆椅裡，居高臨下地看向成瑤。

「嗯，談好了！」

「有遇到什麼問題嗎？」錢恆的聲線有一絲不自然，他清了清嗓子，「我現在正好有空，心情也還不錯，妳要是遇到困難，我可以勉為其難地幫妳解答，免得妳又犯白星萌案子裡那樣的錯，被人家知道我團隊的律師這麼菜，我也很丟臉的。」

雖然態度一如既往欠扁，但是錢恆竟然能主動跟進案情這麼平的案子，還主動提供諮詢解答服務，成瑤想，他這怕是中了五個億吧？心情看來真的是十分好……

但是對於這個案子，成瑤自認為自己做的很謹慎，她搖了搖頭：「沒什麼問題。」

「這個案件八成法官會庭前調解，妳有和當事人溝通過調解的事嗎？我們需要根據他的態度來做應對方案。」

成瑤點了點頭。

錢恆的心情，今天也太好了吧？都快手把手耐心地帶教了，這放在任何一個事務所的合夥人身上幾乎是不可能了！

「行了，那妳出去吧。」

然而就在成瑤轉身的時候，錢恆的座機響了。錢恆接起來聽了幾句，就皺起了眉頭：「董敏？她怎麼又來了，讓前檯別放她進所裡，再鬧直接報警。」

成瑤突然有些不忍：「我去和她溝通吧。」

錢恆皺了皺眉：「妳注意……」

成瑤笑了笑：「我知道了老闆，我會吸取上一次的教訓，不會把自己的情緒帶到案子裡來，不會因為同情董敏就把案子的情況以及和董山的溝通透露給她。」

聽到她的保證，錢恆終於露出一種老父親可以含笑九泉般的神色。

然而就在成瑤要轉身離開前，錢恆又叫住她：「這個案子雖然比白星萌案簡單很多，但不要掉以輕心。每個案子都是不同的，所以每個細節都要謹慎到強迫症的程度，確保沒有任何問題。」

說完這句，他才朝成瑤揮了揮手，讓她無事退朝了。

董敏果然又是表情憔悴失魂落魄，成瑤見了她，先拿出面紙。

「妳找我們律師是沒用的，我們只是接受妳爸爸的委託代理，也和客戶有保密協定，很多事基於職業道德不能說。」成瑤的態度很溫和，她耐心地等董敏的情緒平復，開始安慰她，「律師不是婚姻裡的當事人，有什麼問題，妳還是要和妳爸爸溝通才行，找我們也是沒用的。」

董敏的眼圈紅紅的：「我也知道找你們律師沒用，要找我爸才行，但那也要我能找得到他啊！我媽還被這事氣到住院，我只是讓他能去看看媽媽！他卻根本不理我！也不知道都在忙什麼？我去公司逮他，也都不在，不知道他跑哪去了！」

董敏又發洩了一陣子，才終於澈底平靜下來離開。

然而董敏平靜了，成瑤卻不平靜了。

不是說和蔣文秀還有感情，自己只是一時頭昏發生一夜情，為了那個兒子為了自己想要孫子的老父親才要離婚？甚至因為愧疚對財產分割做出讓步都可以？那怎麼會現在蔣文秀躺在醫院裡，卻連看也不去看？這麼多年的感情，就算愧疚到無法面對蔣文秀，也至少會和女兒董敏見面，問問蔣文秀的情況，然後讓董敏安慰好蔣文秀吧？

成瑤腦海中的那根弦跟著董敏的那句無心的抱怨徹底繃緊了。

董山撒謊了。

她的這位當事人，如同白星萌一樣，也沒有說真話。

一送走董敏，成瑤就趕緊打電話給董山。

董山公司有個股東會在開，成瑤也不介意：「那我去公司等您，開完後會和您簡單聊下就行。」

成瑤就這樣耐心地在真味餐飲集團裡等了一個小時，終於等來了董山的接見。

「成律師，不是剛見過面嗎？怎麼又要見？」

董山的態度雖然還是和和氣氣的，但語氣裡隱隱的不滿還是透露了出來。

成瑤在內心暗自告誡自己，下次絕對要更為謹慎，一次性見面就把所有情況都溝通清楚才行，律師的時間值錢，但當事人的時間也值錢啊，誰也不想為個訴前溝通，還要來來回回幾次，這樣不僅麻煩，還會顯得律師特別不謹慎不專業。

「董先生，我想和您再確認下，如果蔣女士願意撫養這個孩子，您會撤回離婚起訴是嗎？」

「我不是已經回答過妳了嗎？」

「我需要知道您真實的回答。」面對董山的責問，成瑤態度堅持，「我是您的律師，您不用在意我會用別的什麼目光評價您的決定，我只會以法律的目光為您進行判斷，維護您合法的權益。」

董山開始顧左右而言他道：「其實妳這個問題沒什麼意義，我瞭解文秀，她不可能願意撫養的，她是不會同意和解的，我們最後還是要離婚的，她這個人眼裡容不下沙子的，性子又固執，不可能同意撫養別人和我生的兒子……」

「那如果她願意呢？」成瑤盯著董山的眼睛，「現在離個婚您也知道有多難，只要起訴離婚中有一方不願意離，雙方又沒有什麼比如賭博、吸毒等等特別過分的情形，一審基本是以感情還未破裂，判決不予離婚。一旦這麼判決後，沒有新情況新理由的，六個月後才能再次起訴了。」說到這裡，成瑤頓了頓，「何況按照現在的宗旨，婚姻庭的法官主旨就是幫當事人雙方調解和好，像您這樣的情況，和蔣女士又有感情基礎，如果蔣女士願意讓步，把孩子接過來撫養，後續手續也可以慢慢落實，那您還離婚嗎？」

董山的目光有一些躲閃。

「作為您的代理律師，我需要知道您對此的態度，才能在庭前調解時努力為您達成您的目標訴求。如果您想要和解，那我們自然也往這個方向努力，和蔣女士往這個方向溝通；但如果您想要離婚，那我們的對策就是完全不同的了。」成瑤循循善誘道：「作為您的代理律師，我們的利益，和您是相同的，希望您能相信我。」

「只有我們彼此坦誠溝通，我才能為你爭取到你最想要的結果。比如不論怎樣，如果您都想要離婚，那我會竭盡全力，訴前與蔣文秀女士先做溝通，看是否還有任何協議離婚的可能性，如果可以，那我們直接撤訴您二位就走協議離婚就行了，我們負責幫您把關好離婚協議。如果無法協議離婚，那我們正常走訴訟流程，爭取讓您在一審時就能得到離婚判決，然後我們努力與蔣文秀女士做溝通，讓她盡可能接受判決結果放棄上訴。」

一番話，說的既合情合理，也不卑不亢。

董山沉默片刻，想了想，才嘆了口氣：「我想要離婚。」

他終於說出了真話。

「我知道妳心裡可能會看不起我，但我確實，對文秀已經沒感情了，幾十年的扶持，我也不是沒良心的人，也知道感動和報恩，可感動和報恩，不是愛情啊。我和文秀之間，只剩下親情了，就像是左手摸右手，和她在一起生活，我已經完全感受不到激情了，就這麼平淡地日復一日地活著。」

董山看向窗外：「如果沒遇到小美，我可能會一直這麼生活下去，日子畢竟雖然平淡，但錢財不缺，也有女兒，身體健康和樂，沒什麼不好。」

成瑤沉默地傾聽著董山的內心剖白。

「直到遇到了小美，我才發現，原來日子還有另一種活法，原來我還能過上這麼有滋有味的生活。和她在一起，我們談的不再是成天無聊的油鹽醬醋或者你吃飯了嗎，你喝水了嗎這種事，我們能一起聊興趣愛好，聊衝浪、聊旅行、聊星座，可以一整晚聊這些都不睏。我今年五十三了，但和小美在一起，我卻覺得好像年輕了二十歲，覺得自己每天都很期待明天，每天都有使不完的精力，我像是重新有了青春，她就像是我的太陽一樣。」剛才還語氣帶了點難堪沮喪的董山，一提及他的小美，連眼睛都亮了起來，大有滔滔不絕之意。

老男人再遇第二春，劈里啪啦的火焰越燒越旺，完全攔不住，確實是如教科書範本一般的故事。

只是，董山是不是曾想過，現在變得無趣的太太，年少時也是和他一起看星星看月亮，充滿少女情懷的女孩？甚至為了一同創業，吃了許多苦？

年輕的小美遇到董山的時候，董山已經坐擁財富和社會地位了，而年輕的蔣文秀遇到他的時候，他卻還只是個一窮二白的毛頭小子而已。

衰老本是無法避免的事，然而當一對夫妻中的任何一個，拼命想要追溯過往時光，妄圖重回青春，不惜抓住那些虛幻的感覺，兩個人無論如何都無法攜手慢慢一起變老了。

「後來我們有了孩子，又是個男孩，我愛小美，也需要兒子接班，所以無論如何，我要給小美和我們未出生的孩子一個溫暖的家。」董山卻完全當局者迷，他的語氣裡帶著毫不掩飾的憧憬和激動，「所以我就算淨身出戶，也要趕在孩子出生前，給小美一個承諾，給她一場婚禮。」

聽到這裡，成瑤終於忍不住了：「您說為了離婚您願意對蔣女士做出任何賠償，甚至淨身出戶，但是您有沒有想過，小美是不是這樣想的？她願意不願意您淨身出戶？」

董山愣了愣，聽出成瑤的言外之意，他幾乎是立即否認道：「小美不是這樣的人，她是我見過最單純的女生，一開始我們認識的時候，她根本不知道我是幹什麼的。她不是圖我的錢才和我在一起的，我們之間很單純，我沒想到自己五十幾歲還能遇見這麼純粹的愛情，她想要的只是和我在一起，我淨身出戶有沒有錢，她都不會在乎的。大不了為了兒子，再創業就行了，我又不是沒有白手起家過，總能為兒子打拚下一片江山的，我相信她會支持我的。」

沉浸在愛裡的男人，不論多大年紀，都是如此盲目也是如此自大自信。

不論坐擁多少億，不論在商場上多麼果決，不論在專業領域多麼睿智，然而一到情愛和欲望上，不論是誰，都只是個普通的男人啊。

很殘酷，然而很真實。

「我知道您的訴求了，我們會儘量為您爭取和蔣女士儘早離婚，也不排除與蔣女士進行溝通協商，以她滿意的財產分割方案達成協議離婚。」

董山這才鬆了口氣，這次他的表情帶了點真誠的認可和信任：「謝謝妳成律師。」

——《你也有今天【第一部】老闆虐我千百遍》未完待續——

高寶書版集團
goboOKs.com.tw

YH 143

你也有今天【第一部】老闆虐我千百遍（上）

作　　者　葉斐然
責任編輯　吳培禎
封面設計　單　宇
內頁排版　賴姵均
企　　劃　何嘉雯

發 行 人　朱凱蕾
出　　版　英屬維京群島商高寶國際有限公司台灣分公司
　　　　　Global Group Holdings, Ltd.
地　　址　台北市內湖區洲子街88號3樓
網　　址　goboOKs.com.tw
電　　話　(02) 27992788
電　　郵　readers@goboOKs.com.tw（讀者服務部）
傳　　真　出版部(02) 27990909　行銷部 (02) 27993088
郵政劃撥　19394552
戶　　名　英屬維京群島商高寶國際有限公司台灣分公司
發　　行　英屬維京群島商高寶國際有限公司台灣分公司
初　　版　2024年1月

本著作物《你也有今天》，作者：葉斐然，由北京晉江原創網絡科技有限公司授權出版。

國家圖書館出版品預行編目(CIP)資料

你也有今天. 第一部, 老闆虐我千百遍/葉斐然著. --
初版. -- 臺北市：英屬維京群島商高寶國際有限公司
臺灣分公司, 2024.01
　冊；　公分. --

ISBN 978-986-506-904-9(上冊：平裝). --
ISBN 978-986-506-905-6(下冊：平裝). --
ISBN 978-986-506-906-3(全套：平裝)

857.7　　113000545

GOBOOKS
& SITAK
GROUP ©